LE KIT
DU 21e SIÈCLE

Ouvrage publié sous la direction
de Laurence de Cambronne

Création graphique : Ip-3.fr

Première édition octobre 2012.
ISBN : 978-2-253-17653-4 – 1re publication LGF

FRANÇOIS REYNAERT
VINCENT BROCVIELLE

LE KIT DU 21e SIÈCLE

NOUVEAU MANUEL DE CULTURE GÉNÉRALE

JCLattès

À nos pères,
maîtres d'école.

Introduction

Lectrice, lecteur, faites un test. Jetez un œil à la liste de mots suivante : BCE, antioxydants, empreinte carbone, dette souveraine, génome humain, streaming. Vous les reconnaissez tous. Vous en entendez parler autour de vous, dans les journaux, à la télé, à la radio.
Êtes-vous sûr d'avoir compris ce qu'ils signifiaient ?

Montons maintenant d'un cran le niveau de notre petit examen. Dépassons les simples expressions pour embrasser des notions plus vastes : la « crise de la dette », qui accable les uns après les autres tous les pays du monde ; les « sommets européens », qui cherchent périodiquement à sauver notre Union européenne ; la « transition écologique », qui pourrait constituer une perspective sérieuse en terme de « développement durable », ou encore les « pays émergents », qui vont peut-être dépasser l'Occident. Vous avez une vague idée de ce que ces expressions recoupent. Êtes-vous sûr de posséder les mécanismes les plus évidents qui permettent de les comprendre précisément ?

Ce petit livre, vous l'aurez donc compris, nourrit une grande ambition. Il rêve d'apporter au plus grand nombre les quelques clés simples pour saisir tout ce qui bouge et change dans

notre temps. Il espère donner, dans chacun des domaines traités, les bases claires qui permettront d'aborder le XXIe siècle d'un pied plus assuré.
Notre idée n'a rien d'original. On dit qu'à Bagdad vers l'an 800, en ces temps lointains où y brillaient les plus extraordinaires califes, la mode s'était répandue des ouvrages résumant de façon simple les connaissances nouvelles. La Renaissance, qui a forgé la notion d'honnête homme, le Siècle des Lumières, pour qui le savoir était une religion, ont connu les leurs. À leur façon, un peu trop rigide et un peu trop scolaire, les bons vieux manuels du certificat d'études que l'on retrouve parfois sur les étagères poussiéreuses des bouquinistes allaient dans cette voie : le but de l'examen n'était-il pas de donner aux jeunes générations qui quittaient l'école le bagage qui leur permettrait de se débrouiller dans leur époque ?

Notre propos sera un peu plus ouvert, franchement plus libre et joyeux, on vous rassure tout de suite. On ne suit pas un programme en attendant Monsieur l'inspecteur. Vous n'êtes pas à l'école, et nous n'avons nulle intention de punir ceux des lecteurs qu'on surprendra à rêvasser au fond de la classe au lieu de lire ces pages. Mais notre dessein est identique. À sa manière, ce livre-ci souhaite s'inscrire dans cette longue tradition pour la moderniser. Il entend résumer dans les grandes lignes tout ce qu'un honnête homme d'aujourd'hui doit savoir. Il entend être un « manuel de la culture générale du XXIe siècle ».

Le XXIe siècle, direz-vous, comme vous y allez ! Il ne fait que commencer. C'est vrai, mais à quel train d'enfer ! Tant de choses ont changé depuis seulement l'an 2000, si proche, et déjà si loin. Spontanément, tout le monde pensera sans doute à la révolution des nouvelles technologies et à la débauche de logiciels, d'applications et de gadgets qui chamboulent notre quotidien. On leur fera leur juste place. Mais pour comprendre ce qui est actuel, il ne faut pas se contenter d'observer passivement les changements en cours, il faut aussi apprendre à changer la façon dont on les regarde. Du début à la fin du livre, nous avons gardé cette idée en tête parce qu'elle nous paraît essentielle. Continuer à chercher à penser les années 2000 avec un logiciel qui sort des années 1960 est le meilleur moyen de passer à côté de son temps. Pensons à l'art d'aujourd'hui. Certains (de plus en plus rares, il est vrai) ne lui accordent qu'un hurlement méprisant : « On n'y comprend rien ! ». Leur problème tient le plus souvent à un détail de méthode : ils croient qu'on peut toujours apprécier les œuvres d'aujourd'hui avec les lunettes d'hier. Ils croient que l'art, ce sont forcément des musées avec des toiles accrochées sur les murs et tout ce qui allait avec : des « grands maîtres », des « écoles », des « chefs-d'œuvre ». Changez de monture, vous verrez comme tout s'éclaire. On explique comment le faire, chapitre 10, cela n'a rien de compliqué, et cela peut procurer à tous beaucoup de plaisir.

Songeons encore à l'organisation du monde. De la fin de la Seconde Guerre mondiale au début des années 1990, elle a été régentée par un principe simple : le face-à-face entre deux superpuissances, États-Unis contre URSS. Depuis l'effondrement de cette dernière, qui n'est pas si ancien, deux modèles se sont déjà succédé. On a d'abord cru, dans les années 1990, à une planète dominée par les seuls États-Unis. Choc du 11 Septembre 2001, enlisement en Irak, crise économique. Dès le tournant du millénaire, l'aigle américain s'est pris du plomb dans l'aile. On ne parle plus que de la montée de ses rivaux : Chine, Inde, monde arabo-musulman, Brésil. Faut-il s'en désoler, faut-il pleurer sur la gloire passée de l'Occident, faut-il craindre les nouveaux venus ? Apprenons déjà à les connaître. Au chapitre Histoire puis au chapitre Géographie, vous trouverez de petites fiches qui donnent les très grandes lignes de ce que fut leur passé, et de ce qui constitue aujourd'hui leurs forces et leurs faiblesses.

De la culture générale, certains se font une idée étriquée. Combien connaissons-nous de gens qui se piquent d'être d'une grande érudition et donnent à celle-ci des bornes très étroites ! Pour eux, la culture se résume simplement : elle ne concerne que ce qu'ils savent eux-mêmes. Vous les entendrez pester contre l'ignorance de notre temps parce que plus personne n'est fichu de réciter les tirades de Racine et les débuts de discours de Cicéron qu'eux ont appris par cœur cinquante ans plus tôt, et cinq minutes plus tard vous les verrez hausser les épaules avec mépris si vous osez leur parler de quoi que ce soit d'autre, économie, médecine, jeux vidéos, informatique, toutes ces choses si vulgaires. Pourquoi le seraient-elles ? Ces gens-là vivent-ils dans un monde sans argent, ne sont-ils jamais malades, n'offrent-ils pas de console à leurs enfants, ne surfent-ils jamais sur le Net ?

Nous avons poussé le bouchon dans le sens inverse : nous avons élargi le champ au maximum, sans préjugés, sans volonté d'établir de hiérarchies ni de catégories. Au premier chapitre, qui traite des « nouveaux classiques » – c'est-à-dire de l'ensemble des références communes à tous, données par le cinéma ou la littérature de notre temps –, nous avons fait se côtoyer quelques grands romans d'aujourd'hui et des best-sellers mondiaux qui n'ont pour grand titre de gloire que la puissance de leurs tirages : et après ? Il ne s'agit pas de les comparer ou de savoir à qui donner le Nobel de littérature. Aux dernières nouvelles, nous ne faisons toujours pas partie du jury. Il s'agit simplement de constater que les uns et les autres forment la toile de fond qui sert de décor à notre époque. Une femme, un homme cultivés auront donc à cœur de lire les premiers. Rien ne les empêche d'avoir une idée de ce que racontent les seconds.

À quoi bon ce travail ? dira-t-on peut-être, quand les informations sur à peu près n'importe quoi sont disponibles à tout moment sur le Net ou dans les librairies à n'importe qui a envie de les chercher. Précisément. Qui le fait ? C'est vrai, aujourd'hui n'importe quel individu, dès lors qu'il possède un ordinateur connecté au Web, ou plus traditionnellement une carte dans une bonne bibliothèque, dispose de bien plus d'informations que Diderot et d'Alembert n'en eurent jadis pour écrire leur *Encyclopédie*. Qui a le courage de s'y coller ? Qui, parce qu'il voit passer tel sujet dans l'actualité, a le cœur de s'abîmer les yeux sur les pages et les pages d'écran, ou les monceaux de livres plus ou moins abscons qui en traitent ? Voilà le drame paradoxal de notre époque de surinformation, d'« infobésité », comme on l'écrit maintenant pour qualifier cette avalanche d'informations qui nous arrivent constamment par tous les canaux possibles. C'est une des raisons qui nous a laissé croire que ce livre serait utile. Pendant des mois, sur tous les sujets que nous avons traités, nous avons fait un travail de bénédictins de la vulgarisation. Nous avons lu, colligé, annoté tout ce qui nous paraissait important sur les domaines traités, puis nous avons harcelé tous les spécialistes possibles pour réussir à maîtriser suffisamment tel ou tel sujet et le rendre accessible au plus grand nombre ; aux plus jeunes, aux plus âgés, aux femmes, aux hommes, à tous les Européens soucieux de comprendre le monde dans lequel ils vivent.

Leçon 1

Nouveaux classiques

De l'intrigue d'*Harry Potter* au scénario d'*Avatar*, des *Sims* au *Who's who* des célébrités mondiales, nous faisons le tour des références indispensables pour réussir à soutenir une conversation avec à peu près n'importe qui, à peu près partout dans le monde.

Faites votre bagage

En latin, l'adjectif « *classicus* » sert à qualifier le citoyen de premier rang. Par extension, il désigne dans la plupart des langues européennes les auteurs qui méritent la première place au panthéon des Lettres : Shakespeare, Cervantès, Dante, Goethe, Molière sont *classic*, *clásicos*, *classici*, *klassisch*, classiques, quoi. La postérité décidera demain qui seront ceux d'aujourd'hui. Comment le savoir ? Victor Hugo (1802-1885) a été une immense célébrité de son vivant ; il l'est toujours, bien plus d'un siècle après sa mort. Victor Margueritte (1866-1942), avec son roman *La Garçonne*, un des plus gros best-sellers de l'entre-deux-guerres, a connu lui aussi une gloire quasi planétaire et son nom ne dit plus rien à personne depuis bien longtemps.

Le « classique » dans un sens plus large a une autre fonction : il est ce titre, cette intrigue, ce roman, cette pièce, ce film que tout le monde est censé connaître. Il est l'un des ingrédients de base de la culture générale, une de ces références communes qui font le liant entre les hommes. On peut, pour le comprendre *a contrario*, citer un sketch de l'humoriste français Pierre Desproges (1939-1988) : « Et puis qu'importe la culture ? Quand il a écrit *Hamlet*, Molière avait-il lu Rostand ? Non. » Tous nos lecteurs auront saisi la blague parce que, précisément, étant très cultivés, ils ont tous réussi à décoder la phrase en rendant à César ce qui est à Shakespeare, euh non, à Cyrano de Bergerac, enfin bon, ils ont tous compris pourquoi il fallait rire et il ne s'agit pas aujourd'hui de nous attarder sur ces vieilleries puisque nous parlons de notre temps à nous. On ignore si les *desperate housewives* seront considérées dans cent ans comme les Emma Bovary de la série télévisée, ou si les frères Coen auront autant d'impact sur l'histoire du cinéma que les frères Grimm en eurent sur celle du conte. On sait que toutes les œuvres dont nous allons parler sont aujourd'hui si célèbres qu'il y a intérêt à avoir au moins une vague idée de ce qu'elles ont à nous dire si on ne veut pas être perdu en feuilletant un journal ou en risquant une conversation à un arrêt de bus. Drame, vous ne les avez ni lues, ni vues. Aucune importance, on l'a fait à votre place.

I. *Les écrits*

Comment ? vous exclamerez-vous en finissant de lire les paragraphes qui suivent, cet ouvrage prétend parler des livres qui ont marqué le début du XXIe siècle, et il n'y est même pas fait mention de X, de Y ou de Z, ces écrivains immanquables puisqu'ils sont ceux que vous-même n'avez pas manqués ! Amis lecteurs, laissez-nous vous poser une question très simple. Avez-vous une idée de l'étendue du domaine dont nous allons parler ?

Selon les pointages effectués par l'Unesco, la production éditoriale mondiale – fournie par un trio de tête, États-Unis, Royaume-Uni, Chine – approche aujourd'hui une moyenne d'environ deux millions de titres par an. C'est vrai, il doit y avoir là-dedans quelques éternelles rééditions de bons vieux best-sellers, le Coran, la Bible, le Petit Livre rouge du président Mao, le régime selon la méthode Dukan qui faussent la statistique. On voit néanmoins l'ampleur du problème : pour pouvoir les citer tous, il faudrait pouvoir livrer ce manuel avec une annexe en vingt ou trente volumes écrits serrés. Oublions donc toute idée absurde d'exhaustivité. Contentons-nous de mentionner quelques incontournables dont il faut au moins avoir entendu parler, soit parce qu'ils ont fait des ventes extraordinaires, soit parce qu'ils sont typiques de nouveaux chemins empruntés par la littérature ou représentatifs de nouvelles écoles nationales. Allons-y pour un tour dans les différents rayons de notre librairie virtuelle.

1. *Gros vendeurs*

Harry Potter

Sept volumes publiés au Royaume-Uni entre 1997 et 2007, plus de 450 millions d'exemplaires vendus dans le monde (chez Gallimard en France).

Un petit orphelin maltraité par l'oncle et la tante qui l'élèvent découvre le jour de ses onze ans sa vraie nature : il n'est pas un humain comme un autre, il est un sorcier. Il devra, pour parfaire ses dons, faire son apprentissage dans une école spécialisée où se passera une grande partie de l'intrigue : le pensionnat de Poudlard. Il y fera la connaissance de personnages essentiels de la saga : le bienfaisant directeur, Albus Dumbledore, ou ses amis de classe, Ron Weasley et Hermione Granger. Il y découvrira aussi un monde à part, bien différent de celui des non-sorciers, des humains lambda, ceux que l'on appelle ici les Moldus (*Muggles* dans la VO) – un des innombrables mots inventés par l'auteur et qui font le charme du livre. Il se préparera au grand combat de son existence : la lutte à mort avec le terrible Lord Voldemort, le sorcier maléfique qui a tué ses parents. Très inventifs, pleins d'humour et de rebondissements, les sept tomes de la saga ont montré que l'on pouvait toujours, à notre époque, écrire sur la sorcellerie et réaliser quelques miracles : redonner le goût de la lecture à des générations entières que l'on croyait à jamais perdues pour les livres ;

et transformer une modeste chômeuse anglaise inconnue en une des millionnaires les plus célèbres de la planète. Grâce aux plus de 450 millions d'exemplaires déjà vendus de son œuvre magique, J.K. Rowling (née en 1965) a dépassé depuis de nombreuses années la pauvre reine d'Angleterre au classement des plus grosses fortunes du monde.

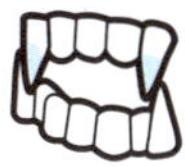

Twilight

Quatre volumes publiés aux États-Unis entre 2005 et 2008, plus de 100 millions d'exemplaires vendus dans le monde (chez Hachette en France).

Fille de divorcés, la jeune Isabella Swan, surnommée Bella, quitte sa mère pour débarquer chez son père, à Forks, petite ville brumeuse de l'État de Washington, au nord-ouest des États-Unis. Elle découvre, dans son nouveau lycée, les Cullen, une fratrie qui la fascine par son étrangeté : tous les cinq, aussi pâles que beaux, refusent de se mêler aux autres élèves. Elle tombe amoureuse d'un des frères, Edward, dont elle découvre bientôt le terrible secret : il n'est pas un humain, mais un vampire. Le lecteur l'apprend par la même occasion : en notre siècle décidément imprévisible, ces êtres ont quitté les cercueils des Carpates où ils sommeillaient depuis des lustres pour s'ébrouer dans les petites villes pavillonnaires de la middle class américaine. Heureusement, Edward et tous les Cullen descendent d'une lignée de vampires civilisés, ce sont des vampires végétariens, en quelque sorte : ils ont appris à ne se nourrir que de sang animal. Mais d'autres rôdent qui rêvent toujours de meurtres et de veines fraîches. Reste le nœud de l'intrigue : comment nos deux héros pourront-ils s'aimer, quand le moindre baiser pourrait réveiller chez Edward des instincts enfouis qui risqueraient de se révéler meurtriers ? Le lecteur dispose de quatre tomes pour le savoir. *Twilight* (mot anglais qui signifie « crépuscule »), succès planétaire, est l'œuvre de l'Américaine Stephenie Meyer (née en 1973), une mère de famille mormone inconnue jusqu'alors. La série a été critiquée par les draculophiles et autres fans de vampires à l'ancienne, qui ont vu dans cette bluette un affadissement d'un mythe autrement fort et cruel. Elle a également mordu des millions de jeunes lecteurs et lectrices à travers le monde qui ont retrouvé dans cette « saga du désir interdit » (le titre qui était prévu pour l'édition française, et n'a jamais été utilisé) une habile parabole de leurs angoisses face aux troubles de l'adolescence et aux souffrances des premières amours.

Hunger Games

Trilogie publiée aux États-Unis entre 2008 et 2010,
50 millions d'exemplaires vendus dans le monde
(chez Pocket jeunesse en France).

Dans ce monde de l'après-Apocalypse, les États-Unis s'appellent Panem. Le pays est divisé en douze districts, vivant sous la loi de fer du « Capitole », la seule riche province centrale. Partout règnent la peur et la misère. Tous les ans est organisé le plus cruel des jeux télévisés, *Hunger games* (les jeux de la faim), auquel doivent participer deux adolescents, un garçon et une fille, issus de chaque district. Lâchés dans de sombres forêts sous le regard des caméras du pays, ces vingt-quatre sacrifiés devront se battre à mort jusqu'à la victoire d'un seul. Le sort désigne Katniss Everdeen, l'héroïne par les yeux de laquelle nous suivons cette histoire.

En réalisant un croisement habile entre le vieux mythe de Thésée (à l'époque aussi, il fallait envoyer des jeunes gens en sacrifice au Minotaure), les jeux de gladiateurs romains, et *Loft Story*, l'Américaine Suzanne Collins (née en 1962), ex-scénariste de programmes pour la jeunesse, a réussi le troisième des éclatants succès de littérature pour adolescents d'aujourd'hui, rapidement adapté au cinéma. Notons que le grand sujet de conversation à propos de *Hunger Games* consiste à dresser la comparaison avec un autre roman (également passé à l'écran) : *Battle Royale*, de Koushun Takami (publié au Japon en 1999). Dans une dictature de l'après-Apocalypse, on force la jeunesse à prendre part à un jeu dont un seul sortira vivant. Les sujets sont jumeaux. Laquelle des deux œuvres le traite le plus habilement ? Si vous voulez faire jeune, lisez le tout dare-dare : il est impensable de ne pas avoir de point de vue sur la question.

Da Vinci Code

Un volume publié aux États-Unis en 2003, plus de 80 millions d'exemplaires vendus dans le monde (chez Lattès en France).

Panique au Louvre. Le conservateur en chef a été assassiné, on l'a retrouvé baignant dans son sang à quelques pas de la *Joconde*, bras et jambes écartés à la façon de « l'homme de Vitruve », le fameux dessin de Léonard de Vinci. Robert Langdon (héros récurrent de l'auteur), professeur à Harvard, spécialiste des symboles religieux et présent à Paris à ce moment-là, est suspecté : on a relevé sur le cadavre un mot portant son nom. En fait, le défunt voulait mettre le spécialiste sur la piste du terrible secret qu'il détenait. Aidé de Sophie Neveu, la petite-fille du mort, notre universitaire/détec-

tive se lance, pour le découvrir, dans une traque folle. Elle lui fait faire connaissance avec une mystérieuse confrérie d'initiés « le Prieuré de Sion » et lutter contre les manigances d'un membre de la sinistre Opus Dei, prêt à tout pour l'empêcher de mettre à jour le nœud de l'intrigue, un secret étouffé par l'Église catholique depuis des siècles en effet assez énorme : le Christ a eu des enfants avec Marie-Madeleine et sa descendance a traversé l'histoire.
Dan Brown (né en 1964), fils d'un professeur de math du New Hampshire (États-Unis), est d'une ascendance plus modeste, mais il a réussi avec ce livre un coup surhumain : le *Da Vinci Code*, immense best-seller, a eu la générosité d'entraîner avec lui une véritable petite machine économique. Pendant un temps, des touristes du monde entier se sont précipités au Louvre, à l'église Saint-Sulpice (à Paris) ou dans d'autres lieux décrits dans le roman pour suivre un « da Vinci tour ». Et, miracle de la littérature, la plupart des livres écrits pour « décoder le code », et dénoncer le nombre d'invraisemblances que compte un roman aux ficelles un peu grosses ont, à leur tour, connu le succès.

Millenium

Trois volumes publiés en Suède de 2005 à 2007, plus de 50 millions d'exemplaires vendus dans le monde (chez Actes Sud en France).

Le journaliste Mikael Blomkvist, enquêteur pour la revue d'investigation suédoise *Millenium*, est dans une mauvaise passe. Il vient de perdre le procès en diffamation intenté par un industriel qu'il avait accusé de diverses malversations et décide de se retirer du métier quelque temps. Un autre ancien patron l'invite sur l'île où il habite au nord du pays. Il a un travail à lui proposer pour meubler ses vacances forcées : Blomkvist y écrira l'histoire tourmentée de sa riche famille et surtout sera chargé en même temps d'enquêter discrètement sur la mystérieuse disparition de la jeune nièce du commanditaire, qui a eu lieu quarante ans plus tôt et le tourmente toujours. Le journaliste fera bientôt connaissance avec l'autre grande héroïne de la série, qui l'aidera à avancer dans sa ténébreuse affaire: Lisbeth Salander. Cette jeune femme atypique, asociale, misanthrope, punk, bisexuelle, enfant adoptée toujours soumise à une curatelle humiliante qui l'empêche de gérer sa vie comme elle l'entend, est aussi une « hackeuse » de génie capable de percer les secrets des ordinateurs les mieux protégés. Au fil des pages, les révélations les plus lourdes se succèdent, et le lecteur découvre par la même occasion que la Suède avait bien d'autres choses à offrir au monde que l'aimable modèle social-démocrate et les gentils films pornos un peu baba cool qui firent sa gloire dans les années 1970 : dans le livre, les ex-nazis mal reconvertis, les violeurs, les pédophiles et les psychopathes en tout genre foisonnent. Malgré quelques étonnants ratés à l'allumage international (l'incroyable lourdeur de la traduction n'a échappé à aucun lecteur français), les trois volets de la trilogie ont conduit à un succès planétaire. L'auteur n'en aura rien su : Stieg Larsson, lui-même journaliste d'investigation, engagé depuis longtemps dans des combats contre l'extrême droite, est mort d'une crise cardiaque un an avant que son œuvre ne commence à être publiée.

2. *Nouveaux genres*

Depuis le philosophe grec Aristote et son traité *La Poétique* dissertant des mérites propres à la tragédie, à l'épopée, ou aux autres catégories de la littérature de son époque, on aime à classer la littérature en genres divers. Jetons un œil sur quelques-uns des derniers en vogue.

L'autofiction

Un livre dans lequel on écrit l'histoire de sa carrière, ou de sa vie, cela s'appelle des « mémoires », ou une « autobiographie ». Quand on présente ce livre comme un roman, mais que l'on prend garde à ce que le personnage principal porte le même nom que l'auteur, et que l'on y raconte des histoires qui ressemblent à s'y méprendre à sa propre vie, on parle d'« autofiction ». Le mot fut inventé en 1977 par Serge Doubrovsky, un romancier français utilisant lui-même ce procédé. Depuis, il désigne tout un courant littéraire qui fut très à la mode en France à partir des années 1990. On l'a compris, tout son intérêt tient dans l'ambiguïté qu'il entretient entre le vrai et le faux, le réel et le romancé. L'écrivain français Christine Angot (née en 1959), avec des livres comme *L'Inceste*, ou *Sujet Angot*, en est la représentante la plus fameuse. On peut aussi citer Hervé Guibert ou Camille Laurens. La tendance a ses partisans, elle a aussi ses détracteurs qui voient dans le procédé le comble du narcissisme le plus stérile : le but du roman, disent-ils, est de décrire le vaste monde, pas de passer des pages à inspecter son petit nombril. Le mot même d'autofiction, très lié à la littérature française, est difficile à traduire dans d'autres langues. Les Anglo-Saxons parlent parfois de *faction*, un mot forgé sur l'alliance de deux termes, *fact* (le fait) et *fiction* (la fiction), ou plus souvent d'*autobiographical novel* (roman autobiographique). Mais ils en font remonter l'existence à des temps bien plus anciens que les années 1990 : à leurs yeux, *David Copperfield*, le chef-d'œuvre dans lequel le romancier anglais Charles Dickens raconte son enfance en la transposant, en est un des exemples les plus achevés.

La chicklit

En argot anglais, *a chick* – littéralement un oisillon, une poulette, si l'on veut – c'est une gonzesse, une nana. *A flick*, c'est un film. Depuis longtemps, pour qualifier les films pour filles, les « films de gonzesses », comme le célèbre tire larmes *Love Story*, par exemple, on parle de *chickflick*. Dans les années 1990, les Américains ont forgé sur ce modèle une autre catégorie, la « chicklit » (« lit » étant l'abréviation de *literature*), la « littérature pour nana ». Elle servait à désigner la nouvelle mode déferlant alors dans les librairies avec deux énormes cartons dont *Sex and the city*, un recueil de chroniques signées de la journaliste Candace Bushnell racontant la vie débridée de quatre trentenaires new-yorkaises, au départ publiées dans un magazine, avant de devenir une série télévisée à succès (voir p.42). Le second est *Le Journal de Bridget Jones*, écrit en 1996 et lui-même tiré de nouvelles rédigées pour des journaux par la journaliste et romancière britannique Helen Fielding : les aventures d'une désopilante Londonienne, coincée entre ses deux amants, son penchant pour les calories et ses rêves les plus fous – réussir à choisir le bon mec et arrêter de fumer. On peut citer aussi *Le diable s'habille en Prada* (2003) roman de l'Américaine Lauren Weisberger qui narre les mésaventures de la pauvre assistante d'une patronne de magazine de mode, tyrannique et capricieuse. On l'a compris, les ressorts de la chicklit sont l'humour, la dérision, une futilité revendiquée. Les féministes intransigeantes lui reprochent parfois de ne s'adresser qu'à des femmes d'un certain niveau social et de recycler, sous des dehors modernes, de vieux archétypes : même apparemment « hyper-libérée », la « chick » a toujours pour seul rêve de se trouver un riche mari. On notera néanmoins une certaine évolution. Avant l'apparition de ce genre, l'édition populaire en réservait un autre au grand public féminin : le « *romance novel* » comme l'appellent les Anglo-Saxons, avec ses passions impossibles, et ses baisers brûlants sur fond de coucher de soleil avec un prince charmant. Les héroïnes nouvelles ont donc toujours envie de l'épouser. Seulement, étant donné le petit tempérament dont elles ont fait preuve durant leurs années de célibat, on sait déjà que si elles y arrivent, le malheureux prince charmant aura intérêt à se tenir à carreau.

Le roman graphique

Tous ceux qui en lisent le savent. Il y a bien longtemps que la bande dessinée a dépassé le stade du « Petit Mickey » pour après-midi pluvieux auquel les adultes raseurs voulaient la cantonner jusque dans les années 1960. Parmi les évolutions récentes notables du huitième art, comme le qualifient parfois les spécialistes, on notera l'apparition du « roman graphique », traduction de l'américain « *graphic novel* ». Comme son nom l'indique, il est une œuvre romanesque à part entière, exprimée à part égale par deux moyens, le dessin et le texte. Souvent publiés dans des volumes plus épais que les albums minces et cartonnés de la BD traditionnelle, les romans graphiques ont donné quelques-uns des chefs-d'œuvre de la littérature de la fin du XXe siècle et du début du XXIe. Citons-en trois.

Maus, de l'Américain Art Spiegelman, publié dès la fin des années 1980, commence par camper le dialogue impossible entre un fils dessinateur et son vieux père, au mitan des années 1970, aux États-

Unis, pour basculer dans un autre récit : celui que le père va finir par faire au fils de sa propre histoire de survivant de la Shoah. Dans le texte, les Juifs sont représentés en souris (en allemand, « Maus ») et les nazis en chats, ce qui ajoute à l'œuvre une étrangeté et une distance qui font sa force. Toutes les planches du livre, devenues des classiques de l'art graphique contemporain, sont régulièrement exposées dans différents musées de la planète.

Jimmy Corrigan, de l'Américain Chris Ware (publié en 2000), part lui aussi de la rencontre entre un héros maladroit et dépressif et un père qu'il n'avait jamais vu, et s'évade peu à peu pour tisser, de scène en scène, la longue histoire, sur plusieurs générations, d'une famille d'immigrés irlandais dans le nord des États-Unis.

Persepolis, de la Française d'origine iranienne Marjane Satrapi (quatre tomes de 2000 à 2003), flirte également avec l'autobiographie. Il nous raconte l'histoire émouvante et drolatique de la petite Marjane, depuis son enfance dans le Téhéran de la révolution khomeyniste jusqu'à son exil. En 2007, le roman est devenu un film d'animation qui a obtenu le prix du jury au Festival de Cannes.

Le manga

Pour la génération des baby boomers, les gens nés entre les années 1940 et les années 1970, une seule bande dessinée existe, celle qui met en scène les héros de leur enfance, Tintin (Hergé), Astérix (Goscinny et Uderzo), Lucky Luke (Morris), celle de grands dessinateurs français ou belge, avec son humour, ses codes, et son esthétique bien à elle. Les gens plus jeunes, bercés depuis leur plus jeune âge par les dessins animés japonais qui ont inondé les programmes jeunesse des télévisions européennes à la fin des années 1970 et au début des années 1980 (comme le célèbre Goldorak), ont accepté naturellement d'entrer peu à peu dans un autre univers : celui des mangas, les bandes dessinées japonaises. Depuis, lecteurs avides, ils connaissent ce monde par cœur. Donnons aux plus vieux qui en ignorent toujours tout quelques bases.

Un manga est donc une bande dessinée venue du Japon. Le mot, utilisé déjà par Hokusai, le plus grand peintre japonais du XIXe siècle, signifie au départ « image frivole » ou « dérisoire ». Il a pris son sens moderne après la Seconde Guerre mondiale, grâce à la popularité du père de tous les « mangakas » (dessinateurs de manga), Osamu Tezuka (1928-1989). Depuis, le genre n'a cessé de croître et de prospérer, laissant se développer un nombre infini de sous-catégories, toutes nommées, répertoriées, possédant chacune leurs héros et leurs grands artistes. Il existe des mangas pour enfants, pour adolescents, pour adolescentes, pour adultes, des mangas érotiques, pornographiques, hétérosexuels, homosexuels, ou même, niche étonnante pour les Occidentaux, des mangas mettant en scène des histoires d'amour entre garçons homosexuels mais conçus pour être lues par les jeunes filles, qui en sont, paraît-il, friandes.

Citons les deux séries les plus populaires à ce jour. La série des *Dragon Balls* (éditée au Japon de 1985 à 1995) : située dans un monde imaginaire, elle narre l'épopée de Son Goku, un petit garçon à queue de singe, cherchant à récupérer des boules de cristal éparpillées dans l'Univers qui, une fois réunies, permettront de faire apparaître le dragon qui exauce les vœux.
La série plus récente des *Naruto*. Œuvre du dessinateur Masashi

Kishimoto, elle est aujourd'hui le manga le plus vendu au monde. Elle met en scène la vie de Naruto, donc, un garçon possédé par un démon, craint et méprisé par les habitants de son village pour cette raison. Il rêve de devenir « ninja » (un guerrier du Japon médiéval) et, après avoir surmonté maintes difficultés, va le devenir. Il embrasse alors une carrière riche d'innombrables rebondissements. Le premier tome des aventures de Naruto est sorti en 1999. En 2012, on en était déjà au 61e.
N'oubliez pas enfin un détail si vous voulez essayer. Pour lire un manga, on commence par ce que nous appelons la dernière page pour finir par la première.

Du sexe dans les rayons

En 2001, l'intellectuelle française Catherine Millet connue jusque-là comme rédactrice en chef d'une grande revue d'art contemporain, se met à nu. Dans *La Vie sexuelle de Catherine M.*, elle raconte, avec une froide précision et un luxe de détails, son goût pour la masturbation, pour la sexualité de groupe, pour les rencontres avec des partenaires multiples dans les lieux les plus divers, terrains vagues, parkings, etc. Choc public, petite controverse littéraire – certains critiques admirent le style précis, distant, chirurgical de l'ouvrage, d'autres le jugent glaçant – et succès mondial. L'ouvrage est traduit en trente-trois langues et se vend à plus de 2,5 millions d'exemplaires.
En 2011, une productrice de télé anglaise inconnue publie, sous le nom de E L James, *Fifty Shades of Grey* (*Cinquante nuances de Grey*). Elle y raconte le pacte sulfureux qu'une jeune et vierge héroïne signe avec le beau Christian Grey, qui l'initie au monde du bondage, du SM et des « boules de geisha » – accessoire que

les connaisseurs apprécient –, les lecteurs qui en ignorent tout n'apprendront rien de plus ici : notre ouvrage entend bien garder jusqu'au bout une indéfectible ligne familiale et grand public. L'auteur, fan de *Twilight*, ne cherchait au départ qu'à écrire une sorte d'ode érotisée à sa saga préférée. Elle a produit un incroyable succès de librairie avec l'aide d'un public inattendu : les ménagères américaines et leurs clubs de lectures qui ont fait flamber le bouche-à-oreille. Peut-être le succès a-t-il été aidé par un progrès technologique récent. À l'heure du livre numérique, on peut télécharger ce qu'on veut sur sa liseuse sans avoir à affronter le regard du libraire. Pour baptiser le phénomène, la presse américaine invente un nouveau genre, le *mommy porn*, le « porno pour mamans », ouvrant sans doute la voie dans l'esprit de l'ensemble de leurs enfants à une révélation troublante. Ainsi donc, alors qu'elle les attendait dans la voiture à la sortie du base-ball, leur mère pensait à autre chose qu'aux cookies du goûter.

3. *Nouvelles stars des lettres*

Toutes les nations engendrent de grands écrivains. Lançons-nous dans un rapide tour du monde pour aller à la rencontre de quelques-uns d'entre eux.

Jonathan Franzen
États-Unis

Né d'une mère américaine et d'un père suédois, élevé dans l'Illinois et ayant fait une partie de ses études à Berlin, Jonathan Franzen (né en 1959) est devenu mondialement célèbre après la parution, en 2001, des *Corrections*, un grand roman nous plongeant au plus profond d'un fauteuil en cuir bleu Everstyl où sombre Alfred Lambert, bientôt sénile, et avec lui toutes les certitudes de sa femme et tous les rêves de ses trois grands enfants : Gary dont la réussite apparente n'a d'égale que sa névrose ; Denise qui a bâti une forteresse intérieure dans laquelle elle se retrouve enfermée ; Chip enfin, qui, à force de corriger son manuscrit, ne parviendra pas à le publier.

En 2010, la publication de *Freedom*, nouvelle grande fresque partant elle aussi de l'histoire d'une famille pour évoquer toute l'Histoire de l'Amérique des trente dernières années, a valu à l'écrivain un privilège rare : la Une du célèbre magazine *Time* avec photo pleine page ainsi légendée : « *great american novelist* » (grand romancier américain).

Alaa al Aswani
Égypte

Les voies menant à l'écriture peuvent être mystérieuses. De métier, Alaa al Aswani est dentiste, honorable profession qu'il exerce toujours au Caire, la ville où il est né en 1957. Cette pratique a servi son œuvre : l'écrivain explique souvent avoir eu pour matériau de base bien des histoires que lui ont racontées ses patients. En 2002, il publie un petit chef-d'œuvre : *L'Immeuble Yacoubian*. Comme son titre l'indique, ce roman raconte l'histoire d'une maison : une vieille bâtisse située au centre de la capitale égyptienne, et lui ressemblant beaucoup. Délabrée aujourd'hui, elle garde les vestiges d'un lustre passé. Le livre nous y fait pénétrer, pour nous raconter les histoires croisées de tous les habitants du lieu : l'affairiste prêt à tout, le jeune homme au cœur pur si humilié par le système social qu'il se laissera tenter par l'islamisme, la femme contrainte de se plier au désir d'un homme pour nourrir les siens ou encore le journaliste homosexuel perdu dans sa passion pour un soldat. Immense succès dès sa parution, *L'Immeuble Yacoubian* a représenté un choc pour l'ensemble du monde arabe car il osait briser, dans une langue simple et accessible à tous, les tabous qui, selon l'auteur, le gangrènent : la corruption, la pression de l'extrémisme religieux, les interdits sexuels. Le regard toujours juste, jamais moralisateur qu'il porte sur ses personnages et son réalisme ont fait comparer Al Aswany à Naguib Mahfouz (1911-2006), prix Nobel de littérature, et plus grand romancier égyptien du XXe siècle. Parlant couramment le français, l'anglais, l'espagnol, ouvert sur le monde, l'homme est aussi un fervent démocrate.

Michel Houellebecq
France

Même les Français qui ne lisent pas connaissent de lui deux ou trois choses : ses bredouillements pour répondre à ses interviews à la télé, l'étrange façon qu'il a de tenir ses cigarettes entre trois doigts, son goût pour la provocation – en 2001 il traite l'islam de « religion la plus con », et fait l'éloge de la prostitution. Plus tard, il défend les raéliens, une secte d'illuminés qui se croient en lien avec des extraterrestres. Le fait que Michel Houellebecq soit un *personnage* ne l'empêche pas d'être aussi (et avant tout) un des plus grands écrivains français vivants. Né sur l'île de la Réunion en 1956 ou 1958 (il conteste lui-même sa propre date de naissance), il se fait connaître en 1994 avec *Extension du domaine de la lutte*, portrait mélancolique d'un cadre dépressif servant à dépeindre la grande misère affective et morale du monde du travail dans la société capitaliste. Suivront d'autres romans qui abordent d'autres thèmes. *Les Particules élémentaires* (1998) croise le destin de deux demi-frères nés à la fin des années 1950 et esquisse le tableau des générations désenchantées qui succèdent aux révoltés des années 1960-1970. *Plateforme* (2001) décrit le lent cheminement d'un handicapé de l'amour qui finira par trouver le bonheur avec les prostituées de Thaïlande. *La Carte et le Territoire* (2010, prix Goncourt) suit le parcours d'un artiste contemporain. Dans chacun, on retrouve la marque qui fait tout l'intérêt des romans de Houellebecq. Il réussit, à travers un récit simple et fluide, à mêler les parcours individuels de héros mal à l'aise dans leurs amours, leur sexualité, leur temps, avec de vastes et enrichissantes réflexions sur l'évolution de nos sociétés, les rapports entre les hommes et les femmes, ou l'avenir (sombre) de l'Occident.

Han Han
Chine

Sera-t-il un des grands écrivains chinois du siècle ? Il est encore tôt pour le dire. Han Han est né en 1982, il a le temps de faire son œuvre. Si l'on veut comprendre quelque chose aux évolutions de la Chine contemporaine, il ne faut pas attendre pour connaître son nom. Fils de Shangaï, élève médiocre – ce dont il se vante avec humour, ce qui n'est pas rien dans un pays où l'éducation est tout –, il publie en 1999 *Les Trois Portes*, une satire féroce du système éducatif et de tout ce qui va avec : les ambitions délirantes des parents, la médiocrité des enseignants, etc. Le livre devient un best-seller et Han Han une petite star. Il est servi par son physique avantageux, qui lui assure une cote considérable auprès des jeunes chinoises, et un éclectisme à toute épreuve : l'écrivain est musicien, ce qui arrive, mais aussi, croisement plus rare, pilote de rallye automobile. Mal considéré par la vieille garde intellectuelle qui le juge cynique et superficiel, il est adoré des générations montantes qui voient en lui un symbole de la Chine nouvelle, branchée, ouverte. Elles apprécient la liberté de ton avec laquelle il fait exploser le conformisme étouffant des médias traditionnels et guettent avec passion les avis qu'il émet sur les sujets les plus divers dans son blog – qui passe pour le blog le plus lu au monde.

Prix Nobel

L'autre moyen simple de voyager avec la littérature consiste à se rendre à Stockholm, là où sont décernés chaque année les célèbres prix Nobel. Voici ceux donnés au titre de la littérature, pour la première décennie du siècle.

2000	Gao Xingjian	français (né en Chine)
2001	V. S. Naipaul	britannique (né à Trinidad-et-Tobago)
2002	Imre Kertész	hongrois
2003	J. M. Coetzee	sud-africain
2004	Elfriede Jelinek	autrichienne
2005	Harold Pinter	britannique
2006	Orhan Pamuk	turc
2007	Doris Lessing	britannique
2008	J.-M. Le Clézio	français et mauricien
2009	Herta Müller	allemande
2010	Mario Vargas Llosa	espagnol et péruvien
2011	Tomas Tranströmer	suédois
2012	Mo Yan	chinois

L'essai du siècle ?
Le Choc des civilisations

L'effondrement de l'URSS, au début des années 1990, stimule les réflexions chez les spécialistes de relations internationales. Quel monde va apparaître, maintenant qu'il n'est plus gouverné par l'affrontement entre capitalisme et communisme ? Francis Fukuyama (né en 1952), un universitaire américain spécialiste de sciences politiques, émet dès 1989 une hypothèse qui devient, en 1992, un livre : *La Fin de l'Histoire et le dernier homme*. La mort du communisme, y écrit-il en substance, signe le triomphe du du communisme, y écrit-il en substance, signe le triomphe du capitalisme, de l'économie de marché et de la démocratie libérale qui désormais vont s'installer sur toute la planète et régner jusqu'à la fin des temps.

Un autre grand politologue américain, Samuel Huntington (1927-2008), lui oppose une réponse cinglante dans un long article publié dans une revue en 1993. Le temps des conflits idéologiques, ou même économiques, est peut-être terminé, mais il y en aura d'autres, qui seront fondés sur les grandes oppositions entre les très vieux modèles de société, de pensée, de culture qui se partagent le monde, ce qu'on appelle les civilisations. Il en compte jusqu'à neuf : la chinoise, la japonaise, l'hindoue, la bouddhiste, l'occidentale, l'islamique, la latino-américaine, l'africaine et l'orthodoxe. Entre toutes celles-là les oppositions ne cesseront de croître, c'est ce qui donne le titre de son article, qui devient un livre publié en 1996 aux éditons Odile Jacob : *Le Choc des civilisations* (dans la VO : *The Clash of Civilizations and the Remaking of World Order*).

Dans un premier temps, l'essai suscite polémiques et controverses, mais elles restent toutes confinées aux hautes sphères des débats universitaires. Une actualité mondiale lui donne un incroyable coup de fouet : les attentats du 11 septembre 2001. Voilà soudain la thèse étudiée, commentée, disputée, et surtout le titre du livre remis à toutes les sauces, et très réduit par la même occasion : on ne parle plus du « choc des civilisations » que pour parler du match entre deux d'entre elles, l'Islam et l'Occident. Tout le monde, soudain, a son point de vue dessus : les extrémistes des deux camps, islamistes et racistes occidentaux, l'espèrent ; les démocrates le redoutent.

On peut reprocher à sa thèse d'être trop monolithique. Ainsi donc, pour Huntington, il existerait des « civilisations » venues du fond des âges et appelées à ne jamais bouger jusqu'à la fin des temps, qui enfermeraient à jamais les populations s'en réclamant dans une même façon de penser, ou de vivre.

Dix ans après 2001, un autre grand événement mondial est venu ébranler cette conception : le printemps arabe. Les révolutions, initiées par la Tunisie et l'Égypte pour mettre fin aux dictatures qui les écrasaient, montrent que les choses sont infiniment plus complexes. Les différents courants politiques qui émergent dans tous ces pays, les grandes batailles qui y opposent désormais démocrates et islamistes montrent qu'il est absurde de les réduire à une civilisation qui expliquerait tout : au sein même du monde musulman s'affrontent des courants divergents, comme c'est le cas partout, d'ailleurs.

II. Écrans

Il y a un peu plus de cent ans, avec l'invention du cinéma, le monde découvrait que l'on pouvait regarder se dérouler une histoire sur un écran. Un siècle plus tard, les écrans se sont multipliés. Il y a bien sûr ceux des salles obscures et de la télé, mais aussi celui de l'ordinateur, la tablette, le téléphone et la console qui sont devenus autant de supports d'images animées.

1. Petit écran

Vous croisez parfois autour de vous des enfants aux prénoms atypiques : Dylan, Ronan, Lisa ou Oriana. Il y a fort à parier que leurs parents sont accrocs aux séries télévisées. On estime aujourd'hui à deux milliards le nombre de téléspectateurs qui suivent quotidiennement les péripéties familiales et sentimentales concoctées par la chaîne TV Globo. Les telenovelas proviennent principalement du Brésil, elles sont diffusées avec succès partout dans le monde. En Inde et dans le monde musulman, le public est venu aux séries par le biais des grands mythes religieux adaptés pour la télé. Mais depuis dix ans, le *soap* a pris le pas chez eux : les disputes entre belles-filles et belles-mères ont remplacé la foudre divine.

Les feuilletons du ramadan, véritable phénomène médiatique, mobilisent chaque année 400 chaînes qui se livrent à une guerre d'audience durant cette période de fête. On retiendra *Noor*[1], le *Dallas* oriental qui aura fait couler beaucoup de khol dans toutes les médinas.

En Asie, on distingue les K dramas, les J dramas et les T dramas, selon leur provenance, respectivement coréenne, japonaise et taïwanaise. Un drama peut être sentimental, tragique, humoristique, familial, scolaire, historique, ou tout cela à la fois. La plupart des téléfictions asiatiques ont pour cible un public d'adolescents ou de jeunes adultes.

Autre phénomène, largement répandu en Europe, celui des séries nord-américaines dont la créativité a marqué le paysage audiovisuel des années 2000.

1. *Noor* (titre original : « Gümüş ») est une série turque, véritable phénomène dans tout le monde arabe entre 2005 et 2007, qui a réuni jusqu'à 85 millions de téléspectateurs.

Séries américaines

Voici les principales thématiques abordées dans les séries avec une sélection de titres les plus populaires. Certaines séries ont beau être interminables, nous avons tenté de résumer leur intrigue en une phrase, comme dans les mots croisés.

Le corps médical

Grey's Anatomy
Transfusions sanguines et confusions sentimentales autour du docteur Grey (Ellen Pompeo).

Dr House
(House, M.D.)
Le docteur (Hugh Laurie) est misanthrope mais il sait résoudre toutes les énigmes médicales.

L'investigation

NCIS
(Naval Criminal Investigative Service)
Gibbs et ses facétieux collègues font le jour sur les sombres affaires de la marine américaine.

Les Experts
(CSI – Crime Scene Investigation)
Selon eux, il faut s'en tenir aux faits et bien observer la scène du crime pour espérer résoudre l'enquête : les indices ne peuvent mentir.

Les tribus foutraques

Sex and the City
Carrie (Sarah Jessica Parker), Charlotte, Samantha et Miranda sont célibataires à New York, et chacune a ses raisons.

Desperate Housewives
Dans le quartier pavillonaire de Wisteria Lane, un panel de ménagères de moins de cinquante ans (Eva Longoria, Marcia Cross…) enquille les fables sentimentales et morales.

Six pieds sous terre
(Six Feet Under)
À la mort du père, une famille de croque-morts reprend le flambeau.

L'angle politique

Sur écoute (*The Wire*)	Les citoyens de Baltimore subissent les effets de la corruption à tous les niveaux et sur toute la ligne.
24 heures chrono (*24*)	Jack Bauer dispose de peu de temps pour protéger le sénateur candidat à l'élection présidentielle, mais la saison suivante il prendra du galon.

Les gentils gangsters

Les Soprano (*The Sopranos*)	Pour enrayer ses crises de panique, Tony le mafieux entame une psychothérapie.
Prison Break	Un homme se fait enfermer volontairement dans une prison pour s'évader avec son frère, victime d'une machination.

Les ados

Gossip Girl	Il paraît que des personnages fitzgeraldiens (des jeunes gens friqués) peuplent le New York d'aujourd'hui.
Glee	Entre le club de chant et la téléréalité, on a trouvé le *Fame* des années 2000.
Skins	Ils ont 17 ans et absorbent tout : les cours de math, les plateaux repas, les névroses familiales et les substances les plus diverses.

Les talents insoupçonnés

Dexter	Expert en médecine légale le jour, tueur en série la nuit.
Mentalist	Cet Hercule Poirot en plus sexy a le don de repérer les détails qui clochent chez les suspects.

Les mots des séries

Arc :

(ou *Story arc*) Péripétie qui se développe pendant plusieurs épisodes ou pendant toute une saison. L'équivalent existe dans la littérature. Par exemple, l'histoire de Desglands – un châtelain irrascible qui a perdu sa femme à cause du jeu – dans *Jacques le fataliste* de Diderot.

Cliffhanger :

(« suspendu à la falaise ») Quand le suspense est à son comble, c'est généralement le bon moment pour une interruption publicitaire, la fin d'un épisode ou même d'une saison. On est d'autant plus sûr que le spectateur va revenir.

Incursion :

(*Cross-over*) Rencontre de personnages de séries différentes. Quand les avocats, personnages principaux de *Ally McBeal*, débauchent ceux de *The Practice* le temps d'un épisode par exemple.

Pilote :

Premier épisode d'une série. On y découvre toutes les caractéristiques de la fiction : l'ambiance, la thématique, les acteurs principaux. Ensuite, ça prend ou ça ne prend pas.

Saison :

Contrairement à la botanique, mais comme au théâtre, la saison se déroule de septembre à mai-juin, aux États-unis. *Season premiere* et *Season finale* sont les épisodes stratégiques qui ouvrent et bouclent la saison.

Série dérivée :

(*spin-off*) C'est la petite sœur d'une série, réalisée dans le même décor avec d'autres personnages ou en parallèle (exemple : les Experts Miami vont bosser à la plage tandis que les Experts d'origine restent coincés à Las Vegas)

Sitcom :

(« comédie de situation ») Série humoristique diffusée en première partie de soirée et reconnaissable à ses rires enregistrés.

Soap :

Aventures mélodramatiques mettant le plus souvent en scène des gens riches et bien coiffés. Au départ, le *soap opera* est radiodiffusé et sponsorisé par les grands lessiviers américains, d'où son nom (*soap* = savon, lessive). Aujourd'hui, il est diffusé autour des repas et toujours interrompu par la publicité. On peut citer *Dallas*, succès mondial. Au Royaume-Uni, *EastEnders*. En Allemagne, *Le Rêve de Diana*. *Plus belle la vie* en France.

Télé-réalité

Au XVIIIe siècle, Marivaux fait scandale avec *La Dispute*, une pièce dans laquelle deux garçons et deux filles, après avoir été tenus isolés du monde, subissent les troubles du désir et de l'inconstance. Le spectateur est invité à observer les résultats de cette expérience. Au tournant du XXIe siècle, la société de production Endemol fait sensation avec l'émission *Big Brother* (Loft Story) dans laquelle de jeunes candidats isolés du monde subissent les troubles de l'oisiveté et de l'inconstance. Ils sont ensuite jugés, retenus ou éliminés.
La télé-réalité est un marivaudage où de nouvelles disputes sont orchestrées chaque saison pour tenter d'attirer les spectateurs.

2. *Grand écran*

La séquence des Twin Towers qui s'effondrent le 11 septembre 2001 nous a donné l'impression de suivre un film catastrophe en direct. Après que la réalité a dépassé la fiction, les sociétés de production hollywoodiennes se sont retrouvées en panne de créativité, paralysées par un système qui se heurtait à sa propre démesure. Les budgets exponentiels, concours de têtes d'affiche, calendrier casse-tête des sorties mondiales, multiplication des produits dérivés, tout cela a paru dérisoire. Les blockbusters (les films qui font exploser le nombre d'entrées) se sont voulus rassurants et consensuels. Ils ont souffert d'un manque d'inspiration. Le public a assisté au retour en masse des péplums (*Alexandre*, *Troie*), des zombies et à celui des superhéros (*Spiderman*, *Batman*). Il a également vu se décliner les versions d'anciens succès en autant de remakes qui constituent à leur manière une nouvelle typologie cinématographique :

La préquelle (*prequel*). Film réalisé d'après une œuvre de référence, mais dont l'action se situe avant celle-ci. La seconde trilogie *Star Wars* (1999-2005) fait un bond en arrière de trente-deux ans avant la guerre des étoiles pour nous raconter la jeunesse de Dark Vador ainsi que la naissance de Luke et de Léïa.

Le *sequel*. C'est la suite et c'est un procédé ancien, mais il peut s'appliquer aux productions sans intérêt, comme les *102 Dalmatiens*, car les *sequels* sont toujours rentables la première semaine d'exploitation et ils génèrent des produits dérivés.

L'uchronie. Une autre histoire est possible. Que se serait-il passé si un autre événement que celui que nous connaissons avait eu lieu ? La littérature utilise cet effet pour mener un point de vue critique sur l'Histoire. Le cinéma depuis quelques années en fait largement usage. Dans *Watchmen*, il s'agit d'une réécriture sombre de l'Histoire des USA. Dans *Inglorious Basterds*, des Juifs américains tuent Hitler. Dans *V pour Vendetta*, l'anarchie réussit à vaincre. Le fameux masque qui apparaît dans ce film sera repris par les Anonymous (voir p.55).

Le reboot (« redémarrage »). On utilise ce terme en informatique, mais aussi dans la fiction pour désigner un film qui reprend à son point de départ une série ou un personnage sans tenir compte des épisodes existants. Contrairement à un remake ou à une préquelle, revenir au point de départ permet au reboot d'aller dans une direction différente. *Batman begins* ou *Superman returns* sont des reboots, ils montrent les nouveaux débuts de Batman et de Superman.

Les super-pouvoirs

Les super-héros sont revenus en masse dans les années 2000. Ils semblent avoir traversé la période en se goinfrant d'antidépresseurs. Spiderman et le Chevalier noir culpabilisent sans doute sous le poids de leurs responsabilités. Ils ont perdu le moral, mais ont tout de même conservé quelques super-pouvoirs :

Super-pouvoir	Super-héros
la force surhumaine	Superman ; Colossus (personnage des X-Men) ; Hulk
le vol	Superman
les sens développés	Superman ; Dardevil ; Spiderman
la téléportation	Diablo (X-Men)
la régénération	Wolverine (X-Men)
la métamorphose	The Mask ; Hulk
l'adhérence	Spiderman
la télépathie	Professeur Xavier (X-Men)
l'immortalité	Dr Manhattan (Watchmen)
la malléabilité	Mr Fantastique (4 fantastiques)
l'invisibilité	Mme Invisible (4 fantastiques)
aucun pouvoir	Batman (mais il a des gadgets et un assistant)

Si nous devions réaliser un palmarès de la première décennie du XXIe siècle, il ne serait pas forcément nostalgique, mais arbitraire à coup sûr. Retenons cinq films dans cinq genres totalement différents et appelons ceci une séance de rattrapage.

Matrix

Film cyberpunk américain réalisé par Larry et Andy Wachowski, sorti en 1999.

Le monde dans lequel nous vivons ne serait qu'un jeu d'ombres. Cela vous rappelle quelque chose ? *Matrix*, la trilogie des frères Wachowski, fait non seulement écho à la caverne de Platon, à la question de la place de l'informatique dans notre société et aux limites de l'intelligence artificielle, mais cette série de films est aussi représentative du basculement de l'imaginaire américain. Le premier volet (1999) nous montre un jeune pirate informatique, Néo (Keanu Reeves), contacté par une organisation clandestine. Néo découvre que la réalité est une création artificielle contrôlée par la « Matrice ».

Avec sa thématique cyberpunk, sa théorie du complot, et ses époustouflants effets de caméra mobile (*« bullet time »*), *Matrix* remporte un succès planétaire et impose une esthétique forte. Ce film marque un sommet et un tournant. Le volet suivant (2003) s'ouvre sur une chute vertigineuse : Trinity (Carrie-Anne Moss), l'héroïne, tombe dans le vide du haut d'un building, évoquant des scènes qui ont traumatisé l'Amérique lors de l'effondrement des Twin Towers. Le monde a changé. Au centre de la Terre se trouve Sion, cité peuplée d'êtres humains résistants aux machines. Les robots attaquent la cité, aucun médiateur, pas même Néo, ne peut enrayer le processus : *Matrix 2 et 3* se transforment en film de guerre. L'axe du mal a pris le pas sur le doute métaphysique du premier volet.

Le Secret de Brokeback Mountain

Western américain réalisé par Ang Lee, sorti en 2006.

Le Secret de Brokeback Mountain n'est pas un western comme les autres, il a fait grincer les dents des conservateurs. Jack (Jake Gyllenhaal) et Ennis (Heath Ledger), deux cow-boys engagés pour garder les moutons dans la montagne, voient la camaraderie des premiers jours se transformer en une attirance sexuelle réciproque. Le retour en ville à la fin de la transhumance marque leur séparation. Ennis gratifie Jack d'un froid : « *See you around* » (À un de ces jours).

Chacun se marie, a des enfants. Quand ils se revoient quatre ans plus tard, en un seul regard ils comprennent à quel point ils sont chipés l'un de l'autre. Ils iront à la pêche ensemble une fois par an à Brokeback Mountain...

Le ton grave qu'a adopté le réalisateur Ang Lee, en adaptant une nouvelle d'Annie Proulx, souligne le drame sentimental. Ce qui aurait pu être un simple amour de vacances, une partie de plaisir renouvelée chaque été, se révèle être un sentiment beaucoup plus profond, aiguisé par le déni d'Ennis, mais brisé par une Amérique homophobe. À sa sortie, les libéraux applaudissent le message. Le film est un succès populaire incontestable, qui dénote une évolution des mentalités. Le Wyoming où se déroule le drame fait cependant partie des États d'Amérique du Nord qui interdisent formellement le mariage pour les couples de même sexe.

Heroic Fantasy

« Gollum, gollum ! » comme dirait la petite créature après s'être emparé de l'Anneau. « C'est le mien, mon bien, mon précieux ! » *Le Seigneur des anneaux* est un joyau de l'Heroic Fantasy – des aventures héroïques dans un monde imaginaire – magistralement adapté au cinéma par Peter Jackson en 2001. Une odyssée de neuf heures qui marque le sommet du genre et qui a comblé les millions de fans de J. R. R. Tolkien (1892-1973), l'auteur du cycle, le père de Bilbo le Hobbit, des Elfes et des Orques. Ce film raconte le pénible voyage de Frodon (Elijah Wood) vers la Montagne du Destin. L'esthétique particulière de la trilogie tient au mélange entre la cotte de mailles et le pixel, entre des récits archaïques et des effets spéciaux époustouflants. Plus récemment, *A Game of Thrones* est venu renouveler le genre. Ce formidable cycle d'Heroic Fantasy imaginé par George R. R. Martin relate, de manière sombre et réaliste, la rivalité entre plusieurs « maisons de noblesse », les sept couronnes, pour accéder au trône de fer. La saga a été adaptée en série télévisée et en jeu vidéo.

Le Pianiste

Film historique français, britannique, allemand et polonais réalisé par Roman Polanski, sorti en 2002.

Le pianiste juif Wladyslaw Szpilman (Adrien Brody) donne un récital à la radio polonaise quand les bombardements viennent interrompre l'émission. Nous sommes en septembre 1939, les troupes allemandes vont vite transformer le quotidien du personnage principal, de sa famille et de tous ses semblables, en un véritable enfer. Le pianiste assiste impuissant aux humiliations, aux exécutions sommaires, à la constitution puis à la destruction du ghetto de Varsovie. Il échappe par hasard à la déportation, sa fuite et ses planques successives marquent le tempo du film, ainsi qu'un nocturne de Chopin qui raccroche Szpilman à la réalité. La musique, fluide et légère, maintient une parcelle d'humanité dans les actions éperdues de cet homme inapte au combat ou à la résistance.

Le Pianiste est le chef-d'œuvre d'un cinéaste qui, enfant, a fui le ghetto de Cracovie et perdu sa mère dans les chambres à gaz d'Auschwitz. Roman Polanski a réussi à éviter le pathos, la guimauve, les bons sentiments et l'héroïsme hollywoodiens. Il a entretenu une distance sensible entre le sujet et la direction d'acteur qui sert magnifiquement la reconstruction de ces moments tragiques.

No Country for Old Men

Thriller américain réalisé par Joel et Ethan Coen, sorti en 2008.

Un serial killer d'un sang-froid désarmant, des personnages qui ne savent pas toujours ce qu'ils fuient, des dialogues tellement simples qu'ils en deviennent profondément absurdes : *No Country for Old Men* est le meilleur et le plus dérangeant thriller de la décennie. Il y a un air de fin du monde dans ce film ainsi qu'une prodigieuse maîtrise du suspense et de la photographie.

L'histoire est tirée d'un roman de Cormac McCarthy. À la frontière entre le Texas et le Mexique, Moss (Josh Brolin), un vétéran du Vietnam, tombe sur une scène de massacre qui semble être un règlement de compte mafieux. Il ne sait pas que la mallette bourrée de billets qu'il trouve là et qu'il emporte avec lui contient un émetteur. Le tueur qui est envoyé à sa recherche, un dénommé Chigurh (Javier Bardem), sème la mort sur son passage à coups de canon à air comprimé, comme dans les abattoirs : « pof », « pof ». Entre les victimes, un vétéran fuyard et un serial killer, le shérif Bell (Tommy Lee Jones) compte les points, déconcerté. Tous les personnages sont à la fois des chasseurs et du gibier qui tente de ne pas laisser de traces. Ce trésor d'ironie est l'œuvre des frères Coen.

Avatar

Film fantastique américain réalisé par James Cameron, sorti en 2009.

Une débauche technologique au service d'un récit écologique. Jake Sully (Sam Worthington), un ex-marine paraplégique, est recruté pour se rendre à des années-lumière de la Terre, sur Pandora où vivent les Na'vi, un peuple de la forêt qui a beaucoup de points communs avec les Indiens d'Amérique. Leur sous-sol recèle un minerai que convoitent les hommes.

Jake infiltre ce peuple sous la forme d'un avatar, c'est-à-dire d'un hybride croisant l'ADN humain du héros et celui d'un Na'vi, il peut même se déplacer sur ses propres jambes dans la forêt enchantée. Neytiri (Zoe Saldana), la ravissante fille du chef de la tribu bleutée, sauve la vie du soldat tour à tour fasciné par la beauté de la créature et par celle du monde qui l'entoure, les oiseaux irisés, les fougères phosphorescentes… Tout cela pousse Jake à combattre pour la défense de ce territoire idyllique.

James Cameron réalise avec *Avatar* une prouesse technologique, 80 % des scènes étant en trois dimensions virtuelles, et un carton mondial : les recettes cumulées (2,7 milliards de dollars) dépassent celles de son précédent carton, *Titanic* (2,1 milliards de dollars).

Found Footage

C'est une nouvelle manière de raconter les histoires au cinéma, popularisée par *Le Projet Blair Witch* en 1999. Le Found Footage, pour « pellicules retrouvées », désigne un genre issu du cinéma expérimental dans lequel les images sont censées provenir de la caméra d'un des protagonistes disparu mystérieusement ou encore d'une caméra de surveillance. Le tout a prétendument été monté pour faire la lumière sur des événements hors du commun. Petit budget, caméra subjective, effets de grain, de flou et de bougé, on retrouve la même esthétique et le même procédé dans *[REC]*, *Paranormal Activity* et *Cloverfield.*

3. *Initiation aux jeux vidéo*

Faut-il commencer par *Angry Birds*, le jeu le plus téléchargé au monde et sûrement l'un des plus débiles, qui consiste à lancer des oiseaux sur des cochons verts pour récupérer des œufs ? Ou par les *Sims*, ce jeu de « simulation de vie » où l'on installe des familles dans un quartier pour ensuite les observer et participer à leur épanouissement en leur donnant du simflouz, l'argent de poche local ? Faut-il plutôt parler de l'évolution actuelle des consoles, bientôt concurrentes directes de nos box, sur lesquelles on pourra surfer, gérer des abonnements et regarder des films comme on le fait déjà sur la télé ou sur un ordinateur portable ?
Après quelques hésitations, mais finalement ravis d'être sollicités et d'être enfin pris au sérieux, les jeunes experts qui nous entourent ont bien voulu résumer pour nous l'univers des consoles en cinq jeux. Les voici :

Fifa

« C'est le test. » Il sert d'étalon entre les copains pour voir si vous savez jouer aux jeux vidéos. Le réalisme du terrain est soigné, tous les clubs de la Fédération internationale de football (FIFA) ainsi que tous les joueurs sont représentés.

Wii

« Sport, mais pas que. » La reconnaissance des mouvements du corps par la console permet de faire de la boxe, du tennis, mais aussi des concours de danse, de la simulation de vol et des jeux d'arcade.

WOW

« Feu, glace ou ténèbres ? » Dans le monde de Warcraft, il faut choisir. Choisir sa race, son apparence, sa classe sociale, son métier, son niveau de compétence, son type d'abonnement. On peut alors envisager des quêtes et des combats d'arène. Mais pour venir à bout des adversaires, il est vivement conseillé de se constituer en guilde, c'est-à-dire de rejoindre des groupes de joueurs sur Internet. Cela fait de WOW (*World of Warcraft*) un MMORPG (*massively multiplayer online role-playing game*), un jeu de rôle en ligne massivement multijoueur.

Grand Theft Auto

« GTA pour les intimes. » Vous êtes une petite frappe recrutée par la mafia et vous cherchez à devenir chef de gang. Avec son environnement ouvert qui permet au joueur de se déplacer où il veut, ce jeu est la référence des apprentis gangsters.

Call of Duty

« Comme à la guerre. » Dans *Call of Duty*, on voit juste l'arme au bout de son bras et on défouraille comme un malade. Caractéristique des jeux à vue subjective, appelés aussi FPS (*first-person shooter*), ils existent désormais en ligne sur des plateformes où les joueurs de tous horizons s'affrontent et entrent dans un classement mondial.

III. D'autres références

Votre bus n'arrive toujours pas – décidément, les transports sont lents dans ce pays. À la station où vous patientez, vous en avez assez de parler littérature et cinéma avec vos voisins. Qu'à cela ne tienne. Nous détenons dans notre besace d'autres références communes à une bonne partie de l'humanité d'aujourd'hui. Elles vous aideront à faire rebondir la conversation.

1. Nouvelles icônes

Le XXIe siècle a déjà ses icônes. Nombre d'entre elles est connu de tous. Peu de gens, sur notre planète, ignorent le nom de Barack Obama, premier Afro-Américain à être élu président des États-Unis (en 2008) ; de Cristiano Ronaldo, footballeur portugais ; ou de Lady Gaga, chanteuse à costumes. Tous les Européens savent spontanément qui est Angela Merkel, première femme à devenir chancelière d'Allemagne en 2005 ; Nicolas Sarkozy, président français de 2007 à 2012 ; ou encore les Beckham, comme on appelle le couple étalon du glamour britannique, formé par David, le footballeur, et Victoria, l'ex-chanteuse des « Spice girls ».

D'autres personnalités se situent un cran en dessous sur l'échelle mondiale de la célébrité. Tout le monde a entendu parler d'eux, mais personne n'arrive à les remettre immédiatement. Ce sont les « attends-son-nom-me-dit-quelque-chose-c'est-qui-déjà ? ». En voici quelques-uns.

Anonymous

Qui sont-ils ? Où sont-ils ? Combien sont-ils ? Par définition, on l'ignore. Comme leur nom l'indique, les Anonymous veulent prouver qu'on peut mener une action efficace pour faire avancer sa cause en restant anonyme. Ce collectif actif sur le web, et apparemment présent dans de nombreux endroits de la planète, lutte contre ceux qu'il désigne comme ses ennemis par des actions de piratage informatique : il déjoue les systèmes de sécurité des pays qui censurent l'Internet, bloque ceux des grandes firmes qui veulent contrôler l'information à leur profit ou torpille les pages d'une de leur cible récurrente, l'Église de scientologie. Quand il arrive aux Anonymous de participer à des manifestations en chair et en os, ils protègent leur identité en revêtant le masque blanc à moustache du héros du film *V comme Vendetta*. Il représente le visage de Guy Fawkes, personnage de l'Histoire anglaise qui, au début du XVIIe siècle, lors de la « conspiration des poudres », chercha à commettre un attentat contre le roi et le parlement.

Mohamed Bouazizi

Né en 1984, mort le 4 janvier 2011.

Pendant la plus grande partie de sa courte existence, ce Tunisien a vécu la vie de milliers d'autres jeunes de son pays. Obligé de quitter l'école à la fin du lycée pour subvenir aux besoins de sa famille, il tente de gagner sa vie en vendant des fruits et légumes dans la rue, et y subit le quotidien de chacun dans une dictature : le harcèlement policier, le racket de fonctionnaires corrompus. Une énième rebuffade des autorités auprès desquelles il veut se faire entendre le pousse à bout. En décembre 2010, il s'immole par le feu. Sa tentative de suicide est l'étincelle qui embrase d'abord sa propre ville de Sidi Bouzid, puis le pays. Les manifestations se succèdent, elles aboutissent à la fuite du dictateur Ben Ali le 14 janvier 2011. C'est le début du printemps arabe.

Larry Page et Sergey Brin

Américains, nés en 1972 et en 1973.
Brin a immigré, enfant, d'URSS.

Demandez à n'importe quel utilisateur d'ordinateur les plus célèbres entrepreneurs issus de la révolution informatique, ils vous citeront spontanément deux noms : Steve Jobs (1955-2011), mythique fondateur d'Apple, et Mark Zuckerberg (né en 1984), qui inventa facebook. Pourtant votre interlocuteur ne possède pas forcément un Mac et ne tient peut-être pas à s'inscrire sur un réseau social. Il y a peu de chance en revanche qu'il échappe au système inventé, développé et mis en place par Page et Brin. En 1998, ces deux anciens étudiants de l'université californienne de Stanford ont cofondé la société Google et lancé ce qui est devenu le moteur de recherche le plus utilisé au monde. Larry Page a également mis au point un peu plus tard le système « PageRank » qui sert à classer les pages selon leur popularité. Les deux amis sont entrés dès le début des années 2000 dans le classement des plus grandes fortunes du monde.

Anna Politkovskaïa

Russe, née en 1958 à New York, assassinée à Moscou en 2006.

Cette journaliste russe, qui était aussi une militante des droits de l'homme, a consacré sa vie à des enquêtes visant à dénoncer la corruption, les dérives mafieuses de son pays, ou les crimes commis par le pouvoir ou ses alliés en Tchétchénie. Son assassinat par balle, dans l'escalier de son immeuble, à Moscou, a montré de quel prix on faisait payer, en Russie, la témérité de ceux qui combattent pour faire éclater la vérité. Sa mort a fait d'elle une martyre de la liberté de la presse, et le symbole de la lutte contre les dérives autoritaires du système mis en place par Vladimir Poutine. Pour le désigner, on parle parfois, désormais, de « démocrature » – un régime qui a l'apparence d'une démocratie et la réalité d'une dictature.

Ratan Tata

Né à Bombay en 1937.

Cet industriel indien, président de l'énorme conglomérat Tata appartenant à sa famille, est un bon exemple du poids que prend peu à peu l'économie de son pays dans le monde. La plupart des Européens n'en ont pas encore conscience, pourtant ils consomment forcément indien. Le groupe Tata est, par exemple, le leader mondial du thé. L'homme lui-même est devenu une célébrité planétaire en 2008, pour avoir lancé la Tata Nano, la « voiture la moins chère du monde ». Parmi les grandes figures de l'industrie indienne, on peut citer aussi Lakshmi Mittal, qui dirige le groupe sidérurgique qui porte son nom.

Les couronnés de Stockholm

Le prix Nobel de la Paix a été créé en 1901 pour récompenser les personnalités ayant le mieux contribué au rapprochement des peuples. Voici le palmarès en ce début de XXIe siècle :

2000 **Kim Dae-jung** *Président de la Corée du Sud*	Pour son travail sur les droits de l'Homme et pour la réconciliation avec la Corée du Nord
2001 **Kofi Annan** *Secrétaire général des Nations unies*	Pour son rôle à la tête de l'ONU
2002 **Jimmy Carter** *Ex-président des États-Unis*	Pour ses efforts en faveur de la démocratie dans le monde
2003 **Chirine Ebadi** *Première femme juge en Iran (1974)*	Pour son œuvre en faveur du droit des femmes et des enfants
2004 **Wangari Muta Maathai** *Activiste écologiste kenyane*	Pour la fondation du « Mouvement de la ceinture verte »
2005 **Mohamed El Baradei (et l'AIEA)** *Directeur de l'Agence internationale de l'énergie atomique*	Pour ses efforts contre la prolifération nucléaire
2006 **Muhammad Yunus (et la Banque Grameen)** *Économiste bangladais*	Pour leur rôle dans le développement du micro-crédit
2007 **Al Gore (et le GIEC)** *Ex-vice-président des États-Unis*	Pour leur travail d'alerte sur le changement climatique
2008 **Martti Ahtisaari** *Ex-président de la Finlande*	Pour ses efforts dans la résolution de conflits internationaux
2009 **Barack Obama** *Président des États-Unis*	Pour ses efforts en faveur de la coopération entre les peuples
2010 **Liu Xiaobo** *Écrivain chinois*	Pour sa défense des droits de l'homme en République populaire de Chine
2011 **Ellen Johnson Sirleaf, Leymah Gbowee et Tawakkul Karman** *Femmes politiques libériennes et yéménite*	Pour leur action au sein du Programme des Nations unies au développement africain
2012 **Union européenne**	Pour sa contribution à la promotion de la paix

Roberto Saviano

Italien, né en 1979.

Peut-être quelques-uns ont-ils oublié son nom. En revanche, tout le monde connaît celui du livre qui l'a rendu mondialement célèbre, en 2006 : *Gomorra*, un long récit détaillé expliquant comment fonctionne la « camorra », la mafia sévissant à Naples et dans la région, et comment, à travers les trafics les plus divers, de drogues, de déchets toxiques, d'armes, elle réussit à polluer le monde entier de son argent sale. L'auteur a tenu, fait rarissime, à faire figurer dans son livre les noms exacts de la plupart des grands criminels impliqués dans ces trafics. Cela lui a valu de devenir une sorte de Salman Rushdie du XXIe siècle : menacé de mort, il mène une vie d'errance et de clandestinité, sous la protection constante de la police. Le grand écrivain italien Umberto Eco, comme nombre de ses concitoyens, en a fait un héros national. Opiniâtre et courageux, Saviano poursuit depuis sa lutte contre « le Système », comme on appelle la pieuvre mafieuse.

2. *Merveilles du monde*

Les Grecs, comme nous le rapporte Hérodote, avaient défini les Sept Merveilles du monde antique : le Phare d'Alexandrie, le Colosse de Rhodes, le Mausolée à Halicarnasse, le Temple d'Artémis, les Jardins suspendus de Babylone, la Statue chryséléphantine de Zeus et la Pyramide de Khéops – dernière merveille à subsister aujourd'hui.

Les cinq projets suivants seront-ils leurs équivalents ?

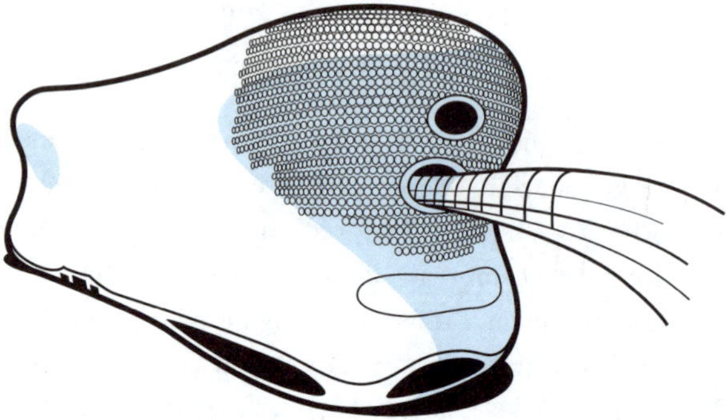

Le Selfridges Building

Birmingham, Angleterre, 1999-2003

Chef-d'œuvre de la « blobitecture » ou de l'architecture bionique, ce courant architectural du siècle nouveau qui déteste les angles marqués et la géométrie stricte pour leur préférer les formes molles, les bulles, les ailes ou les yeux d'insectes. Le *Selfridges Building* posé depuis 2003 au cœur de Birmingham (Royaume-Uni) a été conçu par les architectes du collectif britannique « Future Systems ». L'immeuble en béton coloré bleu Klein est couvert de 15 000 disques en aluminium anodisé qui lui donnent l'aspect d'un gigantesque reptile. L'intérieur est lui aussi très séduisant avec ses escalators carénés dans du plastique blanc. C'est un supermarché.

CCTV Tower

Pékin, Chine, 2004-2009

Est-ce un gigantesque A ? Est-ce un gigantesque M ? Faut-il y voir un « gros caleçon » comme le surnomment les pékinois ? Le nouveau bâtiment principal de la télévision centrale de Chine, la

CCTV Tower – deux tours jointes à leur sommet – constitue un véritable casse-tête : les façades sont asymétriques en tous points, selon l'angle de vue la forme diffère. Le cabinet de l'architecte néerlandais Rem Koolhaas en a assuré la conception. La construction a représenté de nombreux défis technologiques notamment lors de l'assemblage des deux parties principales. Il a fallu attendre que la température extérieure baisse et que la dilatation des matériaux soit la moins forte, pour réaliser la jonction. L'impressionnante double tour enjambe aujourd'hui des jardins et des studios de tournage dans le nouveau quartier d'affaires à l'est de Pékin.

Palm Jumeirah

Golfe Persique, 2001-2007

Premier archipel d'un projet pharaonique initié dans l'émirat de Dubaï (Émirats arabes unis), le Palm Jumeirah a accueilli ses premiers habitants en décembre 2007. C'était juste avant la crise économique mondiale. Les autres projets sont restés à l'état de chantier. Celui-ci aurait-il mieux fait de ne pas sortir des cartons ? Ses riches résidents se posent la question, ils feraient peut-être mieux de déménager à quelques kilomètres de là, dans la plus haute tour du monde (Burj Khalifa). L'ensemble d'îlots qui forme le dessin d'un palmier accumule les défauts. La digue a créé un marais intérieur d'eau stagnante, il a fallu la modifier en catastrophe. Les propriétaires qui avaient acheté sur plan se sont retrouvés avec moins d'espace que prévu quand les promoteurs ont cherché à réduire la taille des jardins pour rentabiliser le projet. Ils ne sont pas au bout de leurs surprises. Des géologues prédisent qu'à raison de 5 mm par an cette merveille retournera inéluctablement dans les profondeurs du golfe Persique.

Le barrage des Trois-Gorges

Hubei, Chine, 1994-2009

Les Grecs ont inventé le mythe de Prométhée – l'homme qui veut se mesurer aux dieux –, les Chinois ont inventé les Trois-Gorges, colossal barrage hydraulique édifié au cœur de la Chine, dans la province du Hubei. Un défi contre les éléments et sans doute aussi contre le sens commun. Il a d'abord fallu dévier le cours du Yangtsé, déplacer près de deux millions de personnes pour construire cet ouvrage long de plus de 2,3 km et injecter ensuite du béton pendant des mois afin de constituer une retenue de presque 40 milliards de m^3. La mise en eau du barrage a été opérée par étapes de 2006 à 2009. Vingt-six turbines assurent actuellement la production d'électricité, faisant des Trois-Gorges la plus grande centrale au monde. Et peut-être la plus grande catastrophe écologique à venir.

Le viaduc de Millau

Millau, France, 2001-2004

Les Français sont forts en ponts. Dans tout le pays, on ne compte pas moins de 266 000 ponts routiers en activité. Certains de ces monuments sortent du lot comme le pont de l'île de Ré, le pont de Normandie ou encore, au XXIe siècle, le viaduc de Millau. Ce maillon stratégique de l'autoroute A75, inauguré en décembre 2004, relie Clermont-Ferrand à Béziers et plus largement Paris à la Méditerranée. Il a été dessiné par l'architecte anglais lord Norman Foster et conçu par Michel Virlogeux. Avec seulement sept pylônes et un tablier en métal très fin, le viaduc décrit une ligne élancée délicatement courbe, longue de 2 460 mètres, qui culmine à 270 mètres au-dessus du Tarn. L'ouvrage a été imaginé afin de désengorger Millau et d'éviter les embouteillages. Aujourd'hui, les automobilistes s'arrêtent toujours, mais c'est pour admirer le pont le plus haut du monde et son panorama exceptionnel.

Le test Jeanne Calment

La Française Jeanne Calment, née à Arles en 1875, est morte en 1997 à l'âge de cent vingt-deux ans. Elle détient le record mondial de longévité. La doyenne de l'humanité en aura vu des choses. Combien d'autres nouveautés n'aura-t-elle pas connues ? Dressons-en la liste pour se faire une idée de la richesse de notre époque.

Elle a vu arriver		Elle n'a pas connu	
Le téléphone	*A. G. Bell, 1876*	Le smartphone	*2007*
La lampe à incandescence	*T. Edison, 1879*	La tablette tactile	*2010*
Le protectorat français de Tunisie	*Traité du Bardo, 1881*	Le printemps arabe	*2010-2012*
Le Coca-Cola	*J. Pemberton, 1886*	Le Red Bull sans taurine	*2008*
La Tour Eiffel	*G. Eiffel, 1889*	L'effondrement des Twin Towers	*11 septembre 2001*
Les rayons X	*W. Röntgen, 1895*	Le scanner corporel à ondes millimétriques dans les aéroports	*2010*
Le cinéma	*Les frères Lumière, 1895*	*Avatar* en 3D	*J. Cameron, 2009*
L'aspirine	*F. Bayer, 1899*	Le Viagra	*1998*
À la recherche du temps perdu	*M. Proust, 1913-1927*	Wikipedia	*2001*
Le tee-shirt	*1911 (New York)*	Les Crocs (sandales en plastique)	*2003*
La théorie de la relativité	*A. Einstein, 1916*	*Les Particules élémentaires*	*M. Houellebecq, 1998*
Le photomaton	*1936*	Facebook	*2004*
La déclaration Schuman lançant la construction européenne	*9 mai 1950*	Les billets en euro	*2002*
Le livre de poche	*1953 (en France)*	La liseuse (Kindle)	*2008*
La disquette	*IBM, 1967*	Le cloud computing	*2000*
Le micro-ordinateur	*Micral, 1973*	La clé USB	*2001*
Le disque compact	*1978*	Le lecteur MP3	*1998*
Le Post-it	*1981*	Tweeter	*2006*
Le GPS	*1995*	Google	*1998*
Dolly, la brebis clonée	*1996*	Lady Gaga, *The Fame*	*2008*

Leçon 2
Écriture

Dans ce chapitre nous oublions les pleins et les déliés des leçons d'écriture d'antan pour nous intéresser aux polices typographiques que l'on trouve dans le menu déroulant de notre ordinateur ainsi qu'au correcteur d'orthographe et de grammaire. Nous révisons ensuite les formes stylistiques les plus courantes, les bases de la correspondance par e-mail et nous découvrons de nouvelles formes littéraires.

Gribouiller, gribouiller

Dans les années 1780, le grand historien anglais Edward Gibbon vint présenter le deuxième volume de son chef-d'œuvre *Histoire de la décadence et de la chute de l'Empire romain* au duc de Gloucester, frère du roi. La remarque que lui fit celui-ci – un des plus magnifiques crétins de son époque – est restée légendaire : « *Always scribble, scribble, scribble ! Eh ! Mr Gibbon ?* » … « Gribouiller, gribouiller, toujours gribouiller ! Hein, monsieur Gibbon ? » Que dirait ce pauvre duc face à notre époque ? Nul ne sait encore si les chefs-d'œuvre y abonderont, mais pour gribouiller, nous gribouillons.

Le XXe siècle en était convaincu : les communications à distance allaient tuer la correspondance, l'omniprésence du cinéma et de la télévision allait achever la lecture. Au XXIe siècle, téléphones et écrans ont redonné à l'écrit un rôle central dans nos vies. L'ère du papier touche à sa fin. Gutenberg, métamorphosé par les technologies nouvelles, n'en finit plus de renaître. Les optimistes voient dans les possibilités offertes par la modernité des promesses infinies : le web ouvre à chacun les portes de la plus grande bibliothèque du monde ; les liens hypertextes ou les sites contributifs, comme la célèbre encyclopédie en ligne Wikipedia, qui permettent au lecteur de modifier ce qu'il lit, révolutionnent notre rapport au texte. Les pessimistes ne voient dans tout cela que l'annonce d'une apocalypse : notre manie de picorer sur la Toile va finir par remplacer la vraie lecture ; la langue relâchée qu'on y pratique va achever la littérature. Ne tranchons pas trop vite, contentons-nous de ce fait : à coups de textos, de courriels, de blogs, de posts sur les réseaux sociaux et de journées passées devant Internet, nous lisons et nous écrivons plus qu'on ne l'a jamais fait dans l'histoire de l'humanité. C'est une bonne raison pour revenir ici à quelques éléments de base de l'expression écrite.

1 - Le correcteur d'orthographe

Les bases de l'orthographe et de la grammaire nous ont patiemment été transmises à l'école depuis le cours préparatoire. L'instituteur nous a appris à distinguer un singulier d'un pluriel, un sujet d'un verbe. Conjuguer, accorder, ces mécanismes sont logés quelque part dans notre mémoire entre les tables de multiplication et le code secret de notre carte bleue. Malheureusement, noteront les philosophes, c'est surtout ce dernier que l'on sollicite.
Les calculettes, présentes jusque dans les téléphones, nous évitent de compter. Et tous les logiciels de traitement de texte ont intégré des programmes qui nous évitent de nous relire. Les correcteurs automatiques sont les instituteurs d'aujourd'hui : eux aussi détectent les fautes et les soulignent en rouge. Ils chassent les coquilles, les répétitions, et peuvent aller jusqu'à vérifier le contexte d'utilisation des mots. Ils sont ainsi capables – en comparant sa fréquence dans le vocabulaire courant ou en vérifiant sa définition – de détecter un vocable dont l'orthographe est correcte mais qui n'a sans doute pas sa place dans la phrase. Ils ciblent aussi les erreurs de grammaire : la confusion entre l'infinitif et le participe passé, entre « ou » et « où ». Ils soulignent dans des couleurs différentes les problèmes de concordance de temps, de mode, d'accord de l'adjectif ou de noms composés.

Voici, selon l'Association européenne de lexicographie, les principales erreurs de grammaire qu'un correcteur de traitement de texte repère en français :

Exemple	Type d'erreur	Proposition du correcteur
Ils allume l'ordinateur	*Accord entre le sujet et le verbe*	**allument**
Elle rentre **a** pied	*Confusion a/à*	**à**
Omar m'a **tuer**	*Confusion participe passé/infinitif*	**tuée**
Omar m'a **tués**	*Accord du participe passé*	**tuée**
C'est à dire	*Trait d'union*	**c'est-à-dire**
Ranges ta chambre	*Impératif*	**range**
Si j'**aurais** su	*Mode (subjonctif, conditionnel)*	**avais**
Ils se sont **parlés**	*Verbes pronominaux*	**parlé**
J'ai procédé aux **mises à jours**	*Expressions*	**mises à jour**
Bien qu'il **est** terminé	*Auxiliaire (avoir/être)*	**ait**

Puisqu'une machine connaît ces règles bien mieux que nous, pourquoi faudrait-il s'en encombrer l'esprit ? Parce que savoir ce que l'on écrit permet souvent de mieux comprendre ce que l'on dit. Parce qu'il est bon pour la mémoire de la faire travailler en l'envoyant se promener jusque dans nos lointains souvenirs scolaires. Parce qu'il est excellent pour le moral de se lancer des défis : sera-t-il dit que vous êtes incapable de vous mesurer à un misérable programme informatique ? Le jeu est simple, il consiste une fois de temps en temps à décocher la fonction « vérifier l'orthographe pendant la frappe » dans la barre d'outils de son traitement de texte pour tenter de faire le travail soi-même. Il suffira de la réenclencher pour avoir une idée de sa note du jour en dictée. Les conseils que voici vous aideront à déjouer les pièges les plus grossiers.

1. *L'accord du participe passé avec l'auxiliaire avoir*

On se souvient qu'il s'accorde avec le complément d'objet direct (COD) si celui-ci est placé avant le verbe. La première chose à faire consiste donc à retrouver ce fameux complément. C'est le mot – nom ou pronom – qui, dans la phrase, répond à la question « quoi ? » ou « qui ? ».

*Avez-vous compris **la règle** ?*

COD

Avez-vous compris *(quoi ?)*
la règle *(= COD)*
Oui je l'ai comprise.

Il existe quelques cas particuliers nécessitant de consulter une grammaire (par exemple lorsque le verbe est suivi d'un infinitif) et trois autres exemples simples à retenir puisque le participe passé reste invariable :

- **avec « en »,** pronom adverbial utilisé pour « de cela », « de lui », « d'eux »…
(Des nouvelles de tes cousins ? Non, je n'en ai pas reçu.)

- **avec « le »,** pronom personnel utilisé pour « cela »
(Elle a pulvérisé tous les records, comme je l'avais pressenti.)

- **avec les verbes impersonnels,** ceux qui ne s'emploient qu'à la troisième personne du singulier, comme neiger, pleuvoir, ou, dans notre exemple, falloir.
(La patience qu'il a fallu pour arriver jusqu'ici.)

2. *Le verbe pronominal*

Nous voilà face à un des bonheurs de la langue française, c'est-à-dire à un casse-tête chinois : savoir si l'on accorde ou non le participe quand le verbe est pronominal (se parler, se comprendre, etc.). Rappelons un principe de base, très simple, qui fonctionne dans la majorité des cas. Le but du jeu consiste à trouver le COD du verbe et à accorder le participe comme avec l'auxiliaire avoir : s'il est placé avant le verbe, j'accorde. S'il est placé après, je n'accorde pas. Exemples :

*Elles **se** sont **baignées.***
se : *COD* — *sont baignées* : *verbe*

Elles ont baigné qui ?
elles-mêmes.
Placé avant, j'accorde

*Elles se sont **baigné les pieds.***
sont baigné : *verbe* — *les pieds* : *COD*

Elles ont baigné quoi ?
leurs pieds.
Placé après, je n'accorde pas

Avec les verbes qui ne peuvent avoir de COD mais seulement des compléments d'objet indirects (COI), on n'accorde pas. Exemple :

*Ils se sont **parlé***
se : *COI* — *sont parlé* : *verbe*

Ils ont parlé à eux-mêmes.
Complément d'objet indirect, on n'accorde pas

Cela fonctionne pour de nombreux verbes (se complaire, se déplaire, se nuire, se parler, se plaire, se ressembler, se rire, se sourire, se succéder, se suffire).

Les puristes s'insurgeront de cette simplification. Ils ont raison. Les contre-exemples abondent. Un conseil donc : face à un verbe pronominal, ouvrez votre grammaire, on ne peut pas tout faire à votre place.

3. *Les secrets du bon élève*

Même si la grammaire est truffée d'exceptions que nous ne développerons pas ici, chacun peut garder à l'esprit les bons vieux moyens mnémotechniques qui permettent de ne jamais trop se laisser distancer.

a/à ? On met le « a » au passé pour vérifier s'il s'agit du verbe avoir (*elle rentre ~~avait~~ à pied*).

si/rais ? Pour le mode conditionnel : les « si » n'aiment pas les « rais » (*si ~~j'aurais~~ j'avais su*).

ou/où ? On remplace « ou » par « ou bien » (T'es *~~ou bien~~* où ?).

ces/ses ? « Ses » est un poSSeSSif. « Ces » un démonstratif : quand on montre du doigt on forme un « c » avec le pouce et l'index.

é/er ? On remplace le verbe en é par vendre pour voir si c'est un infinitif ou un participe passé (*Omar m'a ~~vendre~~ tuée*).

futur/conditionnel ? On essaye avec la troisième personne du singulier. (*Je resterais bien, il resterait bien. Je resterai, il restera.*)

impératif. Quand il y a un « e » il n'y a pas de « s » (*ranges ta chambre*) et quand il y a un « s » il n'y a pas de « e » (*soies tranquille*). Sauf dans le cas du verbe aller, ni « s », ni « e » : Va !

tâche/tache ? Pour mener à bien cette tâche, il faut un chapeau.

Les dangers du texto

Les téléphones portables sont pourvus d'outils de saisie intuitive (parfois appelés T9) ou semi-automatique des messages. Il suffit de taper quelques lettres pour que l'appareil propose la suite du mot. Cela peut s'avérer pratique, agaçant ou dangereux et les cas recensés de gaffes monumentales sont légion. Un couple vient d'avoir son premier bébé :

> *« je vous embrasse tous les trois ! »*

a écrit joyeusement une de nos amies à la jeune maman, avant de retomber dix minutes plus tard sur le message qui était parti :

> *« je vous embrasse tous les trous ! »*

Un site américain nous fournit cette autre perle :

> *« We are going to divorce »*

écrivent les parents à un de leur fils (« nous allons divorcer ») avant d'envoyer un rectificatif urgent :

> *« no ! we are just going to Disney »*

(« non, nous allons juste chez Disney ») !

La loi du moindre effort

En français classique, trouver une solution à un problème revient à le *résoudre* ; assurer la promotion de quelque chose consiste à le *promouvoir*. Pour nombre de locuteurs d'aujourd'hui, on *solutionne*. Dans le marketing, on *promotionne*. En gros, on n'arrête pas de *-tionner*. Il n'y a pas à s'affliger de cette tendance. Elle correspond à un mouvement naturel de toutes les langues que l'on pourrait appeler la « loi du moindre effort ». Pourquoi s'en remettre à de complexes verbes du troisième groupe (résoudre, promouvoir) quand il est si facile de passer au premier, bien plus simple à conjuguer ? Le problème, dans notre exemple, est que cette loi pourrait aussi devenir celle du plus gros encombrement. De solution, on est passé à *solutionner*. Pourquoi, après, ne pas aller jusqu'à *solutionnement*. Et de là, à refaire le verbe *solutionnementer* ?

Parfois aussi, cette paresse linguistique conduit à méconnaître l'esprit même de la langue. Parce que *bien que*, *quoi que*, *avant que*, etc. imposent le subjonctif, on a tendance à faire suivre « après que » par le même mode. C'est une erreur. Le *subjonctif*, disait-on pour simplifier, est le mode du *subjectif*, de l'incertain. Par rapport à l'action de la proposition principale, la proposition introduite par « après que » est objective, certaine, puisqu'elle s'est passée avant : elle commande donc l'indicatif.

Après que nous avons expliqué cette loi,
vous ne ferez plus jamais la faute.

Nos ognons

L'orthographe évolue plus vite qu'on ne le croit, des réformes ont lieu régulièrement dans les différents pays d'Europe. Les lexicographes ont à cœur de faire évoluer les règles pour estomper certaines anomalies (les fameuses exceptions) et pour faire de la place aux mots nouveaux.

En 1990, après s'être penchée sur la question du trait d'union et du pluriel des mots composés, sur les accents et les doubles consonnes, l'Académie française a rendu sa copie[1]. Ses préconisations sont d'ores et déjà prises en compte par les correcteurs automatiques. Il est donc grand temps de s'y mettre.

1. http://www.academie-francaise.fr/langue/orthographe/plan.html.

Réforme de l'orthographe		
	Avant	**Après**
Incohérences	Il plaît, il se tait	Il plait, il se tait
	Je cède, je céderais	Je cède, je cèderais
	Vingt-trois, cent trois	Vingt-trois, cent-trois
	Dissous, dissoute	Dissout, dissoute
Mots composés	Chausse-trappe	Chaussetrappe
	Pique-nique	Piquenique
	Tire-bouchon	Tirebouchon
	Haut-parleur	Hautparleur
Doubles consonnes	Interpeller	Interpeler
	Dentellière	Dentelière
Anomalies	Oignons	Ognons
	Asseoir	Assoir
	Eczéma	Exéma

II - *Merveilles de la stylistique*

« Les gens ne savent plus parler », « les jeunes baragouinent ». La chanson est ancienne. Plutôt que de l'entonner, essayons de relever le niveau de la langue à notre manière : faisons un peu de stylistique. Cet art merveilleux consiste, entre autres délices, à parer des plus beaux habits, cousus en grec et en latin, les évolutions du langage et les tics de nos contemporains. Comme le bourgeois gentilhomme de Molière faisait de la prose sans le savoir, nous utilisons tous d'élégantes figures de style et nous l'ignorons.

1. *Acronyme*

Lol n'est pas seulement un petit mot mis à toutes les sauces pour indiquer ce qui est drôle, ou risible. C'est un acronyme en place de la locution anglaise *Laugh out loud* (rire aux éclats). Il est entré en 2011 dans le Oxford English Dictionary.
Un acronyme est formé d'initiales ou de syllabes, et se prononce comme un mot ordinaire. **Sim** (*Subscriber Identity Module*, module d'identité de l'abonné), pour une « carte Sim », en est un.

2. *Sigle*

Un mot formé des premières lettres d'autres mots mais qu'il faut épeler pour le prononcer (ex : SNCF) est un sigle. De nos jours, ils sont souvent utilisés pour aller vite, pour déjouer les filtres dans les forums de discussion ou pour crypter l'information qui ne doit pas être comprise des parents. L'anglais en fait largement usage : **RIP** et **OMG** sont des sigles, leurs traductions se trouvent p. 98.

3. *Allographe*

JTM, écrit au feutre sur la table de classe ou avec les pouces sur son téléphone est un allographe. Ce procédé, souvent utilisé dans les textos, permet de construire une phrase à partir de lettres que l'on épelle. UR pour *you are* (« tu es », en anglais), 4U pour *for you* (« pour toi »). Tous les gens qui en abusent peuvent avoir une pensée pour le grand artiste du XXe siècle, Marcel Duchamp, qui le fit entrer dans l'histoire de l'art. Après avoir dessiné une moustache à une reproduction de la Joconde, il inscrivit sous son forfait la légende : **LHOOQ**. C'était un allographe. Nous vous laissons le traduire.

Des fautes sublimes

Les linguistes sont grands seigneurs : avec eux, même les fautes ont des noms splendides.

L'anacoluthe est une rupture dans la continuité syntaxique. C'est aussi une erreur très courante. Si l'on écrit : *Étant malade, le docteur m'a dit de rester au lit*, on ne rend pas service à ce malheureux médecin. Dans la phrase, c'est lui qui est malade. On corrigera par exemple ainsi : *Étant malade, je reste au lit comme me l'a conseillé le docteur.*

La syllepse consiste à accorder selon le sens plutôt que selon la syntaxe. Elle est parfois fautive.

Ce type est un espèce de crétin. Dans la phrase, c'est le crétin qui nous importe, plutôt que l'espèce : c'est pour lui donner encore plus de poids qu'on la met au masculin.

4. *Apocope*

L'apocope désigne le fait de laisser tomber une ou plusieurs syllabes à la fin d'un mot. Elle est omniprésente dans la langue parlée. C'est la *cata*, à cause de ce *mytho*, je n'ai pas eu *Libé* au *petit déj* et j'ai raté la *pub* qui proposait une *occase* sur un *ordi.*

5. *Aphérèse*

À l'inverse, l'aphérèse revient à faire l'économie d'une ou de plusieurs syllabes en début de mot. Net (pour Internet), blog (pour weblog) en sont des exemples. À vous de retrouver les quatre ci-dessous :
J'en parlais au troquet : le fait que les Ricains n'aiment que le steak me pose un blème.

6. *Ellipse*

Un *portable* (pour « téléphone portable », ou « ordinateur portable » par exemple) n'est ni une apocope ni une aphérèse, on n'y fait pas tomber un morceau de mot mais un mot entier. C'est une ellipse.

7. *Mot-valise*

Le mot-valise est issu de la fusion de plusieurs mots : « alicament », aliment médicament ; « courriel », courrier électronique ; « sexto » qui désigne un texto à connotation sexuelle. On pense moins au plus célèbre d'entre eux : « informatique » est né de la rencontre des mots information et automatique.
L'expression « mot-valise » est une adaptation de l'anglais *portmanteau word*, créée par Lewis Carroll dans *Alice au pays des merveilles. Portmanteau*, en anglais, désigne une grosse malle permettant de transporter ses habits avec soi, une valise donc. Les Allemands parlent de *Kofferwort* (*Der Koffer* : la valise).
En japonais, les mots-valises méritent d'autant plus leurs noms qu'ils sont issus de voyages. Les plus fameux sont formés par association avec l'anglais, ainsi : *pasokon* (*pasonaru konpyuta*, *personal computer*, PC), *pokemon* (*pocket monster*), *karaoke* (*karapo orchestra*).

Petit plus

On peut enfin retenir deux mots savants. Ils ne désignent nulle figure de langue mais presque un style de vie tant ils s'ancrent eux aussi dans les usages du XXIe siècle.
La sérendipité est une découverte inattendue faite grâce à un mélange de hasard et d'intelligence, c'est une heureuse conjonction. Calqué de l'anglais *serendipity*, le terme vient d'un conte cité par Horace Walpole qui a ensuite inspiré Voltaire pour son *Zadig*. L'exemple

le plus célèbre de la notion nous renvoie à Christophe Colomb. Le Génois était parti pour rejoindre la Chine. C'est par sérendipité qu'il a découvert les Amériques. De nos jours, il est plus fréquent de naviguer avec sa souris sur le web qu'avec des caravelles sur l'Atlantique. Il arrive néanmoins qu'en se perdant de page en page, on trouve, au détour d'un lien hypertexte, quelque chose d'utile alors même qu'on ne le cherchait pas. C'est ça la sérendipité.

La procrastination vient du latin *crastinus*, signifiant demain. C'est ce penchant que nous avons à remettre au jour suivant ce qu'on n'arrive pas à faire le jour même. Fille de la paresse, elle n'est pas nouvelle. « La forme même des pyramides, écrivait l'humoriste américain Will Cuppy, prouve que les ouvriers avaient déjà tendance à en faire de moins en moins. » Le problème est que les techniques modernes ont considérablement augmenté les possibilités de distraction offertes à tout mortel. Hier encore, pour réussir à ne pas faire ce qu'on avait à faire dans un bureau, il fallait se tourner pour bavarder avec un voisin, sortir ses trombones pour réaliser des sculptures, aller au bistrot pour boire un verre. Face à un ordinateur, on peut trouver bien mieux sans détourner les yeux de son écran.

À ceux qui en ont assez du poker en ligne, des ventes privées, ou des sites pour adultes, et qui voudraient comprendre les mécanismes de ce phénomène, on ne saurait trop conseiller de regarder le magnifique film de Johnny Kelly sur vimeo.com/9553205. La procrastination y devient une œuvre en tant que telle, un comble.

III - *Nétiquette*

Vous êtes quelqu'un de poli et de bien élevé, cela va sans dire. Pourtant, lorsqu'il s'agit de rédiger un courrier électronique ou un billet sur les réseaux sociaux, vous êtes parfois confronté à des situations délicates. La nétiquette – le code de conduite sur Internet – permet de parfaire la qualité des échanges et aussi d'améliorer les rapports entre contributeurs.

1. *Les posts*

Les messages postés sur les forums sont souvent redondants. Avant d'en rédiger un, il est judicieux de commencer par observer le fil de la discussion. Cela nous concerne-t-il ? A-t-on un commentaire constructif à apporter ? Même les questions que l'on pose dans un forum d'entraide peuvent avoir été traitées quelques pages plus haut : vérifions donc si le sujet n'a pas déjà été discuté.
Les commentaires (« coms ») postés sous les articles sont souvent éruptifs. Un borborygme plutôt qu'une parole, un énervement plutôt qu'une réflexion. Dans la vie, un honnête homme sait tenir ses nerfs. Sur le Net, il saura retenir ses *coms*. On a compris le premier principe fondamental de la nétiquette : bannir toute précipitation. En connaissance de cause, après avoir réfléchi, on pourra passer à la rédaction du billet.
Quand on est invité à dîner chez la reine d'Angleterre, on ne se pose pas de questions sur la façon de tenir ses couverts : on la regarde faire, et on fait comme elle. Dans ses posts, Mark Zuckerberg, le P.-D.G. de Facebook, ne s'encombre ni de bonjour ni de

Mark Zuckerberg

formules de politesse. Il est l'un des rois de la Toile. Suivons donc son exemple : allons au plus simple.
Gardons enfin à l'esprit deux trois règles de base.

- On adapte ses propos au style du forum où l'on s'invite.
- On réserve le langage SMS pour les correspondances SMS.
- On utilise la majuscule à bon escient, c'est-à-dire que l'on proscrit les phrases entières en capitales, SINON CELA DONNE L'IMPRESSION DE CRIER.
- On a en tête que le message va bientôt devenir public (est-il nécessaire de publier des données personnelles sur un forum ?).
- Le message est indélébile et sera lui aussi sujet aux commentaires, il vaut mieux prendre le temps de le relire avant de le poster.

Troll

Sur les forums, celui qui a une volonté de polémiquer plutôt que d'avancer dans la discussion est appelé « troll ». Ce terme nous renvoie à la mythologie nordique ou aux jeux de rôles dans lesquels ces petits monstres se multiplient, se régénèrent, voient leurs membres coupés repousser sans cesse. L'analogie avec les fils de discussions interminables sur lesquels des nabots anonymes changent volontiers de profil pour continuer à « troller » est plutôt bien vue.

2. *Guide de correspondance par courriels*

Le message est envoyé à un destinataire en saisissant son adresse dans le champ « À : ». Pour un envoi à plusieurs personnes ne se connaissant pas ou n'ayant pas exprimé le désir de voir leur adresse rendue publique, utiliser le champ « Cci : » (copie conforme invisible).
L'objet, s'il est rédigé avec soin, permettra une recherche ultérieure dans la liste des courriers. On évite donc les intitulés trop vagues du type « bonjour » ou « question ».

Le message par lui-même comporte des formules de politesse évidemment adaptées à l'interlocuteur et à la relation que l'on entretient avec lui. Sur le Net, elles doivent être courtes. « Bien cordialement », « très amicalement », « bien à vous » suffisent. Les formules traditionnelles (« Je vous prie, chère Madame, d'agréer l'expression de mes sentiments distingués ») risquent d'être plus longues que le contenu du message. On fera attention aussi aux signatures automatiques.
La police choisie doit être compatible avec tous les ordinateurs (Times, Arial…).

Lorsque l'on répond à un destinataire en le citant, on veille à équilibrer la proportion de citation : on laisse ce qui est indispensable pour comprendre la réponse.
Dans le cas d'une longue chaîne de correspondance, on efface, le cas échéant, les messages précédents et les signatures.
On préfère les liens aux pièces jointes volumineuses.
On attache des documents dont les formats sont reconnus par l'ordinateur destinataire (.rtf, .pdf).
On répond aux messages personnels et professionnels en moins de 24 heures. Oui, enfin, on est censés…

Trois choses à éviter

- Le multipostage. Copier-coller est tellement simple que certains internautes inondent les forums de leur prose sans en changer une ligne. Pas vous.

- Le transfert intempestif. Ne pas faire suivre les pétitions ou les annonces sensationnelles qui vous alertent de l'extinction du marsupilami en Transylvanie. Pour la plupart, ce sont des hoax (voir ce mot p.100), ils ont leur place dans la corbeille.

- Le SMS collectif. Il se prétend amical. On en voit beaucoup à l'occasion des vœux de nouvelle année. Si on a des amis, on les considère. On ne les prend pas pour un troupeau. Un vœu lancé à la cantonade n'est plus un vœu. Est-ce que vous lisez les formules de remerciement sur un ticket de caisse ? Recevoir des vœux par SMS collectif est un équivalent.

3. *L'Internet rend-il bête ?*

Le journaliste américain Nicholas Carr a posé la question en 2008 et elle a eu un grand retentissement. Voici son témoignage : « Je ne réfléchis plus de la même manière qu'auparavant. C'est surtout sensible lorsque je lis. Plonger dans un livre ou un long article, avant c'était simple. Mon esprit était captivé par l'histoire ou par l'argumentation, je pouvais passer des heures à faire dérouler la prose. Ce n'est plus vraiment le cas. Maintenant, ma concentration défaille après deux ou trois pages. Je deviens impatient, je perds le fil, je commence à chercher quelque chose d'autre à faire. Je sens que j'ai besoin de contraindre mon cerveau pour qu'il revienne au texte. La lecture prolongée qui m'était naturelle est devenue une lutte[1]. »

1. Extrait de l'article paru dans *The Atlantic*, « Google nous rend-il bête ? ».

Le débat est lancé. Internet dégrade-t-il les capacités de notre cerveau ? Les moteurs de recherche influent-ils sur nos facultés d'analyse ? Des études sérieuses (Université de Londres et UCLA, 2008) soulignent une forme d'impatience et d'intolérance chez les étudiants quand les résultats ne s'affichent pas assez vite, ou alors un type de lecture chez les jeunes qui privilégie les titres, les résumés, les liens hypertextes. Les chercheurs en psychologie et en neurologie notent ainsi une évolution des habitudes qui incitent l'internaute à soutenir une activité accrue. Son cerveau convoque constamment les fonctions liées à la prise de décision et au raisonnement complexe. Il n'est pas plus bête qu'avant, son cerveau n'est pas plus petit, mais il est un peu trop sollicité. Apprenons donc à canaliser cette suractivité.

4. *Le sabbat numérique*

Les Américains parlent de *digital sabbatical*. On pourrait l'adapter en français par « le dimanche, je débranche ». L'idée est de dédier un jour par semaine à toute autre occupation que celles liées à l'Internet, la consultation des courriels, la mise à jour des infos de son compte Twitter ou Facebook. Pour profiter des beaux jours, de la famille, des amis, lire un livre, faire un gâteau, et surtout rompre avec le côté compulsif et insécurisant que constitue l'usage continuel des modes de communication et d'information numériques. Ai-je un message ? Quel commentaire a-t-on laissé sur mon blog ? Mon compte en banque est-il dans le rouge ? Ma carte bancaire a-t-elle été piratée ? Vais-je louper une bonne fortune ? Y aura-t-il de la pluie ce week-end ? Une grève aérienne le mois prochain ? Chacune de ces questions crée un sentiment d'insécurité. Ce sont des piqûres d'angoisse qui paradoxalement génèrent une forme d'accoutumance. Une journée de sevrage par semaine semble un traitement raisonnable pour limiter son addiction.

Quatre règles simples

- Accomplir autant que possible une activité après l'autre ;

- Toutes les applications pour téléphone proposent des systèmes appelés « notification push » qui sont censés alerter l'utilisateur de telle ou telle information. La plupart jouent sur un faux sentiment d'urgence. Il est raisonnable de les supprimer ;

- On consultera ses mails et les sites d'info à heure fixe. C'est vous qui avez la maîtrise de votre temps. Pas la machine ;

- Fermer l'ordinateur au minimum ½ heure avant de dormir pour laisser reposer les neurones.

Hypertexte

L'hypertexte est un lien qui permet de passer d'un document consulté à un autre document. Sur une page Internet, par exemple, il suffit de cliquer sur une citation pour être dirigé vers sa source. Cela marque une tendance à naviguer hors du texte à tout bout de champ, mais pas seulement. Les liens hypertextes permettent de se déplacer rapidement parmi une masse importante d'informations, cela devient un mode de lecture à part entière. Ils sont aussi le signe d'une collaboration : on cite ses sources, on renvoie à un auteur, on enrichit son propos en faisant le lien avec d'autres références. L'écriture devient polymorphe, elle associe du son, de l'image, et parfois même de la littérature. Les grands romans du XXIe siècle intégreront à coup sûr ces possibilités.

IV - Typographie

La typographie désigne « l'art d'imprimer », l'art d'écrire en assemblant des caractères. Depuis Gutenberg, les typographes ont fait évoluer la forme des lettres suivant qu'ils voulaient renforcer la lisibilité ou favoriser le confort de lecture. Cette technique a longtemps été réservée aux seuls initiés. Aujourd'hui, chacun y a accès : une centaine de polices de caractères est fournie à l'achat d'un ordinateur, autant dire un trésor.

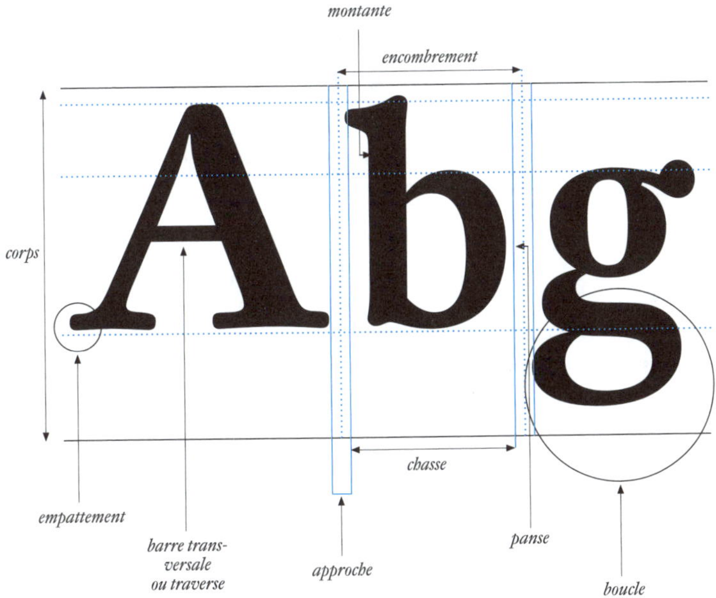

1. Menu déroulant

Le menu « police » du logiciel de traitement de texte déroule de haut en bas des noms disparates, classés par ordre alphabétique. La forme des lettres reprend le style de la typographie : Arial est

en **Arial**, Gill est en **Gill**, cela donne un avant-goût de mise en page autant qu'un aperçu des différences et des similitudes entre caractères. À quoi correspondent tous ces mots ? Ils s'inspirent de noms de personnes (Garamond, Didot, **Rockwell**), de lieux (Monaco, Gotham, Osaka) ou de techniques (*Brush script*, COPPERPLATE, Courier). Les grands classiques de la typographie (**Futura**, **Helvetica**, Times New Roman) s'imposent d'emblée car ils sont déclinés en romain, gras, italique, condensé…
Quelques noms moins connus se distinguent par leur pouvoir évocateur (DESDEMONA, *Mistral*, HERCULANUM) et leur style ornemental. D'autres enfin, relégués en bout de liste, concourent à qui sera le plus imprononçable (ＭＳ Ｐゴシック, GB18030Bitmap, Zapf Dingbats), ils regorgent de caractères spéciaux. Certains sont tentants, d'autres impressionnants, enfantins ou grotesques. Il reste à faire son choix.

2. *Les polices des polices*

Quelques typographes ont su rencontrer l'esprit de leur époque, et nous continuons d'utiliser leurs créations. Derrière la police **Garamond** se cache Claude Garamont (1499-1561), avec un t ; un homme épris de culture humaniste et passionné de calligraphie. Ce protégé de François Ier a développé les types romains et italiques qui font toujours autorité. Giambattista **Bodoni** (1740-1813), autre figure marquante de l'histoire des caractères, rédige un manuel qui devient la référence typographique tout au long du XIXe siècle.
Parmi les créations du XXe siècle, la **Futura**, dessinée par Paul Renner (1878-1956), reflète incontestablement l'esprit des avant-gardes (futurisme, Bauhaus) et préfigure le style international, quand la **Times New Roman**, inspirée du journal anglais *Times*, incarne une forme classique du confort visuel et offre une lisibilité parfaite.

Helvetica représente la police bâton par excellence (c'est-à-dire sans empattement, sans pleins ni déliés). Créée par Max Miedinger (1910-1980) qui souhaitait en faire un chef-d'œuvre d'harmonie, elle est suisse, neutre, et son usage croît de façon exponentielle depuis les années 1960. Helvetica reste *la* référence pour les graphistes.
La dernière police à avoir marqué les esprits a un drôle de nom : **Comic Sans MS**[1]. Elle a été dessinée par Vincent Connare en 1995 pour Microsoft. Inspirée par la bande dessinée, présente sur tous les ordinateurs personnels, la Comic Sans a rapidement conquis les néophytes qui apprécient son côté ludique, son air bonhomme. La police ronde s'est propagée partout dans le monde jusqu'à devenir un sujet de controverse chez les amateurs de typo. Aujourd'hui, il y a ceux qui l'adorent, qui l'utilisent à toutes les sauces. Il y a ceux qui la détestent et qui, bien entendu, vous détestent si vous l'utilisez. Il faut le savoir.

Petit plus

Un pangramme est une phrase qui comporte toutes les lettres de l'alphabet. Très utile pour choisir sa typo.

Courier	Portez ce vieux whisky au juge blond qui fume
Baskerville	The quick brown fox jumps over the lazy dog[2]
Mistral	Le vif zéphyr jubile sur les kumquats du clown gracieux
ORATOR	SWEEDSE EX-VIP BEHOORLIJK GEK OP QUANTUMPHYSICA[3]

1. Mais au fait, pourquoi Sans ? Sans sérif, c'est-à-dire sans empattements (voir lexique p. 91).
2. Le renard rapide et brun saute sur le chien paresseux.
3. Ex-VIP suédois, plutôt fan de physique quantique.

3. *Les symboles typo*

@ **Arobase :** personne ne le connaissait il y a vingt ans, l'arobase est utilisé pour séparer deux termes d'une adresse électronique. De l'arabe *ar-rouba*, unité de mesure signifiant 1/4, @ se dit *at* en anglais et *Klammeraffe* (queue de singe) en allemand, *chiocciola* (coquille d'escargot) en italien…

* **Astérisque :** littéralement « petite étoile », placé après un mot* il renvoie à une note. Encadrant un *mot*, il sert à le souligner et remplace le gras.

/ **Barre oblique :** *slash* en anglais. Elle sert à relier étroitement deux termes, à marquer un alinéa en poésie ou un cheminement en informatique.

Croisillon : à ne pas confondre avec le dièse ♯. Peu utilisé en français contrairement à l'anglais (*hash*) : dans cette langue, il est l'abréviation conventionnelle de « numéro ».

& **Esperluette :** « es per lo et », en occitan : « c'est mis pour le et », l'esperluette est la ligature du « e » et du « t » mise à la place du « et ». D'usage courant en anglais sous le nom d'*ampersand.*

❦ **Feuille aldine :** ou cul-de-lampe. Décorative, la feuille aldine, du nom du grand imprimeur Alde Manuce, se trouve dans la police Zapf Dingbats de votre ordinateur.

† **Obèle :** ou obélisque, *dagger* en anglais. Signale un passage dont l'origine n'est pas attestée, ou une date de décès.

¶ **Pied-de-mouche :** signale le début d'un paragraphe ou le passage au paragraphe suivant. En anglais, on dit *pilcrow.*

Captcha

Dans les années 1970, les plus grands typographes élaborent des polices déchiffrables par lecteurs optiques (OCR). À partir de 2000, l'inverse se produit.

Pour se prémunir des spams et des attaques de robots sur le Web, on invente le Captcha. Acronyme pour *Completely Automated Public Turing test to tell Computers and Humans Apart*, il se prononce comme *capture* en anglais et signifie « Test de Turing complètement automatisé afin de distinguer les ordinateurs des humains ».

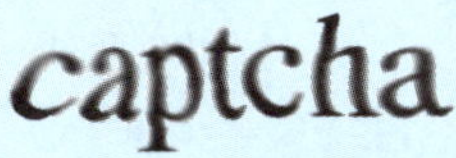

Le Captcha forme des caractères lisibles par les internautes, mais que les ordinateurs ne peuvent pas déchiffrer. Une forme d'anti-typographie ?

Lexique

Bas de casse : En langage typo, on ne dit pas minuscule, mais bas de casse. Cela remonte à l'époque où les caractères en plomb étaient rangés dans des boîtiers appelés casses. Les minuscules étaient disposées en bas. Bas de casse, c'est resté.

Cap ou capitale : Terme typo pour désigner la majuscule.

Empattement : Voir Sérif.

Fonte : La fonte désigne le style d'un caractère. On dit aussi la police.

	condensé	normal	étendu
ultralight	Helvetica *Helvetica*	Helvetica *Helvetica*	Helvetica *Helvetica*
thin	Helvetica *Helvetica*	Helvetica *Helvetica*	Helvetica *Helvetica*
light	Helvetica *Helvetica*	Helvetica *Helvetica*	Helvetica *Helvetica*
normal	Helvetica *Helvetica*	Helvetica *Helvetica*	Helvetica *Helvetica*
medium	Helvetica *Helvetica*	Helvetica *Helvetica*	Helvetica *Helvetica*
bold	**Helvetica** ***Helvetica***	**Helvetica** ***Helvetica***	**Helvetica** ***Helvetica***
heavy	**Helvetica** ***Helvetica***	**Helvetica** ***Helvetica***	**Helvetica** ***Helvetica***
black	**Helvetica** ***Helvetica***	**Helvetica** ***Helvetica***	**Helvetica** ***Helvetica***

Gras : La graisse d'une fonte, c'est l'épaisseur des caractères qui la composent. Voici l'échelle des graisses d'une police du plus fin au plus épais : *Ultralight* ; *thin* ; *light* ; *normal* ; *medium* ; *bold* (gras) ; *heavy* ; *black*.

OpenType : Format principal des polices de caractères numériques. OpenType remplace progressivement les formats TrueType et PostScript sur nos ordinateurs car un seul fichier contient les différents types d'alphabets compatibles sur le web. Cela permet d'écrire dans toutes les langues.

Romain/*italique* : Les caractères romains ont été créés vers 1465 en Italie en s'inspirant de la minuscule caroline (inventée au temps de Charlemagne, d'où son nom) et de la majuscule romaine. Le romain désigne la variante ronde et droite des caractères que l'on trouve habituellement dans un texte. On réserve l'utilisation de l'italique, penché vers la droite, à la mise en valeur de certains mots ou de citations.

Sérif/sans sérif : Présence ou non d'empattements sur les lettres, c'est-à-dire de terminaisons en forme de petits triangles ou de rectangles. Une typo sans sérif, Gill Sans par exemple, est aussi appelée typo bâton.

V - Nanolittérature

C'est le caractère
des grands esprits de faire entendre
en peu de paroles beaucoup de choses.

La Rochefoucauld

La forme crée-t-elle le fond ? La technique engendre-t-elle sa propre littérature ? Dans notre siècle, certaines évolutions technologiques ont été saluées par des initiatives purement littéraires. Ainsi, peu après l'apparition des textos, a-t-on pu lire ici et là les premiers « romans par SMS ». Aucun n'a été très convaincant. Plus récemment, on a parlé de « twittérature » : des écrits reprenant les contraintes de Twitter, le réseau de microblogging qui impose que l'on écrive les messages en 140 signes maximum.

Le célèbre festival littéraire de Hay-on-Wye (Pays de Galles) a organisé un concours du « plus beau tweet jamais écrit ». En 2010, il a été remporté par celui-ci :

Nous pouvons bâtir un monde meilleur ! Bien sûr,
cela demandera beaucoup de pierre, d'eau et de boue.
À part ça, je ne sais pas où on le mettra[1].

À défaut d'inventer des fictions, on pourrait déjà, comme le font certains twittérateurs facétieux, s'approprier les chefs-d'œuvre de la littérature.
Tentons le coup pour *Phèdre*, tragédie de Racine, en moins de 140 caractères :

Son mari est parti sur les mers. Chaude comme la braise, elle se consume pour le beau-fils. Le mari revient. Ça craint.

Il existe des antécédents illustres à cette pratique de microfiction :
Le monostique, c'est-à-dire un poème formé d'un seul vers, comme celui d'Apollinaire, tiré d'*Alcools* et intitulé « Chantre » :

Et l'unique cordeau des trompettes marines.

L'épigramme, poème très bref qui sert le plus souvent à assassiner avec élégance. La plus fameuse est celle que Voltaire a concoctée contre l'un de ses ennemis :

L'autre jour au fond d'un vallon
Un serpent piqua Jean Fréron
Que pensez-vous qu'il arriva ?
Ce fut le serpent qui creva.

1. *I believe we can build a better world! Of course, it'll take a whole lot of rock, water & dirt. Also, not sure where to put it.* (Tweet signé par le Canadien Marc MacKenzie.)

Non moins fameux, le haïku, court poème japonais. Bashô (1644-1694) est le maître en la matière :

Je suis à Kyoto
Mais au chant du coucou
Rêvant de Kyoto.

Le format court n'est pas vulgaire, au contraire, il laisse la place à l'imaginaire. On prête à Hemingway ce magnifique microroman qui tient en une phrase :

For sale. Baby shoes. Never worn.
(À vendre. Chaussons de bébé. Jamais portés.)

L'origine de ce texte n'est pas attestée, c'est peut-être une légende urbaine, un bon mot que le romancier américain aurait lancé dans un cercle littéraire à propos d'une petite annonce parue dans un journal en 1945 et qui correspond parfaitement à l'économie d'écriture de l'auteur. Peu importe. Le récit se déploie dans notre esprit, il est à la fois un début et une fin, les éléments se bousculent, se réagencent, six mots et c'est déjà toute une histoire.

Romans cellulaires

Les **keitaï shosetsu** sont des ouvrages conçus spécialement pour les téléphones portables sous la forme de feuilletons. Les micro-épisodes sont commentés par les lecteurs qui peuvent donner des pistes et influer sur la suite du récit. Il existe déjà des millions d'adeptes au Japon et bientôt plus encore puisque l'on observe le même engouement chez les ados en Chine et en Corée.

Leçon 3

Langues

Dans ce court chapitre, nous faisons le tour des différents types de langages et de vocabulaires qui se propagent à travers le monde. Une initiation au mandarin est également prévue au programme.

Parlez-vous globish ?

Les linguistes les appellent langues véhiculaires. À l'inverse des langues vernaculaires, parlées par les autochtones d'un pays ou les membres d'une même ethnie, elles permettent aux hommes de groupes différents de se comprendre entre eux. L'humanité en a connu beaucoup. Parfois, elle s'est servie de langues préexistantes, comme le latin, dont usaient les Européens du Moyen Âge et de la Renaissance, ou comme l'arabe classique, qui permet d'être compris du Maroc aux frontières de l'Iran. Parfois, elle a fini par en créer de nouvelles, véritables manteaux d'Arlequin où chacun des peuples en contact a cousu sa propre pièce. Le swahili, que l'on parle en Afrique de l'Est, est issu de dialectes bantous croisés avec de l'arabe et du persan. Pour se comprendre entre eux, les marins, les esclaves et les marchands de nationalités diverses qui peuplaient les ports de la Méditerranée s'aidaient de la *lingua franca*, appelée s'aidaient sabir, mélange de français, d'italien, d'espagnol, de turc, d'arabe. Elle fut en usage jusqu'au XIXe siècle. Le XXIe hésite entre deux possibilités. Dans l'esprit commun, la langue véhiculaire d'aujourd'hui est l'anglais. Dans la réalité des échanges planétaires, celle que l'on utilise, métissée de mots empruntés aux nouvelles technologies, croisée d'emprunts d'un peu partout, portée par une grammaire simplifiée est plutôt son fils cadet : le *globish* (en anglais, mondialisation se dit *globalization*). On en redonne ici quelques échantillons.

I - Les mots du web

En anglais, le *buzz* est un bourdonnement, le *tweet* un pépiement. Nous prononçons les mots liés aux nouvelles technologies sans forcément savoir ce qu'ils signifient dans leur langue d'origine. *Web* (littéralement la toile d'araignée) est évident : en utilisant en français le mot « toile », on se sert de la même image. Un *chat* vient du verbe *to chatter* qui signifie bavarder, comme s'en doutent tous ceux qui le pratiquent en ligne. Les mots du web sont-ils tous aussi simples ?

1. Bug

Bug veut dire insecte. La bestiole qui déclenche une panne informatique. Un défaut de conception, de compatibilité, la mémoire saturée ou un virus, tout cela peut occasionner le plantage de l'ordinateur. Réparer se dit débugger. Une mite retrouvée dans les relais électroniques d'un ordinateur de Harvard serait à l'origine du terme débugger.

2. Geek

Bien avant de désigner un passionné d'informatique, ce terme trouve sa source en Europe du Nord. Les Gek, Gicque et Gille sont les figures de fous du carnaval. Lors du bal, en Belgique et en France, on danse encore des rondes de Gicques.

Les sigles

Les sigles sont changeants comme les modes et nous renseignent sur les enjeux et le ton d'une discussion. Ce sont des marqueurs, vous les possédez ou alors ils vous excluent. Voici les plus courants :

OMG *oh my God* ou *oh my Gosh*
Oh mon Dieu

WTF *what the fuck* : c'est quoi ce bordel ?!

IMHO *in my humble opinion*
équivalent de AMHA, à mon humble avis

PRW *parents are watching*
attention, les parents nous surveillent

GG *good game* : bien joué

BFF *best friends forever*
meilleurs amis pour la vie

LMFAO *laughing my fucking ass off*
équivalent de PTDR, pété de rire

IRL *in real life* : dans la vraie vie

ASL *age sex location* : âge, sexe, lieu de résidence

RIP *rest in peace* ou *requiescat in pace*
repose en paix

TL ; DR *too long didn't read*
trop long, je n'ai pas lu

3. *Godwin*

Dès les premiers balbutiements de l'Internet dans les années 1990, l'avocat américain Mike Godwin fit cette remarque : « Plus une discussion en ligne dure longtemps, plus la probabilité d'y trouver une comparaison impliquant les nazis ou Adolf Hitler s'approche de 1. » Auparavant, on parlait par ironie de *reductio ad hitlerum*. Désormais, chaque fois que des internautes, à court d'arguments sur un forum, se lancent à la tête des références à la Seconde Guerre mondiale, on dit qu'ils ont marqué un point Godwin.

4. *Hacker*

Hacker (du verbe *to hack* : bidouiller) signifie littéralement un bidouilleur. Les *hackers* sont des programmateurs astucieux, souvent confondus avec les *crackers* et autres pirates informatiques. Il faut être bricoleur pour pirater, mais tous les *hackers* ne sont pas des *crackers*.

5. *Hashtag*

Hash désigne en anglais le croisillon « # » sur le clavier. *Tag* veut dire « étiquette » et se traduit ici par « mot-clé ». Le *hashtag* est une façon de souligner le sujet principal d'un message, il est utilisé sur Twiter et permet de créer du *buzz* autour d'un terme. Exemple : *#Le Kit du XXIe siècle*, que l'on écrira à la fin d'un message pour recommander cet ouvrage.

6. *Mème*

Image détournée, *running gag*, information dupliquée à l'infini sur le Net. À l'exemple des images mettant en situation un chaton jouant de l'orgue, un policier aspergeant des manifestants avec du spray ou l'acteur Chuck Norris dans des postures inédites. Le terme mème mélange le grec ancien *mimene* (imitation) et le français *même*.

7. *Spam*

Spam, à l'origine, est une marque de pâté américain bas de gamme (*Spiced Ham*, jambon épicé), il désigne aujourd'hui un courrier électronique non sollicité et envoyé en masse, souvent à des fins publicitaires. Les fausses pétitions ou les fausses informations sont appelées hoax (canular) ou glurge (quand les histoires sont dégoulinantes et qu'elles donnent envie de vomir).

8. *Streaming*

Streaming vient de l'anglais *stream*, le courant, le flux. Le *streaming*, c'est la lecture d'un fichier en mode continu, sans besoin de le télécharger.

slt sava ?

C'est un jeu, il se joue avec les pouces et les ados sont souvent des petits cracks en la matière. Le langage texto s'invente à l'infini. Il requiert beaucoup d'astuces mais il repose sur quelques bases assez simples :

- abréviations : **slt** pour salut, **bsr** pour bonsoir, **msg** pour message
- phonétique : **ct** pour c'était, **@+** pour à plus
- rébus : **2m1** pour demain, **b1** pour bien
- anglicismes : **now** pour maintenant, **asap** pour aussi vite que possible (*as soon as possible*).

Lexique TECHNO

Le vocabulaire technologique dérivé d'Internet peut paraître évident ou abscons, il n'échappe pas aux définitions.

Application : Logiciel qui envoie des requêtes aux serveurs Internet et qui en retranscrit les réponses dans une interface graphique adaptée (des icônes apparaissent, des boutons poussoirs, des zones réservées au texte, des menus déroulants…). Voyages-sncf par exemple est une application de commerce électronique qui permet de consulter des horaires de train et de réserver un billet dans la foulée.

Big data : Notre activité ininterrompue (tweets, mails, signaux GPS, transactions bancaires, posts…) brasse une très grande quantité de données qui, une fois analysées, constituent une ressource exploitable dans des domaines aussi divers que la santé, la sécurité, le marketing ou l'environnement.

Cloud : Voir Cloud computing p. 122 et Soundcloud p. 306.

Crowdfunding : Coopérative du XXIe siècle. Une foule (crowd) d'internautes participe à un appel de fonds (funding) dans le but de produire un contenu. Concrètement ? Un jeune musicien talentueux diffuse en ligne l'une de ses compositions. S'il est plébiscité, il récolte les fonds nécessaires à la production de son album. Ce principe est applicable au cinéma, à la mode, à la création d'entreprise et à la recherche scientifique.

PDA : Parmi les nouveaux formats d'ordinateurs, les plus maniables sont l'assistant numérique personnel (PDA, pour personal digital assistant), cousin du smartphone, on le reconnaît à son stylet ; le Netbook, un miniportable pas cher ; la tablette, dotée d'un écran tactile qui permet d'accéder à des contenus multimédias. Et enfin, la phablette, qui n'est pas une petite histoire truffée de fautes d'orthographe, mais l'accouplement d'une tablette et d'un téléphone.

Pop-up : Fenêtre qui surgit devant la fenêtre principale de navigation et qui contient un avertissement ou une publicité. Dans la famille intrusive, on retiendra aussi les cookies qui sont des petits programmes de repérage utilisés par les serveurs informatiques pour identifier l'internaute et suivre les opérations qu'il effectue.

Réalité augmentée : Imaginez qu'à ce que vous voyez sur un écran ou à travers des lunettes viennent se superposer des informations graphiques et des textes transmis en direct par le réseau, on appelle cela la réalité augmentée.

Réseaux sociaux : Services d'échanges de messages personnalisés (Facebook, Twitter, Badoo) ou d'images (Instagram, Pinterest), les réseaux sociaux permettent de se constituer en groupes selon une appartenance ou des intérêts communs. Mais encore ? Avec des réseaux comme celui de Facebook qui réunit un milliard d'utilisateurs, des transformations de la société s'opèrent désormais par le biais d'Internet.

Web 2.0 : Expression fourre-tout qui caractérise la possibilité pour les internautes de s'approprier les fonctionnalités du net sans connaissances techniques particulières. Le web 2.0, c'est l'usage, la facilité que chacun a d'interagir, de participer, de voir sa requête s'inscrire avant même d'avoir terminé la saisie, de contribuer à l'essor des réseaux sociaux en tagant (=répertoriant), en likant (=appréciant) ou en pokant (=attirant l'attention).

Wiki : « Vite » en hawaïen. Il s'agit d'un système informatique permettant à plusieurs utilisateurs d'entreprendre simultanément des modifications de document. Le wiki a non seulement donné son nom à l'encyclopédie Wikipédia, mais il désigne plus généralement l'aspect collaboratif de la création en ligne.

Whistleblower : Celui qui donne un coup de sifflet ou lanceur d'alerte. À ne pas confondre avec un délateur, le whistleblower part d'une bonne intention : il estime qu'il a découvert des éléments qui pourraient menacer la société et il décide de les divulguer. Edward Snowden par exemple travaillait pour les agences de renseignement et de sécurité américaines (CIA, NSA), il a rendu public le système d'écoute généralisée (Prism) mis en place par son gouvernement avant de s'exiler.

II - Les mots du monde

Parmi les mots nouveaux qui s'invitent dans les dictionnaires chaque année, les lexicographes notent en moyenne depuis l'an 2000 un cinquième d'emprunts aux langues étrangères. Même si l'anglais représente un quart de ces emprunts, d'autres langues enrichissent le vocabulaire du XXIe siècle. Abécédaire des nouveaux entrants :

Ayurvédique
sanskrit, « force vitale »

Bardaf
belge, « patatra »

Aïd
arabe, « fête »

Burqa
pachtoune, « voile »

Dojo
japonais, « lieu où l'on cherche la voie »

Churro
espagnol, désigne un beignet

Capoeira
brésilien, « poulailler »

Fatwa
arabe, « jurisprudence »

Feng shui
chinois, « le vent et l'eau »

Chikungunya
makondé, « qui se recroqueville »

Haka
maori, « faire, pratiquer »

Malossol
russe, « peu salé »

Gadjo
tsigane, « non-tsigane »

Flammekueche
alsacien, « tarte flambée »

Mojito
cubain, désigne un cocktail

Qi gong
chinois, « maîtrise de l'énergie vitale »

Pita
grec, désigne une galette

Mektoub
arabe, « c'était écrit »

Vuvuzela
zoulou, « faire du bruit »

Omra
arabe, « petit pèlerinage »

Taliban
afghan, « étudiant »

Nahuatl
aztèque, « parole harmonieuse »

Houmos
turc, « pois chiche »

Wok
cantonais, désigne un ustensile de cuisine

Wengé
africain, désigne le palissandre d'Afrique

Sharpeï
chinois, « peau de sable »

Tsunami
japonais, « vague du port »

1. *L'onusien*

Même si son secrétariat se fait en anglais et en français, l'Organisation des Nations unies fondée en 1945 possède six langues officielles (anglais, arabe depuis 1973, espagnol, français, mandarin et russe). D'après ses statistiques, l'espagnol est la deuxième langue la plus parlée au monde au coude à coude avec l'anglais (plus de 300 millions de locuteurs natifs), bien après le chinois (1,2 milliard). L'arabe, l'hindi et le bengali sont également en bonne place. Le portugais fait débat. Les lusophones souhaitent que le portugais accède au rang de langue officielle de l'ONU, ils arguent du fait que leur langue couvre tous les continents ; 240 millions d'habitants la comprennent et la croissance démographique du Brésil les conforte dans cette revendication.
En 2000, 193 États membres ont adopté des objectifs communs (OMD, Objectifs du millénaire pour le développement) parmi lesquels l'éducation : ils souhaitent que d'ici 2015 tous les enfants puissent bénéficier d'un cycle complet d'études primaires.

2. *Le mandarin*

Le mandarin est la première langue mondiale et ce n'est pas près de changer. Que connaissons-nous d'elle ? Généralement pas grand-chose, mais cela évolue : l'enseignement du chinois se développe considérablement depuis quelques années. La grammaire est simple, les caractères n'ont ni nombre, ni genre, ni conjugaison, ni déclinaison. Une promenade de santé ?
Le mandarin, chinois standard ou pékinois, s'écrit en sinogrammes (en caractères chinois) et se transcrit en pinyin (le pinyin est un système de transcription phonétique en écriture latine, ainsi « mandarin », 官话, se transcrit *guān huà*).

Le mandarin est une langue monosyllabique : un mot est composé d'une seule syllabe laquelle comporte un ton qui lui donne son sens. On note quatre tons principaux.

- 妈 *mā*, ton égal : maman
- 麻 *má*, ton montant : chanvre
- 马 *mǎ*, ton descendant puis montant : cheval
- 骂 *mà*, ton descendant : injurier

La difficulté réside donc dans la prononciation, dans l'apprentissage et la reconnaissance des 3 000 sinogrammes qui composent le mandarin. Contentons-nous ici de trois expressions :

- 你 好 *nǐ hǎo*, prononcez ni-rao : bonjour
  你 *nǐ* : tu, pronom
  好 *hǎo* : bien, adjectif
- 謝謝 *xièxiè*, prononcez chié-chié : merci
  謝 *xiè* : remercier, verbe
- 再 见 *zài jiàn*, prononcez dsaï-djan : au revoir
  再 *zài* : encore, adverbe
  见 *jiàn* : voir, verbe

Le français a emprunté peu de mots directement au chinois. Nous connaissons litchi, ginseng, kaolin, pas toujours faciles à placer dans une conversation avec un Pékinois. Certains produits, en transitant, comme la badiane (*bajiu*) par le persan, le soja (*shiyu*) par le japonais ou le ketchup (*koechiap*) par le malais puis l'anglais, combleront les lacunes dans notre vocabulaire.

Leet speak

De l'anglais *elite speak*, « langue de l'élite ». Au départ réservé aux passionnés d'informatique, le leet est une manière de coder les mots en introduisant des symboles alphanumériques graphiquement voisins des caractères usuels :

0 pour o.
3 pour E.
4 pour A.
V14GR4 pour Viagra.

Le côté cool et techno de ce langage a contribué à le rendre populaire, il sévit un peu partout sur le Net et au-delà, dans la publicité. Aujourd'hui, Google et Facebook sont même accessibles en version leet. Celui qui a du mal à déchiffrer ce langage est un N00b (*noob*, *newbie*, un bizut).

3. *Smileys*

Ponctuation des temps modernes, le smiley, ou émoticône, sert à préciser le ton d'un message. (Faites pivoter ce livre de 90°.)

:-) pour la joie

:-(pour la tristesse

;-) pour marquer une connivence

:-o de l'étonnement

:-/ du dépit…

Son origine précède largement l'invention de l'ordinateur, on aurait même retrouvé un ;) dans un discours dactylographié d'Abraham Lincoln, mais on ne sait pas s'il s'agissait d'un point d'ironie ou d'une simple coquille.

Le smiley est apparu timidement dans les échanges de courriers vers 1980, pour exploser avec les e-mails et les SMS dans les années 2000. Son usage est souvent décrié, surtout quand il est redondant. En effet, le signe :-) est superflu si la phrase est clairement une boutade. Mais s'il prend le destinataire à contre-pied, le ;-) par exemple permet d'apporter une touche pince-sans-rire intéressante ou de nuancer un propos qui sans cela paraîtrait abrupt ou abscons. Les plus beaux spécimens viennent du Japon, ils sont très sophistiqués, très expressifs et n'obligent pas à pencher la tête pour les comprendre :

(@_@)	(o_~)
(è_é)	(^_^)
\(^o^)/	(-_-) zzz
(•_•?)	(• x •)

Leçon 4

Calcul

Dans ce chapitre, nous apprenons à nous servir un peu mieux de la calculette logée dans notre téléphone portable. Nous découvrons le véritable rôle des algorithmes, leurs nombreuses applications en informatique, et nous glanons au passage quelques idées sur ce qui se trame actuellement chez les plus grands mathématiciens.

La bosse des maths

La bosse des maths est une invention du XIXe siècle. Alors que certains pseudo-scientifiques adeptes de la phrénologie (étude de la forme de la boîte crânienne) tentaient de faire des rapprochements entre l'aspect du crâne et les capacités mentales des êtres humains, une protubérance pouvait être vue comme le signe d'un penchant pour le calcul. Les phrénologues et leurs théories vaseuses ont disparu. La bosse des maths est restée comme une expression populaire, elle désigne les matheux. Par bien des côtés, ils sont les architectes de l'époque. Le monde dans lequel nous vivons est façonné par les mathématiques. L'informatique en est la fille, et les modèles qu'elle applique servent aux disciplines les plus diverses : la médecine, quand elle a recours aux statistiques pour comprendre les mécanismes et l'incidence du cancer dans la population ; la finance, qui utilise les algorithmes pour créer des programmes adaptés aux transactions ; l'astronomie, qui pousse les calculs les plus savants pour comprendre l'organisation de l'Univers. Même les champions de poker sont obligés d'en passer par là : ils développent désormais des stratégies en utilisant le dénombrement et les analyses combinatoires. Face à la belle science d'Euclide (mathématicien de la Grèce antique, père de la géométrie) ou d'Al-Khwarizmi (mathématicien persan du Moyen Âge, père de l'algèbre), les avis sont partagés. Certains s'estiment tellement fâchés avec les chiffres qu'ils en ont oublié jusqu'à leurs tables de multiplication. À quoi bon, puisqu'il y a des calculettes ? D'autres ont adoré, du temps de l'école, remplir leurs cahiers d'équations. La seconde partie du chapitre est faite pour eux.

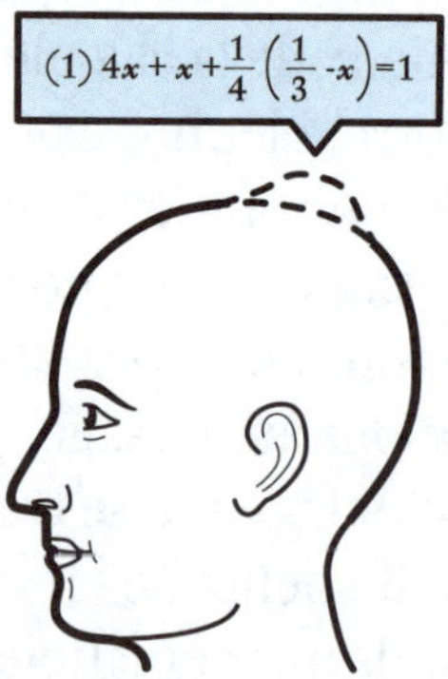

I- Calculette

L'objet est familier, disponible sur tous les téléphones cellulaires et les ordinateurs. Fiable à 100 %, il nous évite bien des hésitations devant une table de multiplication, des erreurs de virgule, de retenue. La calculette nous préserve de tout envoyer balader quand la preuve par neuf ne correspond pas au résultat de notre division.
Nous nous en servons pour les calculs arithmétiques de base, c'est-à-dire à 10 % de ses possibilités. C'est peu. Sans doute avons-nous toujours peur de commettre un impair sans même nous en rendre compte. Que se passera-t-il si nous appuyons sur la touche [MR] ? Faudra-t-il tout ressaisir ? C'est ce que nous allons voir. Pour tirer parti d'une calculette, commençons par passer en revue les quelques touches qui la composent et gardons à l'esprit qu'il existe à chaque opération une application dans la vie de tous les jours.

1. Le compteur à zéro

On commence par le plus simple. Le [C] (*clear*) de la calculette efface le nombre affiché à l'écran. En appuyant deux fois ou en cliquant [AC] (*all clear*) on efface la totalité de l'opération en cours.
La touche [CE] (*cancel entry*, la touche [↵] ou [Del] du clavier d'ordinateur) permet d'effacer le dernier chiffre uniquement, c'est bien pratique pour corriger une erreur de frappe.

2. La virgule

[,] ou [.] selon les appareils permet de séparer les décimales, c'est-à-dire de faire la différence entre la partie décimale et la partie entière d'un nombre.

Pour saisir 0,5, pas besoin de taper le [0]. Si vous tapez [,] [5], cela suffit.
Sur les documents officiels, les factures, les relevés de compte, vaut-il mieux utiliser la virgule ou le point ? Cela dépend des pays. Toute l'Europe a adopté la virgule (à l'exception de la Grande-Bretagne, de la Suisse, de l'Irlande et du Lichtenstein). Les Anglo-Saxons avaient l'habitude de réserver celle-ci pour séparer les milliers :
1,000.00 = mille

Mais depuis 2003, le Bureau international des poids et mesures préconise un espacement comme séparateur de milliers :
1 000 = mille

Il reconnaît le point ou la virgule comme séparateur décimal, indifféremment et quel que soit le pays. Un espacement pour séparer les milliers, un point ou une virgule pour séparer les décimales, c'est simple, c'est clair désormais pour tout le monde.

3. *Les touches mémoire*

Le principe est tout bête : M, pour mémoire, est comme un réservoir dans lequel vous ajoutez un nombre en cliquant sur [M+] afin de pouvoir l'utiliser une prochaine fois sans avoir à le retaper. Vous pouvez aussi à tout moment soustraire un nombre [M-] de votre mémoire, ou la remettre à zéro en tapant sur [MC], comme on Chasse de sa mémoire. La touche [MR] permet de Restituer le contenu de la mémoire.

Voici comment faire pour calculer le nombre d'heures travaillées dans l'année avec une moyenne de huit heures par jour, cinq jours par semaine, et cinq semaines de congés annuels.

$$\underbrace{(365 \times 8 \times 5 / 7) - (8 \times 5 \times 5)}$$

(un an 8h/j 5j/7) - (vacances)

On commence par vider la mémoire de la calculette [MC], on prend une grande respiration et on appuie sur les touches suivantes :

[8] [x] [3] [6] [5] [x] [5] [÷] [7] [=] [M+] [8] [x] [5] [x] [5] [=] [M-] [MR]

Le contenu de la mémoire restituée [MR] correspond au résultat de l'opération : **1 885,71.**

(On multiplie ensuite 0,71 par 60 pour obtenir les minutes : 42. Soit 1 885 heures et 42 minutes.)

4. *Pourcentage*

Le pourcentage sert à exprimer une proportion. Un pourcent, 1 %, c'est-à-dire un centième, une unité d'un ensemble de cent : 1/100. Le pourcentage est fréquemment utilisé en économie (taux d'intérêt, taux d'imposition, taux de TVA) et en statistique. Appliquer et calculer un pourcentage sont deux opérations différentes, c'est ce que nous allons voir.

En 2011, Eurodisney comptait 15,6 millions de visiteurs dont 624 000 Italiens et 9 % d'Espagnols.
Pour appliquer le pourcentage et connaître le nombre de visiteurs espagnols, il suffit de réaliser le calcul suivant sur la calculette :
[1] [5] [6] [0] [0] [0] [0] [0] [x] [9] [%]
Le résultat est 1 404 000 (un million quatre cent quatre mille visiteurs espagnols).

Pour calculer le pourcentage de visiteurs italiens, on procède ainsi :
[6] [2] [4] [0] [0] [0] [÷] [1] [5] [6] [0] [0] [0] [0] [0] [x] [1] [0] [0] [=]
Le résultat est 4 %.

Petite parenthèse : les sondages ne peuvent pas être considérés comme une science exacte, mais plutôt comme l'interprétation de données statistiques. Nous le voyons dans cet exemple. L'institut qui a réalisé l'étude pour Eurodisney a-t-il interrogé les visiteurs sur leur éventuelle double nationalité ? Rien n'est moins sûr.

5. *Carré, racine carrée*

Le carré d'un nombre est le produit de ce nombre par lui-même.
La racine carrée d'un nombre x correspond au nombre qu'il faut multiplier par lui-même pour aboutir au résultat x.
Ainsi, le carré de 4 est 16 et la racine carrée de 16 est 4.

Voici un petit problème concret dans lequel vont intervenir les carrés et les racines.
Question : Qu'est-ce qu'un vendeur d'informatique appelle la « taille en pouces » de votre écran d'ordinateur ?

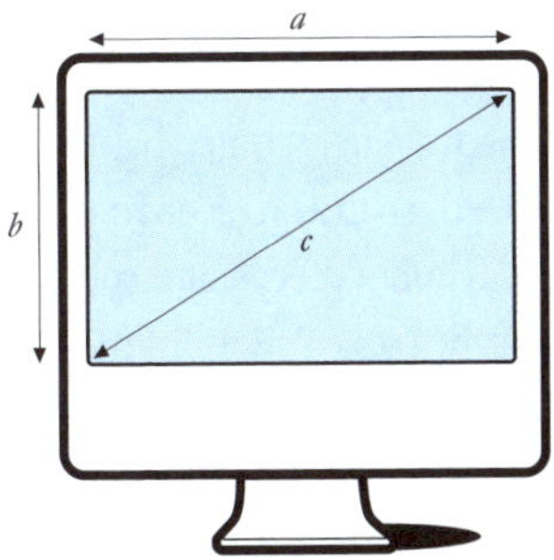

Prenez votre double-décimètre, mesurez la largeur et la hauteur de l'écran. Le premier côté (a) mesure 22,14 cm. Le deuxième (b) : 12,45 cm. Cherchez la diagonale (c).

Rappelez-vous, $a^2+b^2=c^2$, Pythagore et son fameux théorème qui s'applique au triangle rectangle :

> Le carré de l'hypoténuse
> Est égal, si je ne m'abuse,
> À la somme des carrés
> Construits sur les autres côtés[1].

Nous connaissons la dimension de deux côtés de l'écran, il suffit donc de taper sur les touches suivantes :
[2] [2] [,] [1] [4] [x^2] [+] [1] [2] [,] [4] [5] [x^2] [=]
et nous obtenons le carré de l'hypoténuse, soit 645,16.

La racine carrée va nous donner la mesure de la diagonale : 645,16.
Appuyer ensuite sur la touche [√].
Le résultat est 25,4 cm que l'on convertit aussitôt en pouces en divisant par 2,54.
Soit 10 pouces exactement.
CQFD.

1. Quatrain du chansonnier Franc-Nohain, cité par Stella Baruk, *Dictionnaire de mathématiques élémentaires*, Seuil, 1992.

π

Le nombre pi, la touche [π] de la calculette, correspond au rapport entre la circonférence d'un cercle et son diamètre. Il est très utile en géométrie, mais il est surtout connu pour son interminable séquence : 3,1415926535897...
Depuis 2010, nous sommes capables de déterminer quels sont les cinq mille milliards de chiffres après la virgule.
Les scientifiques japonais et américain ayant accompli cette prouesse ont battu un record qui datait de l'année précédente, soit deux mille trois cent milliards de décimales en plus que leur homologue français.
Pourquoi a-t-on besoin de connaître autant de décimales ? Pour vérifier la précision d'un ordinateur, pour déceler également des motifs de régularité dans les calculs de statistique.

La calculatrice scientifique

On l'a sous la main, mais on ne la voit pas. Elle apparaît lorsque l'on fait basculer à l'horizontal l'écran de certains téléphones portables. Elle est intégrée sur tous les ordinateurs[1] ainsi qu'en ligne, sur les moteurs de recherche.
La calculatrice scientifique permet de réaliser des opérations complexes grâce aux parenthèses, aux puissances et aux fractions… Les touches [sin] et [ln] aident à résoudre respectivement des fonctions trigonométriques (les fonctions d'angles) et logarithmiques (pour le calcul des décibels par exemple).
Si vous vous sentez pousser des ailes, vous pouvez aller jusqu'au mode programmateur offert par ces outils, il vous permettra de réaliser des calculs de cracks en informatique : convertir une valeur

1. Sur PC, cliquez sur Démarrer > Rechercher > Calculatrice > Affichage. Sur Mac, cliquez sur Applications > Calculette > Présentation.

en format binaire, faire pivoter ou décaler des bits pour gagner du temps dans la programmation d'un logiciel.
Les joueurs de poker utilisent quant à eux des calculatrices spécifiques centrées sur les fonctions statistiques. Elles leur permettent de déterminer selon le tirage leurs chances de victoire, de défaite ou de nul, mais aussi les probabilités d'améliorer leur main (la meilleure combinaison parmi les cinq cartes que le joueur tient en main : quinte, flush, brelan...) avant de suivre, de relancer les enchères ou de passer.

II - Les grands calculateurs

Les ordinateurs capables de pousser très loin les calculs les plus complexes ont été inventés grâce à de grands mathématiciens. Leur mémoire et leur puissance sont devenues telles qu'ils aident aujourd'hui d'autres mathématiciens à résoudre des énigmes encore plus ardues. On pourrait appeler cela une progression exponentielle. Les mathématiques ont atteint un degré de sophistication qui rend leur accès difficile au commun des mortels. Ne cherchons pas à atteindre les sommets vertigineux où elles planent. Contentons-nous d'explorer quelques pistes par lesquelles elles passent pour les atteindre.

1. Les algorithmes

Un algorithme est une recette, un mode d'emploi, une suite d'opérations à effectuer pour obtenir un résultat. Un mathématicien, lorsqu'il conçoit un algorithme, imagine des suites d'opérations logiques en vu de leur automatisation. Il détermine des séquences qui seront ensuite utilisées par un programmateur, on parle alors de codage numérique ou d'implémentation, c'est-à-dire d'une transcription en langage informatique d'un algorithme créé à l'origine par le mathématicien.

Les algorithmes se sont développés avec l'informatisation et la nécessité d'exécuter une kyrielle d'opérations répétitives (recherche, tri, classement…) à la place des humains – les ordinateurs ont cette particularité de ne pas se lasser. On fait souvent référence à la « complexité » des algorithmes (c'est-à-dire à leur rapidité et à la quantité d'espace occupé pendant l'exécution du programme) ou plus généralement à leur puissance. Ainsi, Google a réussi à dominer le marché des moteurs de recherche sur Internet grâce à la puissance de son algorithme de recherche.

Les algorithmes élaborés pour résoudre les questions liées aux réseaux de communication (Internet, réseaux sociaux, transports) font souvent appel à la théorie des graphes, c'est-à-dire à l'étude mathématique des liens entre les points. Sur un réseau, il est possible d'établir le lien qui existe entre deux points et d'étudier le cheminement de l'un vers l'autre. La théorie des graphes et les algorithmes qui y sont associés, celui de Dijkstra par exemple, permettent aux informaticiens de déterminer le chemin le plus court pour aller de a vers b.

Le monde est petit

Le graphe petit-monde (*small-world network*) est l'étude des degrés de séparation : on constate aujourd'hui que chaque personne est reliée aux autres par une chaîne de moins de cinq relations. Autrement dit, seules quatre personnes nous séparent de n'importe quelle autre dans le monde. Ce chiffre tend à baisser chaque année avec la multiplication des réseaux sociaux.

Un nouvel algorithme appelé ACO s'est aussi révélé être très performant pour résoudre les problèmes de cheminement de a vers b. Il prouve que, contrairement à la réputation qui leur est faite depuis des siècles, les mathématiciens ne sont pas tous des esprits lunaires mais savent tirer parti de l'observation la plus précise du monde. ACO signifie *Ant Colony Optimization,* en français on dit « algorithme de la colonie de fourmis ». Il s'appuie sur la façon dont ces insectes construisent leurs trajets entre leur fourmilière et une source de nourriture. Les recherches mathématiques actuelles donnent lieu à de nombreux échanges interdisciplinaires, elles s'inspirent en l'occurrence de la biologie et miment volontiers son fonctionnement pour progresser.

Googol

La légende veut que le mot Googol ait été inventé par un môme de huit ans. En 1938, le mathématicien américain Edward Kasner, voulant souligner la différence existant entre un très grand nombre et un nombre infini, cherchait un nom pour désigner spécifiquement ce très grand nombre. « Googol » bredouilla l'enfant. Si le gamin avait songé à déposer un brevet pour ce mot, il aurait peut-être reçu le nombre googol en dollars et serait aujourd'hui multimilliardaire.

Le nom du célèbre moteur de recherche que nous utilisons tous les jours vient en effet de là. Google s'est inspiré de cette appellation pour mettre en évidence l'immense quantité d'informations disponibles sur la Toile, immense mais pas infinie.

Voici à quoi correspond googol :

10 000 000 000 000 000 0
00 000 000 000 000 000 0
00 000 000 000 000 000
000 000 000 000 000 000
000 000 000 000 000 000
000 000 000 000

Il est sans doute plus simple de le visualiser sous sa notation conventionnelle :

1 googol = 10^{100}

Pour donner un ordre de grandeur, rappelons que le nombre de particules composant l'Univers reste beaucoup plus modeste. Il est estimé à 10^{80}.

Alan Turing

Immense mathématicien anglais (1912-1954), il est connu pour avoir révolutionné les recherches sur l'intelligence artificielle et mis au point une machine qui préfigurait les ordinateurs. Héros de la Seconde Guerre mondiale, Turing fut décoré par Churchill pour avoir contribué à éviter l'invasion nazie en décryptant les messages ennemis. Ses travaux ouvraient des horizons insoupçonnés en mathématiques et la « machine de Turing » est un modèle toujours largement utilisé pour résoudre les problèmes de complexité algorithmique et de calculabilité.

Cet esprit supérieur fut aussi victime de l'archaïsme de la société de son temps. La découverte publique de son homosexualité, alors un délit, lui vaut un procès. En 1954, brisé par le scandale et la castration chimique à laquelle il a été condamné, il se donne la mort en croquant une pomme trempée dans du cyanure. Une légende urbaine prétend que ce geste est à l'origine du fameux logo de la firme Apple. Rob Janoff, le designer qui l'a créé, a démenti : la pomme qu'il a dessinée est une allusion à celle de Newton, l'inventeur de la gravitation universelle. La mémoire du père de l'informatique n'a plus besoin de cela : conférences et congrès organisés par les plus grandes universités du monde ont célébré en 2012 le centenaire de la naissance de Turing.

2. *La mémoire*

Un ordinateur portable est livré avec un disque dur dont la mémoire est de 500 Go, à quoi cela correspond-il ?

		Octet	*Kilo-octet*	*Megaoctet*
1 Ko	*Kilo-octet*	*1 000 o*	*1 Ko*	*0,001 Mo*
1 Mo	*Mégaoctet*	*1 000 000 o*	*1 000 Ko*	*1 Mo*
1 Go[1]	*Gigaoctet*	*1 000 000 000 o*	*1 000 000 Ko*	*1 000 Mo*
1 To	*Téraoctet*	*1 000 000 000 000 o*	*1 000 000 000 Ko*	*1 000 000 Mo*

Un octet est une suite de huit bits, c'est-à-dire huit valeurs binaires prises parmi 0 et 1, huit unités élémentaires d'informations susceptibles d'être traitées par la machine.
Un gigaoctet correspond à huit milliards de bits, 500 Go correspondent à 4 000 milliards de bits. Voici quelques ordres de grandeur :

1 Ko → 8 000 informations élémentaires (bits), soit ½ page de texte

1 Mo → 500 pages
→ 1 minute de son (compression MP3)
→ 1 image couleur de qualité moyenne (compression Jpeg)

1 Go → ½ heure de vidéo bonne qualité

100 Go → La bibliothèque d'Alexandrie

500 Go → Votre nouvel ordinateur[2]

1. Ou GB, Gigabyte en anglais. Ne pas confondre avec Gio, souvent utilisé par les informaticiens, qui correspond à 1 073 741 824 octets.
2. On distingue cette capacité globale de mémoire et la mémoire vive (RAM), rapidement accessible, constituée en moyenne de 4 Go.

Cloud computing

Avec l'apparition des clés USB, nous nous sommes habitués à déplacer la mémoire informatique, à la transporter : quelques gigaoctets dans notre poche, comme si de rien n'était. Une nouvelle étape a été franchie au début des années 2000 avec le développement (à grand renfort de marketing) de l'accès par le réseau Internet à des données, sans avoir à les stocker. On appelle cela le *cloud computing* – l'informatique en nuage –, la puissance de calcul et de mémoire est déléguée à des serveurs distants via le réseau.

3. *Le sens du défi*

Au début du XXe siècle, David Hilbert, mathématicien allemand, a dressé une liste de problèmes dont la résolution serait d'un grand intérêt pour faire progresser sa discipline. Près de cent ans plus tard, plus de la moitié a été débrouillée. En 2000, l'Institut américain de mathématique Clay a donc décidé d'attribuer un prix à ceux qui trouveraient une solution satisfaisante aux problèmes restants. Parmi ces sept prix du millénaire, un seul a été résolu, il s'agit de la conjecture de Poincaré. Cette énigme, un problème complexe de topologie, pourrait aider à déterminer la forme de l'Univers. Ainsi, le Russe Grigori Perelman, qui a publié en ligne sa brillante démonstration, a été honoré de la médaille Fields en 2006 (l'équivalent du Nobel) et du prix du millénaire d'un montant d'un million de dollars. Ironie de l'histoire, ce génie a décliné les deux récompenses en prétextant qu'il ne se sentait pas solidaire de la communauté mathématique internationale. Il est resté enfermé chez lui. Peut-être à jouer au sudoku.

Mathématiques japonaises

Vous connaissez le sudoku, son principe est simple, il consiste à compléter une grille avec une série de chiffres sans jamais les répéter dans une même ligne, colonne ou sous-grille. Quelques cases sont déjà remplies et invitent à résoudre progressivement le problème complet.
Connaissez-vous le futoshiki ? Aussi facile à comprendre que le sudoku ou que son lointain ancêtre le carré latin, et tout aussi addictif. Il suffit d'aller de 1 à 5 en s'aidant des signes supérieur [>] ou inférieur [<] qui apparaissent sur la grille et de remplir ainsi toutes les cases sans se répéter.
Et le nonogram ? Appelé aussi griddler ou picross. Le but est de noircir certaines cases de la grille à mesure que l'on résout les énigmes de logique mathématique. Ainsi, 2 et 5 veulent dire, par exemple, qu'il y a sur la ligne une suite de deux cases noires puis une autre de cinq. Les deux suites sont séparées par au moins un blanc. Le tout est de les positionner correctement.
Le résultat apparaît comme un dessin pixellisé (solution p.345).

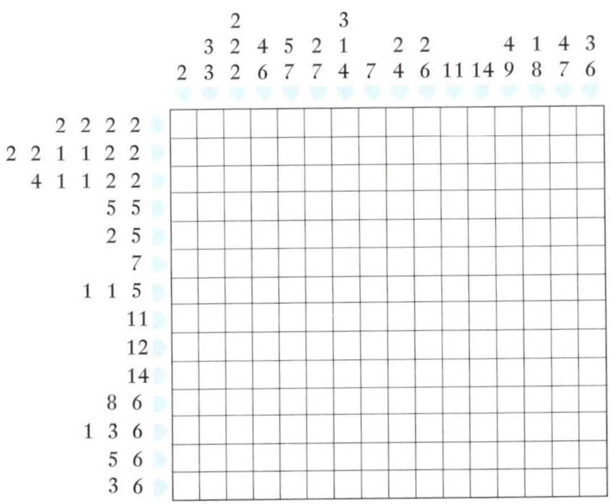

Leçon 5

Économie

Dans ce chapitre, nous comptons encore : nous parlons d'argent. Nombre d'Européens ont commencé le siècle en apprenant à se débrouiller avec l'euro, une nouvelle monnaie. En 2008, la crise bancaire mondiale a rappelé la puissance des marchés financiers et leur dangereuse fragilité. La crise de la dette a souligné celle des États. Nous allons étudier tout cela à la suite.

La financiarisation du monde

Après la Seconde Guerre mondiale, le roi du monde économique était l'ingénieur : avec sa technique toujours plus avancée et ses plans magnifiques, il était l'homme qu'il fallait pour rebâtir un monde en ruine. Dans les années 1980, il céda la place au publicitaire et au directeur du marketing avec leurs slogans et leurs astuces. Le principe moteur avait changé : ce que l'on vendait comptait finalement moins que l'art de le vendre. Dans nos années 2000, d'autres maîtres ont pris le pouvoir : les actionnaires, les traders, relayés par les nouveaux princes des entreprises, les directeurs financiers. Une loi suprême semble guider l'économie : celle du chiffre.

Pourquoi s'en offusquer ? demandent les défenseurs de ce système. Si le but du capitalisme est de faire de l'argent, la mission des financiers est d'en rapporter à leurs clients. On ne peut leur reprocher de demander au système d'être rentable.

Peut-être, répondent certains acteurs économiques, mais pas à ce point ! L'argent, dans la logique du capitalisme, n'est qu'un moyen qui doit servir à faire tourner l'économie. On finirait par croire que l'économie est devenue un moyen de faire tourner l'argent. L'exigence de rendements trop élevés, la recherche du profit à très court terme vont finir par étouffer la machine. L'économie répond à divers besoins : elle est là pour créer de la richesse pour tout le monde. Elle doit aussi compter avec d'autres impératifs : contribuer à la prospérité générale d'un pays, tenir compte de l'environnement, permettre les progrès techniques et sociaux. La réduire à une seule logique financière – ce que l'on appelle parfois la « financiarisation du monde » – aboutit à un déséquilibre très dangereux.

La grave crise bancaire de 2007-2008 qui faillit se généraliser en effondrement économique mondial a semblé donner raison à ce dernier point de vue. Elle a relancé par là même un vieux débat : le capitalisme peut-il s'en remettre ?

Allons ! s'exclament les défenseurs des marchés, ceux que l'on nomme en général les ultralibéraux, bien sûr que le capitalisme va s'en remettre, il en a vu d'autres ! Cette crise n'a été qu'une crise comme il y en a toujours eu, elle a été dure. Mais comme toutes celles qui ont précédé, elle va avoir son utilité, elle aidera le système à corriger ses propres excès : les financiers ont failli tout perdre dans l'histoire, au moins maintenant ils feront attention.

Cette vieille chanson est scandaleuse ! s'époumonent alors les opposants aux marchés, les anticapitalistes, les altermondialistes. Cette crise n'est pas un accident de parcours, elle est la preuve que ce système est devenu fou et qu'il faut en changer.

Pourquoi en changer ? reprend enfin un autre chœur. Il ne s'agit pas d'en finir avec le capitalisme, il faut simplement le réguler, imposer quelques lois qui en empêchent les dérives. Depuis 2008, tous les grands dirigeants de la planète ont adopté cette position. Leurs discours ambitieux n'ont connu pour l'instant que peu de traductions concrètes.

Qu'en penser alors ? Les conséquences de l'économie sur la vie quotidienne de chacun sont évidentes. Son fonctionnement paraît lointain et abstrait. Les grandes questions financières, monétaires sont toujours noyées dans un vocabulaire complexe, on les croit réservées à une petite caste d'experts. Le sujet paraît si austère qu'on est presque content de le leur laisser. C'est idiot. On pourrait dire de l'économie ce que l'on disait de la guerre et des militaires : c'est une chose trop sérieuse pour la laisser aux économistes. Quand on en met à plat les mécanismes, elle n'a pourtant rien de si savant. Il suffit de s'accrocher un peu. C'est ce que nous allons tenter de faire maintenant.

Que représentent les euros ?

Toutes les pièces d'euro ont une face commune et une autre, l'avers, laissée à la discrétion des États membres qui y ont fait graver des symboles nationaux (Marianne, pour la France ; la harpe celtique, pour l'Irlande ; un sceau du Moyen Âge, pour le Portugal), les princes régnants (Albert II de Belgique, Juan Carlos d'Espagne) ou des célébrités (Dante pour l'Italie, Cervantès sur certaines pièces espagnoles).

Les billets sont tous illustrés par des ponts, des portes, des constructions qui égrènent les différentes périodes de l'histoire de l'architecture :

5 €	L'Antiquité
10 €	Le roman
20 €	Le gothique
50 €	La Renaissance
100 €	Le baroque
200 €	L'art industriel du XIXe s.
500 €	L'art moderne du XXe s.

Continuera-t-on longtemps à payer en billets et en pièces ? Cette monnaie que l'on appelle la monnaie fiduciaire (de ***fides***, la confiance, en latin) cède progressivement le terrain à la monnaie scripturale (celle qui ne se matérialise que par des écritures comptables, ou plutôt des lignes d'ordinateur).

20 €
Le gothique

50 €
La Renaissance

200 €
L'art industriel

I - *Tout sur l'euro*

Imaginée dès la fin des années 1960, la monnaie unique européenne a été décidée par le traité de Maastricht, en 1992. Le 1er janvier 1999, le premier basculement a eu lieu : dans tous les comptes le mark allemand, le schilling autrichien, le franc belge, la peseta espagnole, le mark finlandais, le franc français, la livre irlandaise, la lire italienne, le franc luxembourgeois, le florin néerlandais, l'escudo portugais ont disparu pour faire place, selon le barème de conversion fixé, à cette nouvelle unité : l'euro (€). Trois ans plus tard, le 1er janvier 2002, l'euro était mis en circulation sous forme de pièces et de billets. En 2011, près de 230 millions de citoyens l'utilisent. Savent-ils comment il fonctionne ?

1. *Invention d'une monnaie*

Comme toutes les monnaies du monde, l'euro sert à régler les transactions, à évaluer les biens, à faire des économies ou à contracter des emprunts. Contrairement à presque toutes les autres, cette monnaie dépasse les frontières d'un seul État. C'est son principe même. Elle a été pensée pour renforcer l'union entre tous les pays qui l'ont adoptée.

Pour que le groupe n'ait pas le sentiment que l'un de ses membres joue de façon inconsidérée avec un bien désormais commun, chacun des participants s'est engagé à ne pas trop s'endetter, à maintenir son déficit et sa dette (voir III, p.143) dans des limites raisonnables (ils sont fixés en pourcentage de la richesse nationale). C'est ce que l'on appelle les critères de convergence, ou les critères de Maastricht.

Comme toutes les monnaies du monde, l'euro est émis, contrôlé par une banque centrale : la Banque centrale européenne, BCE, dont le siège est à Francfort. Dans la plupart des États, la banque centrale est soumise au pouvoir politique. Comment faire quand ce pouvoir est partagé entre de nombreux pays ? Pour éviter de favoriser ou d'être influencée par tel ou tel des États membres, cette institution a été pensée pour être totalement indépendante. Son directeur est nommé par les chefs d'État et de gouvernement, ensuite il ne rend plus de comptes à personne. Il lui revient la charge de faire fonctionner le système, de s'assurer de la stabilité des prix et de la bonne tenue de la devise par rapport aux autres monnaies du monde.

2. *Qu'est-ce que la politique monétaire ?*

La BCE gère ce que l'on appelle la politique monétaire. Elle a en main, pour cela, plusieurs outils. Voici les deux principaux :

Elle a le pouvoir de fixer les taux d'intérêt auxquels toutes les banques privées viennent emprunter l'argent chez elle avant de le réinjecter dans l'économie, en prêtant à leur tour aux particuliers, aux entreprises, à des taux qui sont fonction de ceux qu'elles ont dû payer elles-mêmes. C'est pourquoi on parle des taux directeurs de la BCE. Quand celle-ci estime que l'économie est en surchauffe, que les affaires vont trop vite, que les prix montent, que l'inflation menace, elle monte ces taux. Emprunter devient cher, le particulier qui veut faire un crédit immobilier va hésiter, l'entrepreneur qui veut investir aussi, l'économie se refroidit. La baisse des taux provoque l'effet inverse.

Elle dispose de réserves de change, c'est-à-dire de réserves en devises étrangères qui lui servent à influer sur le cours de l'euro par rapport aux autres monnaies. Imaginons qu'à un moment donné, tout le monde sur les marchés des changes se mette à vendre ses euros pour acheter du dollar, du yen, ou une autre devise : mécaniquement, le dollar, le yen, l'autre devise montent, et le cours de l'euro baisse. La BCE peut alors sortir ses devises pour acheter de l'euro et contribuer à le faire remonter. En faisant la manœuvre inverse, elle arrivera au résultat opposé.

Cinquante ans d'inflation[1]

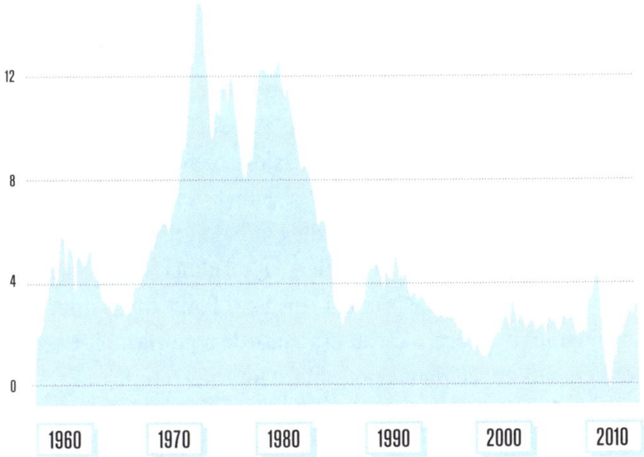

3. *Pour ou contre l'euro ?*

L'euro a ses défenseurs, qui soulignent ses avantages. Grâce à lui, disent-ils, l'inflation a été contenue. Le commerce à l'intérieur de la zone est facilité, ne serait-ce que par la fin des frais de change ou des dangereux écarts des monnaies entre elles. Enfin, il est devenu une des grandes devises mondiales.

Il a aussi ses détracteurs, ceux qui refusent son principe même, ou ceux qui en acceptent l'idée, mais contestent la façon dont il fonctionne aujourd'hui. Tous lui trouvent des désavantages.

Depuis qu'il existe, l'euro est donc l'objet d'interminables débats. Faisons-en un tour en trois questions :

La question des prix. La plupart des Européens ont un reproche à faire à la monnaie unique : avec elle, les étiquettes ont valsé,

1. Évolution de l'inflation en Europe depuis 1961. Indice des prix à la consommation harmonisé (depuis 1996), variation en pourcentage. Source Eurostat et BCE.

« tout a augmenté ». Au moment du passage, c'est vrai, beaucoup de commerçants ont eu la main lourde lorsqu'il s'est agi d'arrondir la conversion. Nombreux sont les produits courants qui sont bien plus chers qu'ils ne l'étaient auparavant : le café au comptoir, le pain, le panier des courses. Par ailleurs, nous avons tous le réflexe de comparer certains prix d'aujourd'hui avec ceux payés en ancienne monnaie, en oubliant qu'avec le temps, ils auraient bien fini par augmenter tout autant. Tout cela donne donc à chacun le sentiment que les prix ont flambé : c'est ce que l'on appelle l'inflation ressentie. La réalité n'est pas celle-là. Dans les faits, bien des produits (électroménager, ordinateurs) ont vu leur prix baisser. Et si l'on a tous l'impression d'avoir moins d'argent, c'est aussi à cause de nouvelles dépenses (les abonnements au téléphone portable, à Internet, etc.).

L'inflation réelle a été contenue : son taux moyen depuis le début du siècle est autour de 2 %. À la fin des années 1970, en France, elle était à près de 13 %.

La plupart des économistes ne condamnent pas l'euro pour une hausse des prix, puisqu'elle n'a pas eu lieu. Certains font plutôt le reproche inverse, non pas à la monnaie elle-même, mais à la façon dont elle est gérée. Les gens de la BCE, disent-ils, sont des « orthodoxes » qui suivent aveuglément une politique monétariste, c'est-à-dire fondée sur l'idée que la hausse des prix est le seul péril, que la monnaie est le seul outil dont il faut s'occuper et que le reste des problèmes économiques – chômage, endettement, etc. – finira par se régler tout seul. Il est clair qu'en s'emballant, l'inflation peut être catastrophique. De nombreux Européens, en particulier les Allemands, en ont la hantise ; ils se souviennent de l'hyperinflation de 1923 qui précipita leur pays dans la ruine et sont obsédés par l'idée d'une gestion rigoureuse de la monnaie et des prix. D'autres experts pensent que cette orthodoxie monétaire étrangle l'économie et qu'un peu d'inflation, si elle est maîtrisée, peut être utile pour la relancer : quand les consommateurs savent que les prix d'un bien augmentent, ils ont tendance à l'acheter tout de suite ; les investisseurs investissent sans attendre ; et ceux qui ont des dettes les voient s'effacer, puisque les sommes à rembourser, relativement à la hausse des prix, diminuent peu à peu.

La question de la souveraineté. Retournons au franc, au mark, à la peseta, à la lire, etc., disent partout en Europe les souverainistes ou les eurosceptiques. En abandonnant notre monnaie aux banquiers de Francfort, nous avons perdu de la souveraineté. C'est vrai. Comment en faire reproche à l'euro ? Il a aussi été imaginé pour cela. Dans son principe même, l'union monétaire a été faite pour créer plus d'union entre Européens, pour pousser à ce que l'on appelle l'intégration européenne. Seulement, elle a été pensée comme une étape sur ce chemin : en théorie, le traité de Maastricht prévoyait la création d'une « union monétaire ET économique ». La monnaie unique existe. L'union économique se fait attendre. C'est là, disent de nombreux économistes, la faiblesse de l'euro. Une monnaie en soi ne vaut rien si elle n'est pas liée à une politique économique cohérente, appuyée sur un gouvernement commun, qui dispose d'un budget, peut lever des impôts, faire des emprunts, etc. Les États de la zone euro ont une même monnaie, mais tout le reste, la politique fiscale, la politique budgétaire, l'endettement, est différent et cela peut créer entre eux des tensions qui sont très mauvaises.
À terme, disent les pessimistes, c'est cela qui entraînera la faillite de l'euro. Au contraire, disent les optimistes, c'est pour conserver l'euro et la stabilité qu'il procure que les Européens vont être poussés à s'unir encore plus.

La question de l'euro dans le monde. La fierté des partisans de l'euro est de voir cette devise devenue l'une des grandes monnaies de référence du monde. Après la Seconde Guerre mondiale, les Européens ruinés avaient été obligés d'aligner leurs devises sur le roi dollar. Depuis le début du XXIe siècle, dès qu'un nouveau problème surgissait dans l'économie américaine, on a souvent vu le billet vert être mis en difficulté face à l'euro. Malheureusement, ce n'est pas forcément une bonne chose. Reposons cet éternel problème.

Avoir une monnaie forte permet d'acheter moins cher ce qu'on importe :

Si par exemple j'achète pour 100 dollars de pétrole et qu'un euro vaut un dollar, je paierai mon pétrole 100 euros.

Si l'euro a monté et qu'il vaut par exemple 1,30 dollar, je paierai mon pétrole : 100/1,3 = 76,92 euros.

Pour la même raison, une monnaie forte facilite les investissements qu'on doit faire à l'étranger.

Inversement, elle pénalise les exportations : tout ce que l'on vend devient beaucoup trop cher.

¥€$

Pour représenter les nombreuses devises qui constituent le marché monétaire international, plusieurs systèmes cohabitent. Sur les étiquettes des produits courants apparaissent des symboles : l'euro est noté €. Sur les écrans des bourses ou des bureaux de change sont affichées trois lettres (norme ISO 4217) : EUR pour l'euro, USD pour le dollar américain. Elles permettent d'éviter certaines confusions, entre les livres par exemple (GBP pour livre Sterling, EGP pour livre égyptienne, LBP pour livre libanaise...).

¥

ou 元 **CNY**
yuan - Chine

€

EUR - *euro*
Europe

$

USD - *dollar*
États-Unis

₩

KRW - *won*
Corée du Sud

ج.م

ou £ **EGP**
livre - Égypte

S/.

PEN
sol - Pérou

лв

BGN
lev - Bulgarie

DH

AED - *dirham*
Émirats arabes unis

₺

TRY
livre - Turquie

฿

THB
baht - Thaïlande

¥

ou 円 **JPY**
yen - Japon

د.م.

MAD
dirham – Maroc

$

ARS - *peso*
Argentine

R$

ou $ **BRL**
réal - Brésil

₼

AZN - *manat*
Azerbaïdjan

₹

INR
roupie - Inde

₪

ILS
shekel - Israël

руб

RUB - *rouble*
Fédération de Russie

£

GBP - *livre*
Royaume-Uni

Le yuan, casse-tête chinois

Pendant longtemps, les monnaies ont été gagées sur l'or : théoriquement, avec un billet, on pouvait obtenir un certain poids en métal. Après la Seconde Guerre mondiale, elles se sont appuyées sur le dollar, lui seul était convertible en or. Depuis les années 1970, les Américains ont abandonné ce système. Les monnaies ne s'évaluent plus que les unes par rapport aux autres. Tous les jours, sur les marchés financiers; on vend et on achète, des euros, des livres sterling, des dollars, des yens, etc. et c'est ce jeu de vases communicants qui fixe le cours des devises ; on appelle cela le système de changes flottants.
Pour de nombreux pays, trop petits ou trop faibles, il serait dangereux : qui achèterait leur petite devise si elle était mise en concurrence avec les très grandes ? Ils ont donc des monnaies non convertibles : cela veut dire qu'on ne peut pas les changer comme on veut, qu'on ne peut pas sortir du pays avec elles et que le cours en est fixé de façon autoritaire par le gouvernement.
Un des problèmes du début du siècle est que cette option est toujours pratiquée par la Chine, pourtant devenue l'un des plus puissants pays du monde. Le yuan ne fluctue pas librement sur les marchés financiers. Son cours est décrété par le gouvernement et nombre d'experts estiment qu'il est manifestement sous-évalué, ce qui permet au pays de vendre bien moins cher les produits qu'il exporte.

II - Les marchés financiers et autres joyeusetés

Dans le grand jeu économique, les marchés financiers dictent la loi. Ils existent depuis longtemps, et les sentiments mitigés qu'ils inspirent ne sont pas neufs. « Si vous voyez un banquier sauter par la fenêtre, sautez derrière lui, vous pouvez être sûr qu'il y a du profit à prendre », disait déjà Voltaire. Son siècle et les suivants n'eurent de cesse de pester contre les agioteurs, les boursicoteurs, s'engraissant sur le dos des autres. Le problème d'aujourd'hui n'est pas la finance en soi – tout le monde est d'accord, pour faire tourner l'économie, il faut bien de l'argent –, mais l'importance démesurée que la mondialisation des échanges et l'évolution technologique lui ont donnée. En un simple clic, en une fraction de seconde, on peut désormais faire voler des sommes colossales d'un marché à l'autre du globe et créer sans bouger de sa salle des marchés des tsunamis industriels ou commerciaux à l'autre bout de la planète, sans avoir de comptes à rendre à personne. Des techniques de plus en plus sophistiquées sont à l'œuvre pour engranger des profits toujours plus déconnectés de la réalité des choses : on parle d'« économie de casino ». Le monde comme une machine à sous, avec des traders dans le rôle des joyeux clients et les entreprises, les États, les ressources minières ou agricoles dans celui des petites images qui tournent et permettront, si elles s'alignent dans le bon ordre, le bingo ! Nous donnons quelques exemples des nouveaux jeux à la mode dans ces milieux. Nous revenons ensuite sur l'infarctus généralisé que ce système a failli déclencher : la crise des subprimes.

1. Folies spéculatives

La spéculation consiste à espérer empocher un bénéfice en anticipant les variations sur le cours de quelque chose : on achète du blé, non pas pour l'utiliser ou le céder tout de suite, mais pour le stocker en attendant qu'il manque et qu'il puisse être revendu plus cher. C'est une pratique ancestrale. Elle ne cesse de se renouveler. Depuis le début du XXIe siècle, on a beaucoup parlé des sociétés d'investissement appelées hedge funds, que l'on nomme le plus souvent en français fonds spéculatifs parce que leur activité consiste à spéculer tout le temps, à toute vitesse, sur tout et n'importe quoi – le marché des devises, les matières premières, les œuvres d'art – ou encore à faire ce que les boursiers appellent de l'arbitrage, c'est-à-dire à jouer sur les différences de cotation d'une même valeur entre deux places financières. Les risques sont énormes, l'immoralité totale et les techniques utilisées hallucinantes pour les profanes.

Citons une seule d'entre elles, la vente à découvert. C'est une spéculation à la baisse. Le jeu est le suivant :

1. J'emprunte un produit financier.
2. Je le revends.
3. J'attends la baisse.
4. Je le rachète à ce prix moindre.
5. Je le restitue.

Au passage, j'empoche la différence entre le 2 et le 4. En gros, je me suis fait une fortune sur du vent.

Ajoutons que ce type de transaction peut se faire sans même posséder d'argent, il suffit de l'emprunter pour le rembourser plus tard une fois les bénéfices obtenus : on appelle cela l'effet de levier. Le jeu est évidemment dangereux. Si, contrairement à ce qu'on espère, les cours montent, c'est la catastrophe. On est donc prêt à beaucoup pour qu'ils baissent, y compris, si l'on en croit des accusations répétées, à lancer des rumeurs. La pratique ouvre la porte à toutes les dérives. C'est pourquoi, à la fin de la décennie 2000, divers pays, notamment en Europe, ont essayé de l'interdire.

Qu'est-ce que la taxe Tobin ?

Au début des années 1970, la fin de la convertibilité du dollar en or et l'apparition du système des changes flottants créent une grande instabilité sur les marchés monétaires : les spéculateurs n'ont de cesse de vendre et d'acheter. Pour calmer le jeu, un économiste américain, James Tobin (1918-2002), futur prix Nobel d'économie (1981) suggère de « jeter du sable dans les rouages » en créant une taxe très faible (il parle de 0,05 à 0,5 %), mais portant sur chaque transaction, ce qui doit en limiter la fréquence. À la fin des années 1990, divers mouvements altermondialistes, comme l'association française Attac, reprennent cette idée en proposant de l'étendre à toutes les transactions financières. Ce n'était pas l'avis de Tobin mais la taxe garde son nom. Avec la crise de 2008, elle finit par s'imposer à tous. Hier encore considérée comme utopiste ou impossible à mettre en œuvre, elle est peu à peu reprise à leur compte par les principaux dirigeants occidentaux. José Manuel Barroso, très libéral président de la Commission européenne, a promis qu'elle serait mise en place avant 2014.

2. *Sortez vos algorithmes*

Il y a longtemps, pour réussir à la Bourse, il fallait avoir du flair et un certain sens de l'économie et du commerce. Aujourd'hui, il vaut mieux avoir fait des maths. Depuis une dizaine d'années, les rois des salles de marchés s'appellent les quants (on prononce à l'anglaise, cou-ant) c'est-à-dire les spécialistes d'une des branches de très haut vol des mathématiques appliquées : la « finance quantitative de marché ». Ce sont eux qui, à l'aise dans des modèles complexes reposant sur le calcul différentiel, les probabilités, les algorithmes (voir p. 117) fournissent la nouvelle arme de la guerre financière : le logiciel ultra-performant qui permet à l'ordinateur d'envoyer des ordres d'achat et de vente là où il faut et de ramasser des fortunes en un temps record.

Car bien sûr, une grande partie des transactions d'aujourd'hui n'est même plus faite par des humains : comment compter sur eux ? Ils doivent suivre les évolutions des cours sur leurs écrans, cliquer sur leurs souris. C'est bien trop lent. Un autre des mots clés de la finance contemporaine est le *trading* haute fréquence, ces transactions passées par des machines qui achètent et vendent à une vitesse qui ne cesse de croître de façon vertigineuse : entre 2005 et 2010, elle était passée de 2 secondes à 150 millionièmes de seconde.

3. *Les subprimes ou l'enchaînement fatal*

Personne n'a oublié à quelle catastrophe la crise des subprimes de 2007-2008 a failli aboutir. Il est instructif de rappeler l'enchaînement qui y a conduit.

Acte I : La crise immobilière

Au début des années 2000 l'explosion de la bulle Internet (c'est-à-dire la fin des investissements délirants qui avaient conduit à surcoter toutes les nouvelles entreprises liées au web, les fameuses start-up) puis les attentats du 11 Septembre font craindre une récession.

Pour relancer la machine, la banque centrale américaine, la Fed, baisse ses taux d'intérêt. Emprunter ne coûte presque plus rien, les banques vont pousser tout le monde à le faire, même ceux qui n'en ont pas les moyens. En jargon bancaire américain, quand on propose un crédit à un très bon client – celui qui a un gros salaire, de bonnes garanties – on lui offre un très bon prix : un taux prime (en français, on dirait premium). Quand le client est plus risqué, on lui propose un crédit d'un cran en dessous (autrement dit plus cher) : un sub-prime. Pourquoi se priver ? Ces crédits sont « hypothécaires », c'est-à-dire gagés sur la valeur de la maison. L'immobilier ne cesse de grimper : en cas de problème il n'y aura

Une icône nommée Jérôme Kerviel

On a vu des tee-shirts à son effigie. Des pièces de théâtre, des essais, des romans ont été écrits sur lui, et son nom est connu dans le monde entier. L'une des icônes de notre époque se nomme Jérôme Kerviel. Ce jeune Français est devenu mondialement célèbre à trente et un ans en janvier 2008 après que l'on a appris qu'il avait réussi à faire perdre à sa banque, la Société Générale, cinq milliards d'euros.

Et encore, cette somme ne représentait que la pointe émergée d'un iceberg gros comme un continent : l'homme jouait sur les marchés à terme, c'est-à-dire des marchés qui ne se réalisent que plus tard dans le temps, et les engagements potentiels qu'il y avait pris étaient de dix fois plus : 50 milliards.

Sitôt l'affaire connue, elle a ouvert un débat mondial qui n'est pas clos. Pour ses détracteurs, Kerviel est un rogue trader, un de ces traders fous qui jalonnent l'histoire boursière, frère cadet de Nick Leeson, le Britannique qui, à cause de ses malversations, provoqua en 1995 la ruine de la banque Barings. Pour ses défenseurs, il n'est qu'un fusible, la victime d'un système qui pousse tous ses acteurs aux risques les plus démesurés pour engranger des bénéfices et s'en débarrasser quand ils les ont pris à perte.

qu'à vendre et tout le monde récupérera plus que la mise. C'est ce qu'on a cru jusqu'en 2006-2007.
Cette belle mécanique se grippe alors. Les taux remontent, les remboursements sont plus chers, bien des gens n'arrivent plus à les payer. Ils doivent vendre. Seulement l'immobilier a fléchi, et les ventes des maisons ne couvrent plus l'emprunt. La machine s'emballe en sens inverse. Les saisies se succèdent, faisant chuter encore plus le prix des maisons, jetant des milliers de gens à la rue, et laissant les banques avec l'assurance qu'elles ne reverront jamais leur argent.

Acte II : **La crise bancaire**

Qui possède ces emprunts pourris ? Un peu tout le monde et on ne sait même pas qui. C'est le problème. Quand les banques les ont souscrits, elles ne les ont pas sagement gardés sur leurs livres de compte, elles les ont revendus à d'autres sociétés financières, qui les ont revendus à leur tour, en les mélangeant à d'autres valeurs : c'est la titrisation. Ces millions de titres ont été mélangés, achetés, revendus. Tout le monde financier est contaminé par ce poison. La peur s'installe. On fait la chasse à ceux qui en ont le plus. Les cotes chutent. Les faillites arrivent.

Acte III : **La crise mondiale**

La plus spectaculaire a lieu le 15 septembre 2008 : Lehman Brothers, une des plus grosses banques d'investissement du monde, vieille de plus de 150 ans, s'effondre. La panique est générale. En quelques heures, elle se répand au monde entier. Un spectre tétanise la planète, le retour de 1929 : les fermetures de banques vont se succéder, les épargnants vont être ruinés, le monde va sombrer. Les États décident de faire ce qui n'a pas été fait soixante-dix-neuf ans plus tôt : ils investissent massivement pour sauver les banques, par tous les moyens, prêts, garanties, nationalisations.

Mille milliards de dollars y seront consacrés, dont sept cents par le seul gouvernement des États-Unis. Une dépense pharamineuse qui ouvre la voie à la crise suivante : la crise de la dette.

III - La dette

Il arrivait jadis aux rois trop dépensiers d'user d'une solution simple pour régler leurs problèmes avec leurs banquiers. Quand ils ne pouvaient plus les rembourser, ils les collaient en prison ou les expulsaient du royaume en confisquant leur fortune. L'envie d'en faire autant doit plus d'une fois venir à l'esprit de nombreux gouvernants d'aujourd'hui. Un spectre hante notre XXIe siècle : la dette.
Pour certains, classés en général à la droite de l'échiquier politique, elle n'est due qu'à une chose : on dépense trop. Les comptes des États sont plombés par une volonté inutile d'intervenir dans tous les domaines et d'étendre à l'infini des filets de protection sociale devenus de véritables systèmes d'assistanat que l'on ne peut plus se permettre de financer.
Pour l'autre bord, elle doit bien plus aux dérives d'un capitalisme devenu fou : les États dépensent surtout pour réparer les dégâts sociaux produits par la course au profit destructrice lancée par des petits milieux au cynisme sans limite, prêts à venir mendier quand ils se sont mis eux-mêmes au bord de la ruine, et capables, le lendemain, de couper la main qui les a aidés pour la revendre à profit. La formule n'est pas si loin de la vérité : lors de la « crise de la dette » des années 2010, n'a-t-on pas vu les marchés financiers mettre à genoux des États affaiblis par un endettement qui était dû, en partie, au sauvetage, deux ans plus tôt, de ces mêmes marchés financiers que leur folie lors de la crise des subprimes avait amenés au bord du gouffre ?
La dette est l'un des maîtres mots de notre époque. Remettons à plat ses mécanismes les plus simples.

1. *Un peu de vocabulaire*

Tous les ans, un État fait des dépenses : il lui faut payer son armée, sa police, ses écoles, etc. Il a aussi des recettes : elles proviennent parfois de ressources propres (par exemple des revenus tirés de forêts, de biens qui lui appartiennent) mais essentiellement des impôts. Ils sont directs (ceux que le contribuable paie directement au percepteur, comme l'impôt sur le revenu) ou indirects (comme les taxes qui s'ajoutent au prix des produits que l'on achète. La TVA est la plus importante). À la fin de l'année, l'État fait le compte des entrées et des sorties. S'il reste de l'argent dans les caisses, il est en excédent budgétaire. S'il en manque, en déficit.

Pour financer ce déficit budgétaire, l'État doit donc emprunter de l'argent. Il le fait auprès des citoyens, ou des marchés financiers. D'année en année, les emprunts s'accumulent, additionnés de leurs intérêts : cette somme représente la « dette de l'État ».
On fait la même opération pour les grandes entités publiques : la sécurité sociale (les assurances maladie, chômage, vieillesse, les allocations familiales), les collectivités locales (les départements, les régions, etc.). En totalisant le tout, on arrive au chiffre qui sert le plus souvent de référence : la dette publique.
On peut l'exprimer en chiffres bruts (par exemple la dette publique de la France fin 2011 est de 1 688 milliards d'euros). La somme serait énorme pour un tout petit pays. Elle l'est moins pour un grand. La valeur de la dette n'a de sens que si on la ramène aux finances globales d'une nation. C'est pourquoi on l'exprime le plus souvent en pourcentage de la richesse nationale (le PIB, produit intérieur brut) :

Dette publique fin 2012 *(chiffres Eurostats)*

Estonie	*10,1 % du PIB*	**Irlande**	*117,6 %*
Pologne	*55,6 %*	**Portugal**	*123,6 %*
Allemagne	*81,9 %*	**Italie**	*127 %*
France	*90,2 %*	**Grèce**	*156,9 %*

Si l'on considère l'argent que tous les agents économiques d'un pays particulier, les citoyens, les entreprises, les services publics, etc. ont emprunté à l'étranger, on obtient la dette extérieure. Quand on ne retient parmi celle-ci que la part de l'État, on parle de la dette souveraine. C'est l'expression qui a été répétée sans cesse lors de la « crise de la dette », elle représente donc l'argent qu'un pays doit trouver auprès des marchés financiers pour rester à flot.

2. *L'effet boule de neige*

De nombreux pays vivent et ont vécu avec de la dette. Ce n'est pas toujours un drame. Il existe de « bonnes dettes ». Emprunter de l'argent pour faire de grands investissements, ouvrir de nouvelles universités, rénover ses routes, etc., peut être un bon pari sur l'avenir.

Traditionnellement, les conservateurs sont favorables à l'« orthodoxie budgétaire » : il ne faut pas dépenser plus que l'on a. En revanche, les keynésiens – qui se réfèrent aux théories du grand économiste britannique John Maynard Keynes (1883-1946) – défendent l'idée que creuser un peu plus un déficit peut, en cas de crise, être un outil très utile. Ils citent l'exemple du président américain Roosevelt qui, dans les années 1930, avec sa politique du « New Deal » (la « nouvelle donne »), l'utilisa pour sortir les États-Unis du marasme. En lançant de grands travaux, ou en donnant plus d'argent aux gens par le biais des prestations sociales, l'État peut aider à remettre en marche une machine économique : c'est ce que l'on appelle la relance.

Agences de notation

Quand on veut investir de l'argent, on aime prendre quelques renseignements pour savoir où on met les pieds. Dans le monde financier, ce rôle est dévolu aux agences de notation financière. Moody's, Standard and Poor's et Fitch sont les trois plus importantes. Leur travail consiste à analyser précisément la santé de telle entreprise, de tel pays pour dire à leurs clients s'il est plus ou moins risqué de leur prêter de l'argent, ce qui, évidemment, détermine le taux auquel cet argent va être prêté. C'est le sens de leurs fameuses notes. En général il y en a 9. Elles vont de AAA (emprunteur sans risque, vous pouvez lui faire un bon taux) à C ou D : le défaut de paiement (il vaut mieux fuir, vous ne reverrez jamais votre argent).
La puissance de ces agences est énorme : une bonne ou une mauvaise note, pour un emprunteur, cela se traduit par des millions en plus ou en moins sur le crédit qu'il demande.
Leur crédibilité est pourtant souvent remise en cause. On leur reproche de multiples conflits d'intérêt : il leur arrive d'avoir à noter des entreprises qui sont, par ailleurs, leurs clients. Cela n'aide pas à avoir un jugement très objectif. On leur reproche aussi deux erreurs terribles : quatre jours avant sa faillite retentissante, en 2001, la grande entreprise américaine Enron avait des notes excellentes et, peu de temps avant qu'ils ne risquent de mener le monde à la banqueroute, les crédits subprimes en avaient toujours d'aussi bonnes.

La crise des années 2010 semble montrer que ce scénario optimiste ne fonctionne que jusqu'à un certain seuil. Le problème de la dette est qu'elle engendre vite encore plus de dette : pour combler le déficit de son budget, on creuse un peu sa dette, dont les intérêts deviennent de plus en plus lourds, ce qui revient à creuser encore plus le déficit de l'année suivante. C'est « l'effet boule de neige ». Il est accentué encore par le problème des taux auxquels l'État emprunte. Plus il est endetté, moins les créanciers ont confiance dans sa capacité de rembourser, plus ils font donc monter le prix de l'argent qu'ils lui prêtent. Au bout de ce jeu dangereux, une catastrophe pour tout le monde : l'État se met en « défaut de paiement », il déclare qu'il ne peut plus payer. Le pays est ruiné, il ne peut plus faire face à ses dépenses, payer les fonctionnaires, assurer ses missions.
Ses créanciers aussi : les banques qui lui ont trop prêté risquent elles-mêmes des faillites, ce qui peut entraîner, par contagion, encore plus de faillites.

3. *Les solutions*

Toute l'Europe en convient, il faut donc réduire la dette. Et toute l'Europe est parcourue des mêmes débats sur les moyens d'y parvenir. Pas besoin de sortir de Harvard pour le comprendre : il n'y a pas trente-six façons de juguler un déficit, mais deux.

Soit on augmente les recettes, soit on diminue les dépenses.

Les deux solutions ont un point commun : elles sont également désagréables à mettre en œuvre, et présentent toutes deux d'innombrables inconvénients.
Pour augmenter ses recettes, il faut augmenter les impôts. Lesquels ? Les impôts indirects, c'est-à-dire les taxes sur les produits que l'on achète ? Cela revient à faire payer tout le monde, même les plus pauvres. Alors hausser les impôts directs, faire « payer

les riches » ? Quand on sait à quel niveau vertigineux de fortune certains d'entre eux se situent, cela paraît de bonne justice. Mais les faire payer jusqu'à quel point ? Au-dessus d'un certain seuil, prétendent les détracteurs d'une telle mesure, « trop d'impôt tue l'impôt » : les gens concernés trouveront le moyen de ne pas le payer, le mécanisme ne servira qu'à faire fuir l'argent, à décourager l'investissement et donc à déprimer l'économie.
L'État peut aussi vendre ses biens propres : les immeubles qu'il possède, les forêts, les casernes. Par définition, cela ne marche qu'un temps. Alors baisser les dépenses, se résoudre à couper dans les budgets ?

• Lesquels ?

« Il n'y a qu'à diminuer le salaire des ministres », s'exclament en général les électeurs. La mesure est en effet populaire, mais les sommes gagnées tiendront du pourboire.

• Alors où tailler ?

Dans la protection sociale, en indemnisant moins les chômeurs, en remboursant moins bien les frais de santé ? Dans la fonction publique, en diminuant le nombre de professeurs, de policiers, d'assistantes sociales ?

Mais cela fera encore plus de chômeurs qui ne paieront plus d'impôts, qui ne consommeront plus et qu'il faudra aider pour éviter de nouvelles catastrophes sociales. En règle générale, face à ces solutions également mauvaises, la plupart des gouvernements choisissent la voie médiane : ils mélangent un peu des deux techniques. Si le pays est encore assez solide, elles peuvent aider à le redresser. Si le pays est au bord du gouffre, elles peuvent contribuer à l'y pousser. C'est ce que l'on a vu avec la Grèce à partir de 2010. Très endetté, le pays était proche de l'asphyxie. La logique financière disait : il faut avant tout redresser les comptes, tailler dans les budgets, demander à chacun des efforts, etc. La logique économique et sociale disait : cette politique crée tant de misère qu'elle finira par tuer le malade au lieu de le guérir.

Le roi dollar

L'ancien président français Valéry Giscard d'Estaing, alors jeune ministre des Finances dans les années 1960, avait appelé cela le « privilège exorbitant du dollar ». Injustice de la géopolitique, la question de la dette publique ne pèse pas de la même façon pour tout le monde.

Les États-Unis sont très endettés. En août 2011, ils sont même entrés dans le petit « club des 100 % », celui des pays dont l'endettement dépasse les 100 % du PIB. Pour un petit État, ce serait terrible. Pour la première puissance mondiale, c'est un seuil dangereux, mais pas une catastrophe car les États-Unis ont dans leur jeu un joker : le dollar. Le billet vert est la grande « monnaie de réserve » de la planète. Tout le monde détient du dollar, tout le monde a souscrit des emprunts émis par les Américains, et un grand nombre de transactions commerciales (par exemple celles portant sur les matières premières) se font en dollars. Pour financer leur dette, les États-Unis peuvent toujours faire ce qu'ils ont toujours fait, émettre plus de monnaie. Cela provoque la chute de son cours. Pour n'importe quel pays, c'est dangereux, puisque tout ce que l'on achète à l'étranger devient plus cher et que les emprunts souscrits dans une autre devise sont renchéris d'autant. Qu'est-ce que cela fait, quand ses factures extérieures ne bougent pas, puisqu'elles sont réglées dans sa propre monnaie ? Rien, sinon dévaloriser un peu les emprunts en billets verts détenus par d'autres, c'est-à-dire alléger cette satanée dette.

Leçon 6
Sciences

La science permet de faire le lien entre l'infiniment petit et les grandes questions qui taraudent l'humanité. Nous allons ainsi découvrir ce qui relie les particules élémentaires et l'origine de l'Univers, l'ADN et l'immortalité, les nanotechnologies et l'intelligence artificielle.

I- *Tout l'Univers*

Où en sommes-nous dans la compréhension de l'Univers ? D'où provient la matière qui compose le système solaire ? Quelles sont les différentes particules qui ont été observées à ce jour et, parmi elles, quel est le rôle du fameux boson de Higgs dont les physiciens du monde entier ont applaudi la découverte en juillet 2012.
Nous allons commencer par approcher les particules élémentaires puis étudier comment elles interagissent selon un modèle très ingénieux.

1. *Le secret de la matière*

S'il y a un domaine qui attire particulièrement les scientifiques, c'est celui de l'astrophysique car les implications sont immenses et beaucoup de moyens sont mis en œuvre pour la recherche fondamentale. Le célèbre Cern, par exemple, centre de recherche en physique des particules basé près de Genève, initié après-guerre par une dizaine de physiciens, fédère aujourd'hui 8 000 scientifiques de 85 nationalités différentes.

L'astrophysique permet de comprendre comment ont été créés les divers éléments qui cohabitent dans la nature. L'origine de la matière telle que les scientifiques l'expliquent aujourd'hui est la suivante :

Au début de l'Univers, il y a plus de 13 milliards d'années, lors du big bang, différentes particules (les protons, les neutrons et les électrons) se sont combinées pour constituer des atomes (d'hydrogène et d'hélium principalement). L'énergie s'est transformée en matière. Cette matière primordiale a participé à la formation d'étoiles, au sein desquelles se sont produits de multiples phénomènes de fusion nucléaire, d'explosion, et à la création de nouveaux atomes plus lourds que l'hydrogène, comme le carbone et le fer.

Les astrophysiciens ont montré que notre système solaire et la matière qui le constitue sont issus de l'explosion d'étoiles aujourd'hui éteintes. En d'autres termes, la Terre et tout ce qui s'y trouve, les pierres, les plantes, les animaux et les humains, sont composés de poussière d'étoiles.

La matière est donc apparue lors du big bang, mais que savons-nous exactement des éléments qui la constituent ? Avec le perfectionnement des microscopes et la mise au point de grands accélérateurs électromagnétiques, la communauté scientifique a entrepris l'étude approfondie des particules élémentaires. L'Univers est en effet constitué d'un ensemble de particules indivisibles qui interagissent entre elles.

Pour comprendre ce qu'est une particule élémentaire, il suffit de procéder par ordre : la matière est formée de molécules. Une molécule est composée d'atomes. Ils sont eux-mêmes constitués d'un noyau et d'électrons. Le noyau est formé de protons et de neutrons.

Ils sont à leur tour divisibles en particules appelées « quarks ». Il est ainsi admis que les électrons et les quarks sont des particules élémentaires puisqu'ils ne sont pas formés d'autres particules, ils sont indivisibles et constituent le stade ultime (ou le plus infime) de la matière.

De l'atome au quark

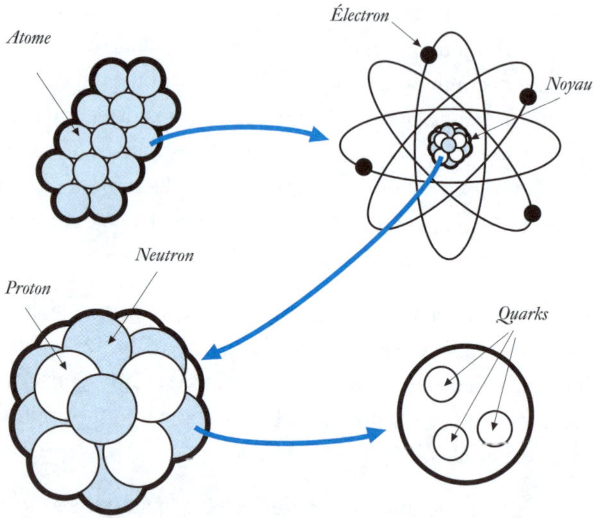

Lexicule (petit lexique des particules)

Il y a de quoi se perdre dans l'infiniment petit. Voici les termes principaux à retenir.

Atome : Un atome est ce qui constitue la plus petite partie d'un corps pur ; il ne contient qu'une seule espèce chimique. Mais il est lui-même constitué d'électrons et de nucléons.

Big bang : Le big bang désigne la période initiale chaude et dense de l'Univers, il y a quelque 13,7 milliards d'années. Les astrophysiciens ont pu observer des vestiges de ce moment originel pendant lequel se sont formés les premiers atomes d'hydrogène et d'hélium. Même si le terme de « big bang » a été lancé de manière ironique par des scientifiques qui défendaient une autre hypothèse, cette théorie n'est plus remise en cause aujourd'hui, mais sans cesse affinée.

Boson : Du nom du physicien indien Satyendranath Bose (1894-1974). Les bosons sont des particules médiatrices de force, ils sont responsables des interactions entre les diverses particules. Les photons et les gluons en sont (des bosons).

Électron : Constituant de l'atome, l'électron joue un rôle essentiel dans les phénomènes physiques de conductivité, d'électricité et de magnétisme. Cette petite chose a une charge électrique négative. Sa masse est de $9,1 \times 10^{-31}$ Kg, ce qui correspond à une énergie de 0,511 MeV (un demi-mégaélectronvolt).

Électromagnétique : Le rayonnement électromagnétique est un transfert d'énergie. La propagation d'un photon par exemple dégage une énergie, c'est-à-dire qu'il crée une variation dans le champ électrique et dans le champ magnétique. Ce rayonnement peut être perçu à l'œil nu, c'est la lumière. Mais les rayons X et les ondes radio sont également des rayonnements électromagnétiques.

Nucléon : Composant du noyau atomique. Il existe deux sortes de nucléons : les protons et les neutrons.

Photon : Le photon est une particule de la famille des bosons qui transmet l'interaction électromagnétique. Son nom vient du grec *phôtós* qui signifie « lumière », la lumière étant l'ensemble des ondes électromagnétiques visibles.

Proton : « Le premier » en grec, le proton est l'une des premières particules à avoir été identifiée. C'est un nucléon, sa charge électrique est positive, à l'inverse de l'électron. Il est composé de quarks et forme le noyau de l'atome avec les neutrons.

Quark : Un quark est un constituant fondamental de la matière, sensible aux interactions fortes. Il en existe six sortes : le quark *up*, le quark *down*, le quark *étrange*, le quark *charme*, le quark *bottom* et le quark *top*. Les quarks sont incapables d'exister seuls, ils sont agencés en paire ou en triplet. Le nom de cette particule a été donné en référence à l'un des nombreux néologismes qui composent l'œuvre *Finnegans Wake* de James Joyce.

Accélérateur

À cent mètres sous terre, près de Genève, se cache le plus grand et le plus puissant accélérateur de particules du monde. Ce monstre technologique de 27 km de circonférence, appelé LHC (*Large Hadron Collider*, grand collisionneur de hadrons) et développé par le Cern (Conseil européen pour la recherche nucléaire), reproduit les conditions de l'expansion de l'Univers. On y fait circuler et s'entrechoquer des particules à une vitesse proche de celle de la lumière. Le LHC a permis la découverte du boson de Higgs en juillet 2012.

Petit plus

Quand on ne comprend pas on classifie, répètent les zoologistes. Les physiciens en ont pris de la graine, voici comment ils ont classé les 17 particules élémentaires pour mieux cerner leurs interactions avant même de pouvoir les observer toutes.

LES PARTICULES ÉLÉMENTAIRES

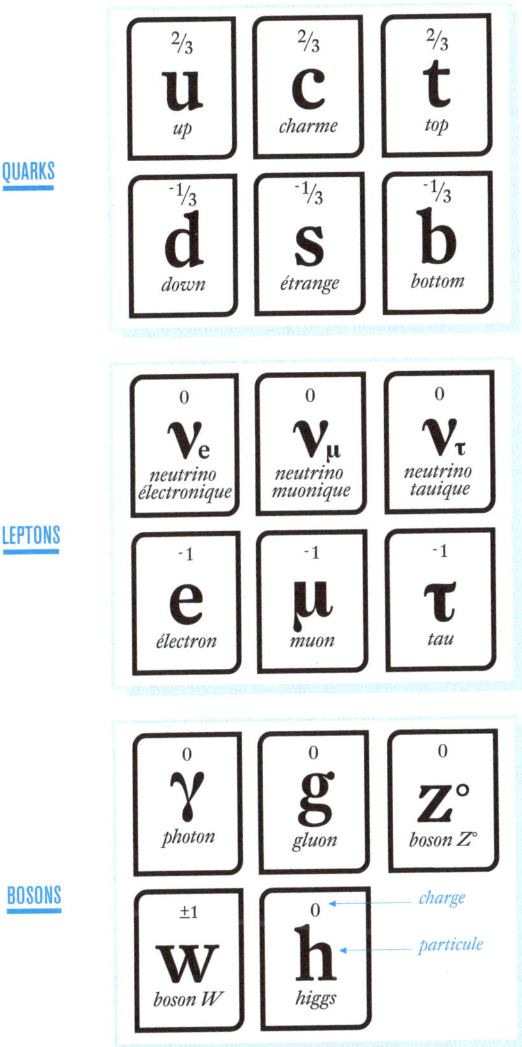

2. *La modélisation de l'Univers*

L'expérience est la façon la plus simple d'avancer en sciences : un chimiste en herbe observe une réaction entre deux produits, il essaie ensuite de reproduire le phénomène pour comprendre le pourquoi du comment. Dans le domaine de la physique des particules, on fonctionne souvent à l'envers : un scientifique pose une équation et toute la communauté se met en branle pour confirmer ou pour infirmer l'hypothèse de départ. Les inventions théoriques tout droit sorties de l'imagination du physicien permettent d'établir une loi dont il faut ensuite prouver la validité.
De grandes lois expliquant l'Univers ont été échafaudées à coups d'équations. Dans les années 1970, elles ont été réunies en une espèce d'édifice théorique qui détaille chaque particule élémentaire et les interactions qu'elles entretiennent les unes avec les autres. On appelle cet édifice le modèle standard. Le plus extraordinaire est que ce modèle théorique a presque entièrement été validé depuis par les expériences réalisées dans les accélérateurs de particules.

Citons quelques-unes des interactions développées dans le modèle standard.

La première est l'interaction électromagnétique. Elle permet d'expliquer l'attraction ou la répulsion entre deux aimants ainsi que toutes les lois de l'optique, la lumière étant l'ensemble des ondes électromagnétiques visibles.

La deuxième interaction concerne la cohésion du noyau atomique ; c'est une interaction plus forte que l'électromagnétisme. Elle explique l'énergie colossale dégagée quand on cherche à briser ce noyau, lors de la fission nucléaire, lors de l'explosion d'une bombe atomique ou de la production d'énergie dans une centrale nucléaire par exemple. Il s'agit de l'interaction nucléaire forte. Selon les physiciens, elle consiste en un échange de forces entre deux nucléons.

L'interaction nucléaire faible, quant à elle, correspond à l'émission d'une particule infinitésimale, le « neutrino », de masse encore non déterminée et de charge électrique nulle, difficile à détecter ; elle expliquerait les phénomènes de radioactivité.

Le modèle standard permet de comprendre les forces en présence dans l'Univers, mais il a aussi ses limites. Il ne décrit pas l'interaction gravitationnelle, cette force qui nous maintient à la surface de la Terre et qui préside au mouvement des astres. La gravitation est étudiée depuis longtemps : durant la seconde moitié du XVIIe siècle, le savant anglais Isaac Newton a établi la loi de l'attraction universelle, mais les ondes gravitationnelles n'ont pas encore pu être observées. Leurs effets oui, mais pas les ondes elles-mêmes. Elles demeurent une énigme que la science cherche à percer. Peut-être sont-elles simplement l'écho lointain d'une vibration se propageant dans une dimension que nous n'avons pas encore su déterminer. C'est ce que suggère la piste prometteuse des supercordes, cette théorie selon laquelle il y aurait dans l'Univers bien plus de dimensions que nous n'en connaissons actuellement.

Boson de Higgs

L'histoire des sciences a franchi une étape décisive avec la découverte du boson de Higgs.
Également appelé boson de BEH (Brout-Englert-Higgs, du nom des trois scientifiques qui ont conjecturé son existence dès 1964), le boson de Higgs ne s'était jamais laissé examiner. En juillet 2012, il est apparu une fraction de seconde lors d'une collision dans le LHC, le plus grand accélérateur de particules du monde qui recrée les conditions du big bang. On sait aujourd'hui qu'il a une masse : il est 133 fois plus lourd qu'un proton ou qu'un neutron, et surtout, qu'il existe bel et bien.

Pourquoi cette découverte est-elle si importante ? Le boson de Higgs est la particule qui confirme les hypothèses scientifiques sur la constitution de la matière au moment du big bang. C'est celle qui confère une masse à toutes les autres particules. Cette découverte va permettre aux chercheurs d'étudier un peu plus précisément les débuts de notre Univers et l'apparition de la matière en ne s'appuyant plus seulement sur des conjectures ou des équations, mais sur des éléments tangibles. Nous allons comprendre, grâce au boson, comment l'énergie diffuse de l'Univers est devenue une matière stable et pesante.

Matière noire et antimatière

Quelle est la masse de l'Univers ? En additionnant les éléments qui composent une galaxie (les étoiles, les gaz, les amas de matière...) ou alors en déduisant sa masse à partir de ses mouvements, on n'aboutit pas au même résultat. En étendant ces calculs, on constate que la matière des planètes et des étoiles ne représenterait que 4 % de la masse de l'Univers. Le reste (les 96 % de masse manquante) est appelé matière noire (*dark matter*). Les astrophysiciens planchent sur cette énigme pour comprendre comment tient l'Univers et d'où viennent les galaxies. La matière noire pourrait expliquer la force gravitationnelle.

Il ne faut pas la confondre avec l'antimatière : le fait que chaque particule élémentaire ait sa jumelle inversée. Au départ, l'antimatière n'a existé que comme une hypothèse mathématique, posée en équation par Paul Dirac en 1928. La découverte en 1932 des positons dans l'atmosphère, c'est-à-dire de particules ayant exactement la même masse que les électrons, mais une charge inversée, a confirmé cette prédiction. L'antimatière existe. Les physiciens travaillent aujourd'hui pour lui trouver des applications concrètes. Elle en a déjà en médecine, avec le TEP-scan (Tomographie Electron-Positon).

II - La vie sur Terre

Quelles sont les conditions d'apparition du vivant ? Que faut-il pour créer la vie ? Une proportion juste de neutrons par rapport aux protons, répond avec aplomb le physicien. Une atmosphère à moins de 60 °C principalement composée de dioxyde de carbone, précise le chimiste. Un apport soudain d'énergie, la collision entre une météorite et la Terre, lance un astronome. Une source hydrothermale riche en soufre suffit, contredit un géologue. Le virologue avance lui aussi son hypothèse et elle mérite sûrement notre attention. Il existe autant de versions concernant l'apparition du vivant sur Terre que de domaines de recherche. La question du pourquoi du comment n'a pas encore été tranchée, mais tout le monde s'accorde aujourd'hui sur le fait qu'il y a de la vie, qu'elle a un sens et qu'il est peut-être plus important de comprendre son évolution que de se quereller pour savoir d'où vient l'étincelle.

1. La vie évolue

À l'origine de la vie il y a la soupe. Un bouillon de culture, un milieu liquide parsemé de carbone, d'ammoniac, baptisé la soupe primordiale. Les premières traces de vie actuellement identifiables remontent à environ 3,8 milliards d'années (à la louche), ce sont des bactéries et des algues. L'évolution du vivant correspond, selon les biologistes, au développement de molécules d'acides aminés (dérivées d'ammoniac) sous l'action d'une énergie, puis de leur combinaison jusqu'à former une cellule. Ce phénomène est à la fois simple et vertigineux. Il nous renseigne sur le fonctionnement de la matière vivante et sur les instructions qui pourront être transmises de génération en génération : le matériel génétique.

Dans la soupe primordiale, les scientifiques s'accordent pour dire qu'il y avait de l'acide ribonucléique (ARN), substance à l'origine de la formation des protéines dans les cellules et précurseur de l'acide désoxyribonucléique (ADN). L'ADN, c'est de l'ARN avec un atome d'oxygène en moins. Il s'agit d'une molécule complexe dont la structure et la fonction ont été découvertes dans les années 1950. L'ADN est un acide nucléique, qui a cette particularité de contenir les caractères d'un être vivant et les informations nécessaires à sa reproduction. Il a la forme d'une double hélice dans laquelle alternent des paires de bases azotées. L'alternance des bases constitue un code permettant d'exprimer une information. On appelle cela le code génétique : à chaque séquence de trois bases consécutives correspond un message qui pourra être traduit par la cellule et servir à la fabrication de protéines. L'agencement de ces protéines participe à la constitution des êtres vivants.

Bilan d'étape

- Les quarks et les électrons forment l'atome (voir particules élémentaires p.153).
- Plusieurs atomes combinés ensemble forment la molécule.

- La matière vivante est constituée de molécules organiques dont l'ADN, acide désoxyribonucléique, lui-même constitué de bases nucléiques.
- Une série de bases, appelée gène, contient les instructions nécessaires à la fabrication des protéines.

De la cellule au brin d'ADN

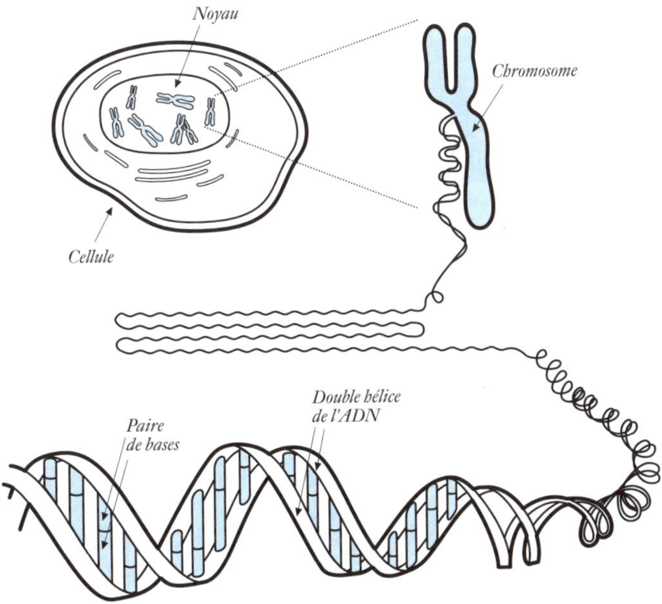

Lexique génétique

ADN pour acide désoxyribonucléique : Constituant chimique essentiel des chromosomes. Sa structure a la forme d'une double hélice. L'ADN porte les caractères génétiques des êtres vivants.

Aminé : Composé organique dérivé de l'ammoniac. Les acides aminés sont les constituants principaux de la matière vivante.

ARN pour acide ribonucléique : Molécule formant un court brin qui transporte le message génétique et participe ainsi à la synthèse des protéines.

Cellules souches : (voir p. 169)

Chromosome : Molécules d'ADN entremêlées. Nous avons 23 paires de chromosomes dans le noyau de chacune de nos cellules. Les chromosomes contiennent le patrimoine génétique d'un individu, ils interviennent dans la transmission des caractères héréditaires.

Empreinte génétique : Échantillon de cellules organiques permettant de reconnaître un individu grâce aux informations inscrites dans son ADN. On peut l'utiliser pour effectuer un test de paternité ou pour confondre un malfaiteur.

Gène : Segment d'ADN contenu dans un chromosome, il affecte les différentes caractéristiques d'un être vivant : son apparence, sa bonne constitution, ses mécanismes de résistance.

Génome : Ensemble des gènes, c'est-à-dire du matériel génétique transmis par les parents. Il est constitué de molécules d'ADN qui donnent des instructions quant à la fabrication et à l'activité des protéines constituant l'organisme.

Phénotype : Ensemble des caractères observables d'un individu. Brun, poilu, frisé, peau mate, yeux noisette, ces paramètres forment le phénotype, un peu comme le profil sur les réseaux sociaux.

XY : Tous les êtres humains ont 22 paires de chromosomes communes, plus 1 paire qui les différencie. On appelle cette paire les chromosomes sexuels. Chez la femme, on leur donne la forme de deux X. Chez l'homme, par convention l'un des chromosomes forme un X, l'autre a une jambe en moins et forme un Y.

De quoi Luca est-il le nom ?

Tous les êtres vivants ont un même ancêtre. Les papillons, les pâquerettes, les vaches, les champignons, les humains, nous avons tous un dénominateur commun. Nous sommes composés des mêmes macromolécules, nous synthétisons des protéines, et nous utilisons un code génétique pour cela. Parfois appelé progénote ou cenancestor, Luca (pour *Last Universal Common Ancestor*) n'est pas la première cellule vivante, mais plutôt le premier type de cellule que nous partageons universellement. Cette appellation date de 1996, mais les savants du XIXe siècle Darwin et Lamarck le pressentaient déjà. Luca permet aujourd'hui d'affirmer qu'il y a une unité du vivant.

2. *Projet génome humain*

Certains laboratoires sont aujourd'hui capables de déterminer la prédisposition au cancer du sein et de l'ovaire chez la femme en identifiant quelques gènes et en observant s'ils présentent des signes de mutation ou non. Ces diagnostics ont été rendus possibles grâce au séquençage du génome humain.

Une métaphore pour commencer. Le noyau d'une cellule est la bibliothèque qui renferme tout notre patrimoine génétique (notre génome). Le chromosome est un livre. Le gène est une page sur laquelle un ensemble de lettres (les bases nucléiques) forment des mots.

Un projet scientifique mené à l'échelle internationale et débuté en 1989 a permis de comprendre de quoi était exactement constituée la bibliothèque, de la recopier en totalité et de commencer à la déchiffrer. C'est ce que l'on a appelé le « projet génome humain ».

Le génome humain contient six milliards de bases appariées dans un ordre bien précis. C'est tellement énorme qu'il a fallu treize ans pour réussir à tout déchiffrer. Ce séquençage (la lecture dans l'ordre des éléments qui composent notre ADN) est achevé depuis avril 2003 avec une précision de 1/10 000. Il peut donc y avoir une erreur sur 10 000 gènes séquencés.

Parallèlement, le génome a été cartographié, c'est-à-dire que l'on a déterminé l'emplacement de plus de 20 000 gènes différents sur tout le long de la séquence d'ADN. La prochaine étape va consister à établir la fonction de tous ces gènes sur notre santé. Connaître par exemple les effets indésirables et l'efficacité de certains médicaments sur un individu selon son code génétique avant de lui prescrire un traitement, ou alors réussir à dépister les maladies graves le plus tôt possible pour augmenter ses chances de guérir sera alors possible.

La science est ouverte

Le procédé de diagnostic du cancer du sein ou de l'ovaire par le biais du séquençage de l'ADN est la propriété d'une société privée américaine et cela pose quelques questions :

> Y a-t-il une différence entre notre génome et la recette du Coca-Cola ?

Quelqu'un peut-il être propriétaire de notre code génétique et en contrôler ses applications ? Comment endiguer la tendance à tout vouloir privatiser dans le domaine des biotechnologies ?

Au moment du séquençage, dans les années 1990, un bras de fer juridique s'est joué entre les instituts publics de santé et certaines sociétés privées comme Celera Genomics. C'était la course aux brevets. Cette bataille a eu un avantage, elle a permis d'adopter une convention internationale selon laquelle les séquences d'ADN déchiffrées devaient être publiquement divulguées afin de favoriser les échanges entre scientifiques et d'accélérer la recherche.

Ce principe de l'*open source* a été entériné en 2002, il confirme désormais le caractère public du génome humain. Une séquence d'ADN ne peut donc pas être brevetée. En revanche une technique de diagnostic ou de thérapie peut l'être.

Manipulation génétique

Longtemps, nous avons utilisé les micro-organismes afin d'améliorer notre production – comme la levure, par exemple, pour faire lever le pain. Désormais, nous allons plus loin, nous sommes capables de prélever un fragment d'ADN dans un organisme pour l'insérer dans un autre en vue de son amélioration. Les OGM (organismes génétiquement modifiés) désignent les organismes qui ont subi ces types de modification. Doit-on en avoir peur ? La réponse se trouve p.322.
La manipulation génétique peut aussi consister à modifier directement le patrimoine génétique d'un être vivant afin de déclencher la production d'antibiotiques ou d'anticorps. Pour fabriquer les vaccins on utilisait généralement une souche de virus atténué. Aujourd'hui, on modifie le matériel génétique de bactéries pour qu'elles expriment les caractères de protéines virales. Ce passage par la bactérie OGM plutôt que par un virus permet d'éviter de contracter la maladie pendant la vaccination.

Immortalité

Pourquoi meurt-on ? Une enzyme appelée télomérase limite notre durée de vie. Les scientifiques planchent sur les techniques de contrôle de cette protéine pour ralentir le processus de vieillissement. L'autre piste consiste à réparer les cellules déficientes. Les nanotechnologies ouvrent des perspectives dans ce sens, tout comme le clonage et la culture des cellules souches. Ces avancées scientifiques continuent de raviver le vieux fantasme d'immortalité.

III - *Allô docteur ?*

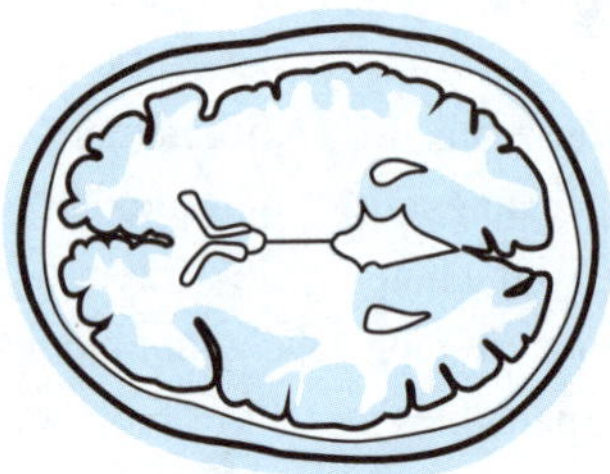

1. *Imagerie*

Lorsque l'on demande à un médecin ce qui a le plus changé dans sa pratique ces dix dernières années, il parle de l'imagerie médicale. Les progrès dans ce domaine ont bouleversé sa façon de diagnostiquer les lésions ou les tumeurs.

L'IRM (Imagerie par résonance magnétique) est l'une des techniques d'imagerie les plus récentes et les plus précises. Elle permet de visualiser sur plusieurs plans voire en 3D les organes et les tissus mous du corps humain grâce à un champ magnétique. Elle n'est pas invasive, elle n'irradie pas le patient.
Entre autres applications prometteuses, l'IRM détecte les moindres variations d'oxygénation du sang et permet d'établir un lien avec l'activité neuronale. Les neuroscientifiques peuvent ainsi localiser de plus en plus précisément les régions cérébrales impliquées dans les fonctions comme la mémoire ou le mouvement.

2. *Cellules souches*

Une cellule « spécialisée » est programmée pour assurer des fonctions précises. Une cellule de peau par exemple produit de la kératine. À l'inverse, une cellule « indifférenciée » n'a pas de rôle attribué, elle n'a pas de programme défini si ce n'est de se multiplier.

Les cellules souches sont des cellules indifférenciées qui peuvent se multiplier à l'infini tout en produisant divers types de cellules spécialisées. On comprend leur intérêt dans le développement d'un organisme.
Elles peuvent être issues de l'embryon, mais aussi du fœtus ou, après manipulation, de cellules adultes (des expériences sur ces dernières ont été réalisées avec succès au Japon en 2007). Les cellules souches permettent de créer de toutes pièces un tissu cellulaire, de régénérer et bientôt sans doute de reconstruire un organe.

3. *Clonage*

Si vous cherchez à faciliter la rencontre entre un spermatozoïde et un ovule dans un tube à essai, on dit que vous pratiquez la fécondation *in vitro*. Maintenant, si vous injectez directement dans l'ovule un noyau avec des chromosomes, c'est du clonage que vous réalisez. L'ovule n'aura été qu'un réceptacle et le clone ainsi obtenu n'est pas le fils de ses parents, mais le jumeau du donneur.

Lorsque l'on crée un embryon en vue de son implantation dans l'utérus d'une mère porteuse, on parle de clonage reproductif. Dolly la brebis (1996-2003) et ses amis Ralph le rat, Marguerite la vache et Snuppy le chien sont issus de la même technique. Comme tous les animaux de laboratoire, ce sont des êtres fragiles dont la longévité n'est pas garantie.
Lorsque les cellules de l'embryon sont prélevées pour être ensuite développées en laboratoire, on parle de clonage thérapeutique. Il s'agit alors de récupérer des cellules (les cellules souches) capables de

produire n'importe quel type de cellule spécialisée pour la recherche médicale. Les chercheurs pressentent qu'elles pourront servir à soigner des maladies comme le diabète, Alzheimer ou Parkinson.

Le clonage thérapeutique est techniquement possible chez l'homme, mais il reste fortement encadré. Le clonage reproductif est interdit pour des raisons éthiques évidentes : la technique pourrait hypothétiquement être utilisée pour perpétuer le lignage biologique d'un individu qui verrait alors naître son propre jumeau et assisterait sans doute au vieillissement cellulaire prématuré de sa progéniture. À l'heure actuelle, rien ne justifie une telle expérience.

4. *Thérapie génique*

La méthode la plus courante consiste à introduire chez un patient la copie « normale » (saine) du ou des gènes déficients responsables de sa maladie. La thérapie génique a commencé dans les années 1990 pour soigner la mucoviscidose et la myopathie ; elle est aujourd'hui utilisée pour combattre le cancer, en introduisant un fragment de gène « normal » dans les tumeurs.
D'autres possibilités de traitements voient le jour avec la microchirurgie du gène, c'est-à-dire la légère modification des informations utiles à l'expression d'un gène dans une pathologie.

Alternatives

Prendre quelques minutes pour écouter un patient ou lui toucher le bras, cela renforce ses défenses immunitaires. Lorsqu'ils sont bien disposés, les médecins expérimentent des approches dites alternatives ou complémentaires. Cela consiste à mobiliser les mécanismes de guérison déjà présents dans le corps en recourant à la relaxation, au massage, à la méditation ou à l'hypnose. De plus en plus de médecins cherchent ainsi à limiter le stress de leurs patients et leur tension nerveuse sans pour autant les assommer de médicaments.

IV - Nanotechnologies

Les nanoparticules sont un peu partout, difficiles à visualiser, mais faciles à comprendre. Celles d'oxyde de fer permettent d'augmenter la tenue du rouge à lèvres, celles de fluorure de calcium renforcent l'efficacité du dentifrice. Les nanoparticules de dioxyde de silicium facilitent l'application du fond de teint sans toutefois dessécher la peau. La plupart des poudres miracles développées depuis une vingtaine d'années par l'industrie cosmétique bénéficient des progrès nanotechnologiques.

L'émergence des nanotechnologies date en effet des années 1990 avec l'invention de microscopes à effet tunnel (SMT) ou à force atomique (AFM). Ces outils ultrapuissants ont permis d'explorer la matière à l'échelle nanométrique.

1 nanomètre	*1 milliardième de mètre*
1000 nm	*1* µ

Le principe est élémentaire. Les nanotechnologies partent de l'infiniment petit, de molécules qui sont manipulées puis assemblées comme on tricote un pull-over, pour former des nanocomposants. Grâce à ce procédé, on donne de nouvelles propriétés aux matériaux tout en économisant la matière ou en réduisant les déchets lors de leur fabrication.
Les nanoparticules de dioxyde de titane utilisées dans la peinture, par exemple, la rendent à la fois plus opaque et plus blanche. Il en faut moins pour un résultat équivalent.

L'autre but des nanotechnologies est d'explorer les limites de la miniaturisation. L'exemple le plus frappant étant l'utilisation de la nanogravure pour dessiner les circuits électroniques.

Les microprocesseurs que l'on trouve dans les ordinateurs portables aujourd'hui renferment des circuits imprimés dont l'épaisseur de trait est inférieure à 65 nanomètres, soit 150 fois plus fin qu'il y a dix ans.

Travaux pratiques

Matériel :
Un tube à essai
Une plaque de quartz
Un faisceau laser
Un réacteur de synthèse (un four sophistiqué).

Ingrédients :
Ferrocène
Toluène

Pour former un nanotube de carbone, il vous faut un peu de solvant et un catalyseur. Vous pouvez utiliser un dérivé du fer, le ferrocène par exemple, que vous allez dissoudre dans l'hydrocarbure liquide : le toluène.
Bien mélanger. Pulvériser la solution au laser sur une plaque de quartz placée dans un réacteur de synthèse dont la température a été préalablement portée à 850°C.
Sous l'intensité de la chaleur, les gouttelettes s'évaporent, les réactifs se décomposent. Parmi les particules restantes, les atomes de carbone sont projetés sur le quartz. Observez maintenant : à mesure que vous pulvérisez, le carbone s'agence sur la paroi jusqu'à former un tapis dont chaque brin est un nanotube.

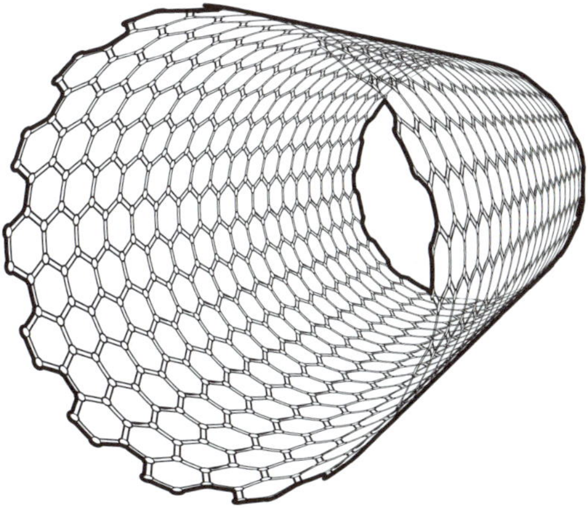

Du nanotube au brouillard utilitaire

C'est le plus beau des nanos : le nanotube de carbone est une structure cylindrique formée d'une unique molécule composée d'un maillage d'atomes de carbone. Il est ultrarésistant, il est hyperélastique et il présente des propriétés électriques formidables qui l'apparentent aux supraconducteurs. Ce nanocomposant est synthétisé depuis 1993 et remplace désormais le graphite dans certaines batteries. Il intervient dans la composition des processeurs et des transistors électroniques. Il sert aussi de base à la conception d'écrans flexibles.

Les nanoparticules permettent d'imaginer des structures de matériaux ultrafines, légères, résistantes et aux propriétés innovantes. Depuis quelques années, des villes s'équipent de filtres qui sont des agencements de nanotubes métalliques traversés par un courant électrique de faible intensité détruisant les bactéries plutôt que de les retenir. Ce système permet de recycler efficacement l'eau polluée sans forcément passer par les stations d'épuration installées en périphérie : gain de place et de temps.

La médecine n'est pas en reste. Les nanotechnologies ouvrent de nombreuses perspectives avec des poudres qui ne sont pas rejetées par l'organisme, des médicaments à effet retard et des appareils implantables de haute technicité. La pilule bio électronique qui libère des molécules (antidouleur, hormone) de façon progressive et localisée grâce à un nanogel de silicium et un processeur intégré en est un bon exemple. Un véritable laboratoire interne.

Imaginons maintenant des nanoparticules capables de s'accrocher entre elles par millions ou de se disperser à l'infini pour former une nappe. Un escadron mobile. Le Dr Hall, physicien américain, appelle cela le brouillard utilitaire (*utility fog*). Il servira à déplacer des objets, à en former d'autres puis à les déformer sur commande. On pourrait parler de pâte à modeler volante. Cette thèse incroyable est développée par le très sérieux Institut de fabrication moléculaire avec le soutien de la Nasa[1].

L'intelligence artificielle

Un vélo qui répond à l'ordre que je lui donne est une bonne bécane. Une tablette qui permet à son utilisateur d'interagir par un système de reconnaissance vocale, qui l'avertit quand sa connexion au wifi se brouille, qui lui propose une alternative sur un réseau plus porteur et qui détermine illico un itinéraire optimisé pour la balade à vélo, est une machine ayant à coup sûr bénéficié des recherches et des développements en intelligence artificielle.
Entre le vélo et la tablette, il existe un principe technologique qui s'est développé après-guerre à mesure que l'informatique se dif-

1. *Utility fog*. www.imm.org/about/hall/.

fusait dans la société. L'intelligence artificielle recoupe plusieurs domaines : les sciences cognitives (l'acquisition de connaissances), la robotique, la psychologie, l'ergonomie... Toutes ont en commun l'étude des théories et des techniques à mettre en œuvre dans la conception de machines capables de simuler l'intelligence humaine. Lorsque l'on caresse une tablette, on touche du doigt ce principe.

Leçon 7

Histoire

Voyageons dans le temps
et autour de la planète. Nous allons
croiser Alexandre le Grand,
Charlemagne, Soliman le Magnifique,
et même, Jean Monnet.

1 - *Brève histoire de l'Europe*

Réunissez une poignée de citoyens de notre continent, lancez-les sur l'avenir de l'Europe et mettez votre vaisselle à l'abri : vous pouvez être sûr d'avoir droit à un après-midi animé. Du souverainiste qui veut revenir aux strictes frontières nationales, au fédéraliste, qui rêve d'États-unis d'Europe, en passant par toute la gamme de ceux qui sont favorables à l'union de l'Europe, mais entendent la construire autrement, chacun aura une idée claire sur le sujet et sera capable de la défendre avec beaucoup de nerfs pendant des heures. Si vous voulez calmer tout ce beau monde, tentez une expérience inverse : interrogez-les sur l'histoire de l'Europe.

Chacun avancera sans doute quelques grandes notions du passé de son propre pays. Chacun placera ses grands rois, ses grandes victoires, ses grandes heures. Mais l'histoire commune à tous ? La façon dont s'est forgée peu à peu l'identité générale d'une partie du monde qui n'est semblable à aucune autre ? Ou simplement la manière dont se sont construits les pays voisins du sien ? Ce sera vite vu : au bout d'une minute, de pauvres bouches bées et un grand silence.

C'est ainsi. Comme on le découvrira bientôt, le « cadre national » – l'idée qu'un pays est constitué d'un peuple, partageant une langue, une identité, un gouvernement au sein des frontières de son État – ne s'est imposé que très récemment, mais avec tant de force qu'il a réussi dans le même temps à reconstruire le passé. Tous, Allemands, Italiens, Hollandais, Polonais, Français, Espagnols, nous avons grandi avec ce modèle de pensée qui nous a convaincu que notre pays venait du fond des âges et que son identité était quasi éternelle. Cela est-il encore de mise aujourd'hui ? Est-ce encore raisonnable d'apprendre l'Histoire au XXIe siècle comme on l'apprenait avant la guerre de 1914 ? Tout au moins, est-ce la seule histoire possible ? Essayons-en une autre. Elle aura au moins l'avantage de mettre tout le monde d'accord : qu'on s'entende ou non sur la façon dont notre continent essaie de s'unir, on peut au moins essayer d'apprendre quelques bases de sa longue histoire. Oubliez donc vos querelles et accrochez vos ceintures : nous vous emmenons dans un long voyage à travers les siècles. Tant qu'à faire, autant ne pas mégoter : nous reprenons tout depuis le début.

1. *Le temps des racines (avant 800)*

Demandez à un Européen les racines lointaines de son histoire, il y a fort à parier qu'il en citera spontanément trois : la Grèce, qui nous a donné les philosophes et la démocratie ; l'Empire romain, qui nous a appris le droit ; et le christianisme. Cela s'entend. Toutes les grandes nations européennes se sont vécues comme les filles d'Athènes, de Rome et de Jérusalem. Sont-elles pour autant les seules à pouvoir s'en prévaloir ?
La Grèce eut une civilisation brillante mais peu expansionniste, elle fut restreinte, pendant des siècles, à des petits comptoirs commerciaux autour de la Méditerranée et de la mer Noire. Elle ne devint conquérante qu'avec le Macédonien Alexandre le Grand (356 av. J.-C.-323 av. J.-C.) : par ses victoires, il répand la langue grecque et la culture que l'on appelle, quand elle concerne cette période, hellénistique. Ses armées le conduisent vers l'Orient, jusqu'aux portes de l'Inde. Grâce à Alexandre, l'immense monde qui va de la Méditerranée à l'Afghanistan, jusque-là sous l'influence des Perses, est donc imprégné de la civilisation d'Homère et d'Aristote. Il l'est bien avant les peuples du Nord et il en est l'héritier, tout autant qu'eux.
Les Romains conquièrent une partie de l'Europe, mais leur rêve est méditerranéen. S'installer tout autour de *mare nostrum*, « notre mer », comme ils l'appellent, est leur seul but. Ils y parviennent dès le Ier siècle avant J.-C. et y répandent ensuite leur empire et leur mode de vie. Si la Gaule ou la Dalmatie sont romaines, la Syrie ou le nord du Maroc, comme l'indiquent toujours les magnifiques sites antiques qu'on y visite, ne le sont pas moins.

Le christianisme enfin est issu du judaïsme, il est donc, à la base, une religion orientale. Saint Paul pense que le message de Jésus doit s'adresser à tous les hommes, et non seulement aux juifs : il en fait une religion universelle. La petite secte persécutée devient la religion officielle de l'Empire romain, grâce à l'empereur Constantin qui en tolère le culte (début du IVe s.), puis à Théodose qui le rend obligatoire (380). Elle se répand donc dans tout le bassin méditerranéen. Lyon est une grande ville chrétienne, tout comme Carthage ou Alexandrie d'Égypte. Les premiers conciles où les évêques viennent définir les bases de la foi se passent à Nicée ou à Chalcédoine, des villes qui sont aujourd'hui en Turquie.

Pour retrouver les prémices d'une histoire purement européenne, il nous faut donc avancer encore. En 395 après J.-C., l'Empire romain est si vaste qu'un empereur décide de le couper en deux. L'Empire romain d'Orient prend comme capitale Constantinople, dont l'ancien nom est Byzance : c'est pourquoi, plus tard, on le désignera sous le nom d'empire byzantin. Il durera mille ans. L'empire d'Occident est moins vaillant. Des peuples germaniques l'investissent peu à peu. En 476, le chef de l'un d'entre eux dépose le dernier empereur. Ces barbares, comme les appelaient les Romains, forment de nouveaux royaumes : celui des Wisigoths en Espagne, des Ostrogoths en Italie. Clovis, le roi des Francs, se taille un grand royaume qui va du Rhin aux Pyrénées. Trois cents ans plus tard, un autre Franc agrandit encore ce vaste territoire : Charlemagne. Il est alors le personnage le plus puissant d'Europe, tout le monde a besoin de son appui. En 800, alors qu'il se trouve à Rome, le pape pose sur sa tête une couronne qui n'était plus portée depuis près de quatre siècles, il le sacre « roi des Romains, empereur d'Occident ». Sous l'égide du christianisme, la synthèse est faite entre les mondes germanique et romain. Pour nombre d'historiens, Charlemagne est le père de l'Europe.

Charlemagne

Karl der Große - Carlo Magno - Carolus Magnus

2. *Le temps féodal (du IXe au XVe siècle)*

Le gigantesque empire carolingien (comme on appelle tout ce qui touche à Charlemagne) ne tient qu'une génération. Ses petits-fils le dépècent. À Verdun, en 843, ils coupent l'héritage en trois : la Francie occidentale, la Francie orientale, et la Francie médiane, que l'on appelle aussi Lotharingie car elle va à un dénommé Lothaire. On lit parfois dans ce partage les prémisses de notre histoire moderne : la Francie occidentale donnera la France, l'orientale l'Allemagne, et la partie centrale, un long ruban qui court des Pays-Bas à l'Italie du Nord, un mets de choix que les deux autres convoiteront sans cesse. Il est prudent de ne pas oublier au passage un jalon important : en 962, Otton le Grand, un prince saxon, relève le titre qui s'était perdu et se fait sacrer empereur à son tour. Il règne sur un territoire qui va de la mer du Nord au milieu de l'Italie. On l'appelle le « saint empire romain » puis beaucoup plus tard, quand il se sera recentré sur le monde allemand, le « saint empire romain germanique ». L'entité n'a rien de centralisé, elle est composée de dizaines de principautés, de duchés, de « villes libres » qui ont leurs lois, leurs langues, leurs coutumes. La couronne y est obtenue par élection auprès des grands, ce qui suppose d'interminables tractations. Pourtant l'empereur est un personnage central du Moyen Âge à cause de l'éternel face à face qui l'oppose à son grand rival : le pape. Qui a le pouvoir d'investir les évêques ? Qui peut disposer des biens des riches abbayes ? Qui, du « sacerdoce ou de l'empire », comme on le dira à un moment de cette longue affaire, a le pouvoir sur l'autre ? La querelle durera des siècles. L'épisode le plus célèbre a lieu en 1077. Pour lever l'excommunication que l'intraitable pape Grégoire VII a lancée sur lui, le futur empereur Henri IV doit venir s'humilier pieds nus, dans la neige à la porte de la forteresse de Canossa, en Émilie-Romagne, où le pontife est en villégiature. Toutes les langues européennes en ont gardé l'expression « aller à Canossa », qui signifie s'humilier devant un vainqueur. Le triomphe pontifical sera de courte durée, l'empereur se vengera en le faisant déposer. Le jeu entre les deux reprendra de plus belle pour plus de deux siècles. Il est à la base d'un des éléments fondateurs de l'histoire européenne : la séparation du pouvoir temporel et du pouvoir spirituel.

Dans le reste du continent, des royaumes se forment. Il ne faut pas les concevoir comme des pays modernes. À l'âge féodal, un roi n'a pas beaucoup de pouvoir. Il n'a pas d'administration à sa disposition, pas de police, pas d'armée, il n'a que des « vassaux » – d'autres seigneurs qui sont censés se mettre sous sa protection mais lui tiennent tête le plus souvent et se comportent comme ils l'entendent avec ceux qui sont en dessous d'eux, leurs propres vassaux. Tout est en pyramide. Aucun sentiment commun ne lie les habitants d'un même royaume. On n'appartient pas à un pays, on appartient à un ordre, immuablement fixé par Dieu. En bas de l'échelle, les *laboratores* – en latin, « ceux qui travaillent » : le paysan, l'homme du peuple, condamné à obéir. En haut, les *bellatores* – « ceux qui font la guerre » : les nobles, qui dominent la terre à leur guise, puisqu'ils pensent descendre de ceux qui l'ont conquise et n'ont aucun problème à se prendre ou s'échanger, par l'alliance ou par la guerre, à travers l'Europe, les seigneuries, les fiefs, les couronnes. À côté, les *oratores*, les moines et les prêtres, « ceux qui prient » pour le salut de tous.

L'Église est le ciment de ce monde. Depuis saint Benoît de Nursie, un des premiers moines d'Occident, qui, en Italie, a fondé l'ordre des bénédictins, elle a semé partout de grandes abbayes, qui forment un réseau de paix et de connaissances. Avec l'essor des villes, vers les XIIe-XIIIe siècles, le savoir sort des cloîtres pour être dispensé dans des institutions nouvelles, toujours tenues par les clercs, mais ouvertes aux étudiants : les universités. Celles de Bologne, de Paris, d'Oxford, de Montpellier, de Salamanque. On y parle en latin, on s'y retrouve de partout pour apprendre et échanger.

L'Europe vers 1200

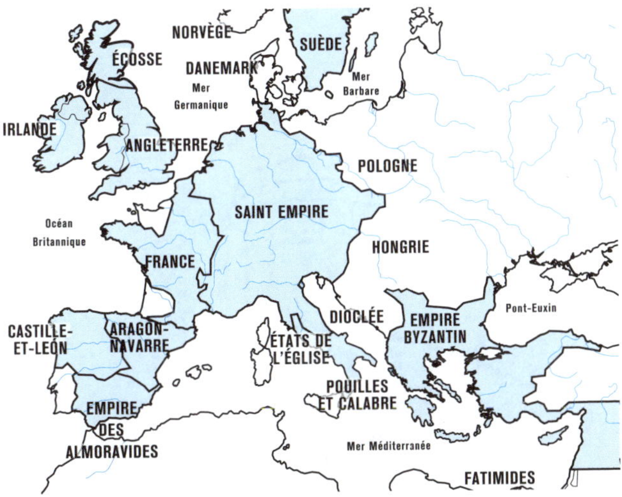

3. *Des cités, des rois, des empereurs (XVe et XVIe siècles)*

Le système impérial a un avantage. Il met le pouvoir central à une telle distance qu'on peut en développer d'autres de façon locale. Les villes d'Italie du Nord en profitent. En jouant des rivalités entre l'empereur et le pape, Florence, Gênes, Pise, Milan, ont réussi chacune à devenir presque indépendantes : elles finissent par former de véritables « cités États ». Au Quattrocento – le XVe siècle – les princes qui y règnent se font mécènes, ils favorisent les grands artistes qui redécouvrent, émerveillés, les splendeurs de l'Antiquité : nous voilà à la Renaissance.
Ailleurs le mouvement part des trônes : en France, en Angleterre, en Pologne, en Scandinavie, les petits rois médiévaux ont affermi leur pouvoir, dompté peu à peu les seigneurs, imposé leur autorité à toutes les frontières de leur royaume et posé ainsi les bases d'un nouveau système : l'État moderne. Régnant au tout début du XVIe siècle, l'Anglais Henri VIII et le Français François Ier sont des exemples célèbres de ces monarques à l'autorité sans faille.

Deux de leurs contemporains tranchent avec ce modèle. Le premier est celui que les Français appellent Charles Quint. Il est né à Gand en 1500. C'est avant tout le plus incroyable héritier de l'histoire uni-

Charles Quint

verselle : par sa mère, il reçoit l'Espagne, Naples, la Sardaigne, la Sicile, et les conquêtes du Nouveau Monde que Christophe Colomb et les conquistadores ont donné à l'Espagne. Par son père, les Pays-Bas, la Franche-Comté, les terres autrichiennes, et l'on en passe. Il se fait élire empereur du Saint Empire. On dit que sur son empire « le soleil ne se couche jamais ». Il ne dort pas beaucoup non plus, occupé qu'il est à cheminer entre ses immenses possessions. Pourquoi régnerait-il sur un seul pays ? Il en possède tant. Il rêve d'un empire universel qui défendrait la chrétienté et l'étendrait au monde.

Soliman le Magnifique

Son grand ennemi est de l'autre côté de l'Europe. C'est notre second personnage. Soliman le Magnifique, le sultan qui règne à Constantinople, partage le même dessein, au nom de l'islam. Les Turcs venus de l'Asie centrale, et qui forment son peuple, se sont peu à peu installés en Anatolie, là où était le cœur de l'Empire romain d'Orient, ils en ont pris la capitale en 1453. Ils en reformeront les contours. La Syrie, l'Égypte, la Tunisie, la côte algérienne seront à eux. Depuis le XIVe, les Ottomans, comme on appelle la famille de Soliman, ont aussi commencé une impressionnante progression en Europe. En 1529, ils sont devant Vienne, échouent à la prendre, mais campent sur leurs conquêtes. Ils sont installés à l'est de notre continent pour des siècles. Ils y implantent, comme ailleurs, un modèle politique qui, par son sens de l'administration et la puissance de son armée, n'est pas sans rappeler l'Empire romain. Le sultan est aussi calife, c'est-à-dire à la fois chef politique et chef religieux de l'Islam, mais il ne l'impose pas à tous ses sujets. Son empire est un assemblage complexe qui fait cohabiter les peuples et les religions les plus divers. Il dure jusqu'au début du XXe siècle.

Aujourd'hui, les « souverainistes » voudraient faire croire que le cadre national est le seul qui ait jamais existé. On vient de le voir : l'existence dans la longue durée de grands empires ou la prospérité de petites et puissantes cités quasi indépendantes (en Italie du Nord ou encore en Europe du Nord – Hambourg, Lubeck) prouve le contraire.

4. *Le triomphe des États (XVIIe et XVIIIe siècles)*

La tempête qui met fin aux desseins de Charles Quint n'est pas venue de la « Sublime Porte », comme on appelle le pouvoir ottoman, mais de l'intérieur même de la chrétienté. En 1517, Luther, un petit moine allemand, affirme que le pape et les prêtres sont des imposteurs dont un vrai chrétien n'a nul besoin : pour aimer Dieu, la bible et sa conscience suffisent. En d'autres temps, il aurait été brûlé. Les jeux de pouvoir de son époque tournent en sa faveur : quelques princes allemands, trop contents d'une doctrine qui leur permet de s'affranchir de la tutelle romaine, le soutiennent et le protègent. Ses idées se répandent. Voilà l'Europe déchirée entre ses partisans, les protestants, et ceux qui sont fidèles à l'unité derrière le pape, les catholiques. Certains pays, suivant leurs rois, tombent dans un camp, certains dans un autre. La France des « guerres de religion » est ravagée par les deux. Le Saint Empire pense y échapper : après avoir échoué à écraser les luthériens, Charles Quint, en 1555, signe la « paix d'Augsbourg » qui laisse à chaque petit prince le droit de décider la religion de sa principauté. Au nord de ses autres possessions, quelques provinces, adeptes de Calvin, font sécession : à la fin du XVIe siècle, elles forment les Provinces Unies (que nous appelons les Pays-Bas) et deviennent, lors de leur « siècle d'or », un des pays les plus riches du monde.

En 1618, la fragile paix d'Augsbourg explose : c'est la guerre de Trente Ans, une des plus atroces qui aient été. Les massacres, les ravages se succèdent. Tous les pays d'Europe, l'Espagne, la France, le Danemark, la Suède, les Pays-Bas, font du monde allemand leur terrain de jeu en entrant tour à tour dans le conflit. Ce sont eux qui y mettent fin, en signant tous ensemble, en 1648, des traités dans diverses villes de Westphalie. Ils marquent un tournant essentiel de l'histoire des relations internationales. On parle parfois, dans les traités de sciences politiques, de « système westphalien » : désormais, plus de pape, d'empereur ou d'autorités supérieures pour régler les affaires du monde, les seuls acteurs sont les États.
Dans nombre d'entre eux, les rois s'octroient un pouvoir tel qu'ils en arrivent à tout contrôler, sans que quiconque puisse s'opposer à leur volonté. On parle de monarchie absolue. Le roi de France Louis XIV est celui qui la pousse le plus loin.
Sur les décombres du vieil Empire romain germanique, deux anciennes familles allemandes vont bientôt former deux nouvelles puissances rivales.

Depuis Vienne, centre de leur domaine historique, les Habsbourg étendent leurs possessions aux royaumes de Hongrie, puis de Croatie : c'est la base de l'Autriche. Marie-Thérèse (1717-1780), la mère de la reine Marie-Antoinette, est sa plus célèbre souveraine.

Les Hohenzollern sont à Koenigsberg (aujourd'hui en territoire russe), la capitale du duché de Prusse. Ils possèdent aussi le Brandebourg. Au début du XVIIIe et réunissant les deux, ils fondent le

« royaume de Prusse » dont la capitale sera Berlin. Fréderic II le Grand (1712-1786), l'ami de Voltaire, en est le roi le plus connu.

Voltaire

5. *Le temps des révolutions*

Tous les peuples n'acceptent pas l'absolutisme. En Angleterre, le Parlement, une assemblée où sont représentés les nobles et les grands propriétaires, refuse obstinément de se soumettre à l'autorité capricieuse d'un monarque. En 1688, il gagne la bataille en chassant un roi d'autant plus détesté qu'il veut faire revenir au catholicisme un pays qui a rompu avec le pape depuis plus d'un siècle, sous Henri VIII. Il le remplace par le Hollandais protestant Guillaume d'Orange qui accepte que son pouvoir soit limité. C'est la glorieuse révolution. Un an plus tard, elle est complétée par la Déclaration des droits (*Bill of Rights*) qui garantit nombre de libertés publiques et modère le pouvoir royal au profit du Parlement : une nouvelle forme de gouvernement apparaît, la monarchie parlementaire.

Nous voici au XVIIIe siècle, le siècle des Lumières et des philosophes qui répandent des idées de liberté. Les premiers à les mettre en pratique habitent de l'autre côté de l'Atlantique. Le 4 juillet 1776, les habitants des treize colonies britanniques d'Amérique se déclarent indépendants de la couronne d'Angleterre. Ils lancent par la même occasion à la face du monde un texte qui affirme un principe jamais aussi clairement posé. Les hommes ont reçu de leur Créateur des « droits inaliénables » : parmi ceux-ci « la vie, la liberté et la recherche du bonheur ».

La Révolution française

En 1789, les caisses du royaume sont vides. Tous les ministres qui ont échafaudé des réformes pour tenter de les renflouer en obligeant chacun à payer des impôts ont échoué : ceux qui n'en paient pas, les aristocrates, le haut clergé, les « privilégiés », se sont ligués pour avoir leur peau. Le roi Louis XVI use de sa dernière carte : il convoque les États généraux, une grande assemblée représentant tous ses sujets, qui doit l'aider à trouver une solution. Selon l'ancien principe du monde féodal, la répartition s'y fait selon trois ordres, le clergé, la noblesse et tous les autres qui forment le tiers état. En mai, dès les premières réunions, une querelle surgit pour savoir comment organiser le vote : par ordre, disent les grands de la noblesse et du clergé, car ce système les placerait à deux contre un. Par tête, répond le tiers état, qui compte beaucoup plus de membres et peut espérer ainsi faire triompher sa majorité. Le 17 juin, ses représentants et quelques transfuges des autres classes tentent le coup de force et se déclarent Assemblée nationale. Le 20, réfugiés dans une salle de Versailles réservée au tennis de l'époque, le « Jeu de paume », ils jurent de ne pas se séparer avant d'avoir donné une constitution au royaume. Quelques jours après, le roi cède et ordonne à tous de se joindre à ce cénacle. En une semaine, mille ans de féodalité viennent de s'effondrer. Il n'y a plus de sujets soumis à un roi et à l'ordre du monde. Il y a des citoyens égaux formant un peuple : c'est lui qui vient de prendre le pouvoir. La Révolution française commence. Elle est tumultueuse, imprévisible, contradictoire. Elle s'engage sur la voie de la monarchie constitutionnelle et proclame la République avant de couper la tête du Roi. Elle défend la liberté et les droits de l'homme et pratique la Terreur. Elle rêve de la paix sur la Terre et déclare la guerre à l'Europe des rois qui, il est vrai, ne lui voulaient pas de bien. Elle est éclairée et imprévisible, universaliste et patriotique, raisonnable et exaltée. Elle a aussi placé, dans un cadre lentement formé par les siècles, les principes nouveaux de démocratie et de souveraineté populaire. Elle vient d'inventer l'État nation.

6. *Le temps des nations (XIXe siècle)*

« Paix aux chaumières, guerre aux châteaux », disaient les révolutionnaires français qui croyaient partir en guerre pour libérer les peuples des chaînes qui les asservissaient. Après une décennie de guerre, de conquêtes et de dictature, l'empereur Napoléon qui est devenu le chef de leur pays obtient le résultat inverse : il a réussi à faire haïr la France par tous ceux qu'elle a voulu dominer par les armes. Sa défaite finale conduit à une grande régression pour tout le continent notamment sur le plan politique. Au congrès de Vienne (1814-1815), sous l'influence du très réactionnaire ministre et chancelier autrichien Metternich, les vainqueurs – la Prusse, l'Autriche, la Russie, l'Angleterre – imposent au continent un retour à l'ordre ancien. Certains d'entre eux forment la Sainte Alliance, une union qui dit bien son intention : les peuples n'ont droit à nouveau qu'à se soumettre au trône et à l'autel, aux rois et aux prêtres, comme Dieu en a décidé depuis les siècles des siècles. Pourtant, les idées de liberté continuent à germer. Partout, les populations rêvent de prendre leur destin en main. « Le droit des peuples à disposer d'eux-mêmes » sera le principe du siècle qui commence. On le voit se mettre en pratique sur toute sa durée avec plus ou moins de bonheur. Dans les années 1820, les Grecs se soulèvent contre les Turcs ottomans : aidés par les puissances européennes, trop contentes d'affaiblir leur vieux rival d'Istanbul, ils obtiennent l'indépendance. En 1830, les Belges se révoltent contre les Néerlandais : défendus par la France et l'Angleterre, ils forment leur royaume. La même année, les Polonais, dont le pays a été rayé de la carte et dépecé par ses puissants voisins, se soulèvent contre les Russes. Aucune puissance ne les soutient. En 1831, ils sont écrasés. Ce mouvement atteint son sommet en 1848 : partout à Paris, à Vienne, à Berlin, à Budapest, à Prague, à Rome, les populations tentent des révolutions pour faire vaciller les rois qui les oppressent. C'est le printemps des peuples. Écrasé par une répression féroce, il ne dure pas. Reste dans les têtes l'idée de donner des patries aux peuples qui n'en ont pas. Deux en ressentent la nécessité : les Allemands et les Italiens.

La péninsule italique est morcelée en petites entités. Les Autrichiens y tiennent le nord, le pape règne sur le centre, une vieille dynastie sur Naples et la Sicile. L'unification par l'insurrection démocratique a échoué. Le roi de Piémont-Sardaigne, Victor-Emmanuel de Savoie, aidé de son ministre Cavour, va tenter de la faire à son profit, par la force des armes. Appuyé par la France, il lance la bataille contre les Autrichiens. Puis envoie son allié Garibaldi à la conquête du sud – la Sicile et Naples. En 1861, il proclame à Turin le royaume d'Italie. En 1870, il s'installe à Rome, sa nouvelle capitale.

Qui pour faire l'unité allemande ? Les Habsbourg d'Autriche pensent que cette mission leur revient. Le roi de Prusse, poussé

par son ministre Bismarck, l'estime de même. En 1864, les deux pays se font la guerre. L'Autriche la perd en 1966, elle se retourne vers ses autres possessions et devient l'empire d'Autriche-Hongrie, celui de François-Joseph et de sa femme Élisabeth – dite Sissi. La Prusse peut mener la manœuvre. Elle pousse la France à lui faire la guerre, ce qui permet d'entraîner par réaction tous les petits États allemands sous sa bannière. L'opération est un triomphe. La France perd la guerre, et en 1871, dans la galerie des glaces du château de Versailles, tous les princes et petits rois d'Allemagne acceptent le roi de Prusse comme nouvel empereur : Guillaume Ier devient le Kaiser (c'est-à-dire le César).
Dans les Balkans, enfin, comme l'ont fait les Grecs, les nationalistes secouent tour à tour le « joug ottoman », comme ils l'appellent. Soutenues par les puissances européennes, la Roumanie, la Bulgarie et la Serbie obtiennent leur indépendance. Désormais, un modèle domine : le XIXe siècle aura été celui des nations.

7. *Le temps des guerres*

Nous sommes au tout début du XXe siècle. La révolution industrielle a donné à l'Europe une supériorité technologique qui lui permet de dominer le monde entier : les plus grands pays se sont taillé en Afrique et en Asie des colonies qui leur permettent d'accroître encore leur richesse. Regardons une carte du continent et faisons le compte : à peu près tous les États que nous connaissons y apparaissent. Seule manque la pauvre Pologne toujours engloutie par ses voisins : son heure viendra bientôt, elle renaîtra en 1918. Toutes les grandes nations sont établies. Elles peuvent donc passer à la phase suivante. Se faire la guerre. C'est le problème. Le principe national a une face claire : le patriotisme, c'est-à-dire la communion d'un peuple dans l'amour de son pays. Il a une face sombre : le nationalisme, c'est-à-dire la croyance presque religieuse que son propre peuple est supérieur à tous les autres et qu'il a des droits sur la terre entière. Tous les États, dans ces années 1910, pour se protéger de ceux qu'ils haïssent le plus, ont tissé des alliances avec ceux qui les insupportent le moins. Ce système permet l'engrenage fatal. Le 28 juin 1914, l'archiduc autrichien François-Ferdinand, en visite à Sarajevo, dans la petite Bosnie, est assassiné par un fanatique pro serbe. C'est le déclic. L'Autriche crie vengeance contre la Serbie. Elle est soutenue par l'Allemagne. Son ennemie l'est par la Russie, alliée à la France elle-même alliée à l'Angleterre (on les appelle la Triple Entente). L'un après l'autre, tous les pays d'Europe, et leurs colonies avec eux, se déclarent la guerre. Le conflit est un des plus monstrueux de l'Histoire. Il change à jamais la face du monde.

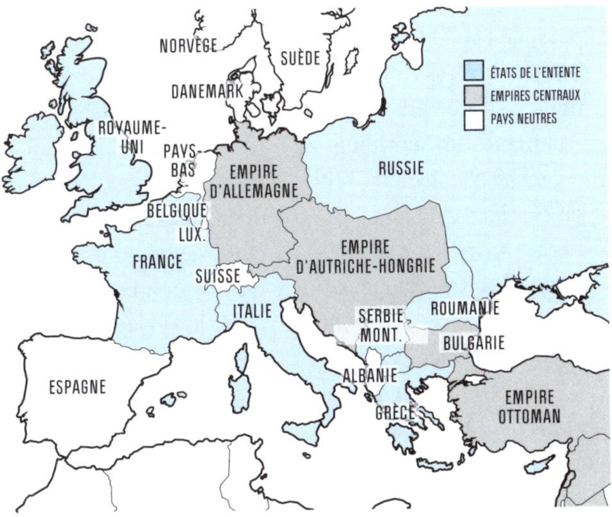

L'Europe pendant la Grande Guerre

Les grands traités de l'après Première Guerre

Juste après leur victoire de 1918, en 1919 et 1920, les Alliés imposent à chacun des vaincus différents traités. Ils sont censés organiser la paix et ils ouvrent la porte à bien des conflits à venir. C'est pourquoi il est toujours important de les avoir en tête. Le plus connu est le traité de Versailles, signé avec l'Allemagne. En humiliant ce pays, en l'accablant de pénalités financières (les « réparations »), il exacerbe chez les Allemands un sentiment de revanche que, bientôt, Hitler saura si bien exploiter.

Le traité de Saint-Germain, signé avec l'Autriche, celui de Trianon, avec la Hongrie, organisent le démembrement de l'ancien empire d'Autriche-Hongrie. De nouveaux pays naissent sur ses ruines : la Tchécoslovaquie – union des peuples tchèques et slovaques – ou encore le « royaume des slaves, des croates et des slovènes », futur royaume de Yougoslavie. L'Autriche et la Hongrie deviennent deux petits pays.

Le traité de Sèvres, en 1920, veut mettre à genoux le vieil empire ottoman, que les Anglais, les Français, ou encore les Grecs qui l'occupent militairement veulent dépecer. La situation est désespérée pour les Turcs, mais Mustafa Kemal, un jeune général, réussit à la retourner. Il y gagnera son surnom d'Atatürk – le père des turcs. En quelques mois, il réussit à vaincre les Grecs et à imposer aux Alliés un nouveau traité, plus favorable. Signé à Lausanne (en 1923), il délimite à peu près les contours de la Turquic actuelle mais entérine un bouleversement historique : l'expulsion des minorités vivant dans chacun des deux pays belligérants. 500 000 musulmans doivent quitter la Grèce où ils vivaient depuis des siècles. 1 500 000 Grecs doivent fuir l'Asie Mineure, leur patrie depuis des millénaires. En Grèce, cet épisode s'appelle la Grande Catastrophe.

La France, l'Angleterre, l'Italie, ne gagnent la guerre en 1918 qu'avec l'aide des Américains. Quelle est leur victoire ? Le conflit a fait près de 20 millions de morts, civils et militaires. Les traités de paix dépècent les pays vaincus et démantèlent les anciens empires. Ils n'arrivent qu'à humilier les peuples et à nourrir leur esprit de revanche. La folie hitlérienne saura le capter à son profit. Vingt et un ans après la première, le dictateur allemand déclenche la Seconde Guerre mondiale. Il réussit dans un premier temps à soumettre presque toute l'Europe et commence à y appliquer l'« ordre nouveau » dont il rêve : la soumission absolue à l'Allemagne, l'écrasement de toute liberté, l'asservissement des Slaves, l'extermination des Juifs et des Tziganes. Seul le Royaume-Uni réussit à lui résister héroïquement. Il faut l'entrée dans la guerre des États-Unis et de l'URSS pour qu'enfin, en 1945, le monstre soit terrassé. La guerre a été mondiale. Elle a fait 50 millions de victimes. En 1914, l'Europe dominait le monde. En 1945, elle sera un champ de ruines coupé en deux.

Le système soviétique

En février 1917, les Russes se révoltent contre le tsar incapable qui les menait à la défaite, mais en octobre-novembre, une poignée d'extrémistes, les bolcheviques, stoppent cette révolution démocratique pour emmener leur pays vers une implacable dictature. Elle est inspirée par le communisme révolutionnaire qui entend remettre le pouvoir aux conseils d'ouvriers et de paysans, appelés soviet en russe. C'est pourquoi la fédération de pays qui remplace l'empire russe se nomme l'Union des républiques socialistes soviétiques (URSS). Son premier chef est Lénine.

8. *Le temps de l'Europe ?*

Que faire pour être sûr de ne jamais revoir la folie qui par deux fois a plongé le monde dans l'abîme ? Que faire pour contrer le totalitarisme soviétique, ce nouveau péril qui asservit la moitié orientale du continent et menace l'ouest ? Repartir comme avant, se claquemurer à nouveau dans ses frontières et ses égoïsmes ? Dès l'après-guerre, de grandes personnalités comme l'ancien Premier ministre anglais Churchill évoquent l'idée d'une union des pays de l'Ouest dans des États-Unis d'Europe. Comment y arriver ? Comment unir des peuples que l'histoire vient de diviser aussi cruellement ? Décréter un gouvernement central du continent ? C'est irréaliste. Miser sur les bonnes volontés ? On pourra attendre longtemps. Quelques Européens, les Français Schuman et Monnet, l'Italien De Gasperi, l'Allemand Adenauer, le Belge Spaak pensent que la seule voie raisonnable passe par l'union progressive des économies. En 1951, six pays (France, Allemagne, Italie, Benelux) commencent par mettre en commun leurs ressources minières et leur sidérurgie : c'est la CECA (Communauté européenne du charbon et de l'acier). Durant ces mêmes années, dans le contexte général de guerre froide, un autre projet voit le jour, beaucoup plus audacieux : pourquoi ne pas créer une même armée européenne, où l'on verrait les ennemis d'hier, Allemands, Français, servir sous un même drapeau ? Moins de dix ans après la fin de la guerre, l'idée effraie. En 1954, le parlement français rejette la CED (Communauté européenne de défense). Et l'Europe repart sur les chemins plus ternes mais plus facilement réalisables de l'intégration économique : en 1957, par le traité de Rome, les signataires décident de créer entre eux un « marché commun », qui supprime les barrières douanières. En 1986, l'AVE (Acte unique européen) relance la machine, élargit les compétences de la communauté (à l'environnement, la lutte contre les inégalités, ou la politique extérieure) et prépare la voie au traité de Maastricht, qui renforce encore les liens en instituant l'Union européenne, et en prévoyant lui-même, pour certains de ses membres, la monnaie commune : l'euro. Dans les années 1970-1980, d'autres pays de l'Ouest ont rejoint le mouvement (Irlande, Royaume-Uni, Danemark, Grèce, Espagne, Portugal). Puis, à partir des années 1990, après l'effondrement de l'Union soviétique, tous les États libérés de la tutelle russe s'y sont agrégés aussi.

En 2010, l'Union européenne est forte de 27 membres et minée par bien des contradictions. Première puissance commerciale du monde, elle est un « nain politique », c'est-à-dire qu'elle a du mal à exister en tant que telle sur la scène internationale, où quelques-uns des grands États qui la composent, la France, l'Allemagne, le Royaume-Uni, etc. ont tendance à jouer en solo. Construction extraordinaire au regard de l'histoire – elle est la première puissance qui s'est constituée pacifiquement par la seule volonté de ses peuples –, elle n'arrive pas à susciter l'enthousiasme. Que faire ? En revenir aux nations, disent les eurosceptiques, et en finir avec cette chimère ingouvernable. Aller plus loin dans l'intégration, disent les proeuropéens, pour préserver nos valeurs et nos idéaux. Sans les États-unis d'Europe, tous nos pays, trop petits, seront balayés par les nouvelles puissances de demain. On en est là.

II - *Brèves notions d'histoire du monde*

Pendant longtemps, tous les Européens ont appris l'histoire selon un même schéma : un soupçon des grandes civilisations de l'Antiquité dite orientale (la Mésopotamie et l'Égypte) ; beaucoup de Grèce et de Rome ; puis de l'histoire nationale, assaisonnée parfois d'un soupçon d'histoire des voisins proches. Du passé des autres grands pays du monde, de leurs rois, de leurs héros, de leurs luttes, de leur culture, la plupart d'entre nous n'ont jamais entendu parler durant leur scolarité. Pourquoi diable aurait-il fallu se fatiguer à cela ? L'Europe dominait le monde, seule son histoire comptait.

Cette arrogance avait pour elle la réalité d'un rapport de force. À partir de la toute fin du XVe siècle, en partant à l'aventure sur les océans, les Européens se lancent à la conquête du globe. Dès le XVIe siècle, les Espagnols, en renversant les grands empires aztèques et incas, puis les Portugais (au Brésil), puis les Anglais et les Français (en Amérique du Nord) réussissent à se partager l'immense continent américain. Au début du XXe siècle, la majeure partie de l'Asie et de l'Afrique ainsi que la totalité de l'Océanie sont soumises. L'Europe domine ou a dominé la quasi-totalité de la planète. Les historiens s'interrogent encore pour comprendre comment ce phénomène incroyable a pu avoir lieu : est-ce dû à sa supériorité technologique, à la force de son armement, à sa puissance financière ?

Le résultat est indéniable. Seuls sept pays auront échappé au cours des siècles à l'impérialisme européen : la Turquie (qu'on appelle jusqu'en 1922 l'empire ottoman), la Thaïlande (royaume de Siam), l'Iran (la Perse), le Japon, la Corée, la Chine et l'Afghanistan. La plupart ne doivent leur fragile liberté qu'aux rivalités entre puissances qui s'empêchent mutuellement de mettre la main sur leur terre convoitée. Souvent leur indépendance n'est que d'apparence. Au XIXe siècle, la Chine reste officiellement libre mais son économie est brisée et elle est partagée par les puissances en zones d'influence. Après les deux guerres mondiales, un autre pays supplante le Vieux Continent dans la domination du monde, mais il en est issu et se vit comme l'héritier de son histoire : il s'agit des États-Unis. Son rival, l'URSS, propose un modèle de société issu lui aussi de la pensée européenne. Le communisme n'a-t-il pas été théorisé par l'Allemand Karl Marx ? Les autres pays, qui se sont peu à peu décolonisés, sont soumis à l'un ou l'autre de ces « deux grands » et le seul idéal qui leur est proposé est de ressembler à l'un ou à l'autre.

Tableau synoptique des empires et dynasties

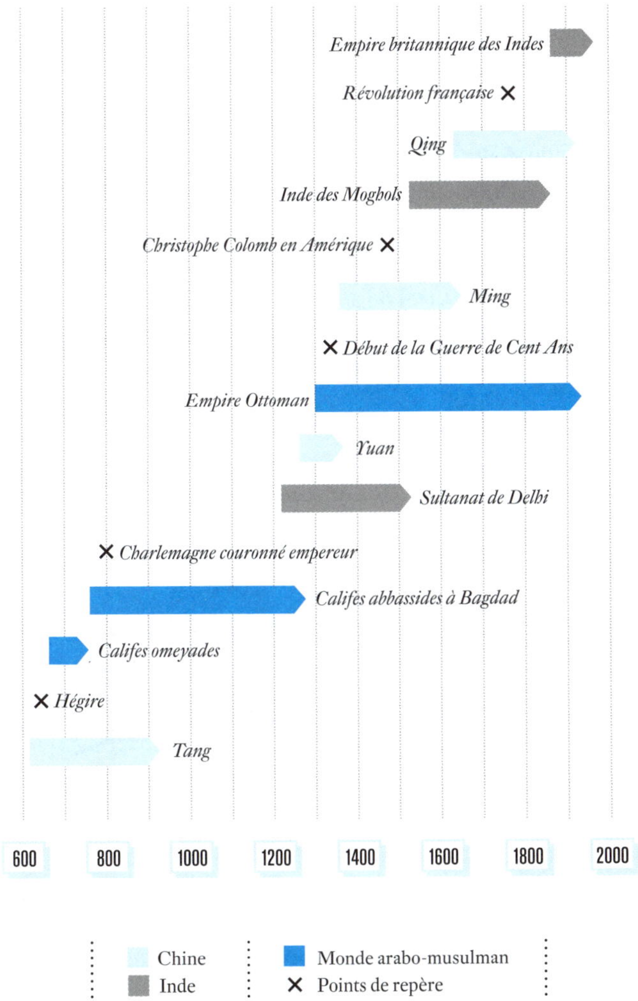

L'effondrement de l'URSS, en 1991, fait croire à un triomphe définitif du modèle américain. Cette illusion sera de courte durée. L'embourbement des États-Unis en Afghanistan et en Irak, la crise économique qui les touche montre que l'Occident est un géant fragile. Dans le même temps, d'autres régions, dopées par une croissance spectaculaire, se sentent pousser des ailes.

En notre siècle, l'ordre planétaire a changé. On parle désormais d'un monde multipolaire. De nombreux pays – comme l'Inde, la Chine (ou le Brésil, dont nous parlerons plus loin, p.242) – sont devenus suffisamment riches et puissants pour prétendre en être à leur tour l'un des centres. D'autres grandes aires de civilisations – comme le monde que l'on appelle arabo-musulman – estiment que l'époque est venue qui doit leur permettre de retrouver le rôle de premier plan qui a été le leur jadis. Il est grand temps de se frotter à leur histoire.

1. *La Chine*

Pékin, la Cité interdite

La civilisation chinoise est vieille de cinq mille ans, ce qui en fait une des plus anciennes au monde. Dès le IIIe siècle av. J.-C., s'est formé, sur une large part du territoire de la Chine actuelle, un empire unifié. Il sera disloqué parfois mais se reformera toujours. L'histoire de l'Europe, depuis Charlemagne, est celle de l'émiettement d'un empire en de multiples pays. L'histoire de la Chine est celle d'une unité, parfois brisée, et toujours reformée. Elle connaît de longues périodes de division, de guerres entre royaumes qui se combattent âprement, d'anarchie. Mais celles-ci finissent toujours par céder la place à un retour à l'ordre du monde comme il doit être : celui où la Chine est une et constitue l'empire du Milieu, c'est-à-dire le centre du monde, dont le pivot est l'empereur, le fils du ciel, seul apte à communiquer avec lui. Dans cette configuration, tous les autres pays sont des nations barbares qui, même si elles sont inconnues et lointaines, sont forcément ses « tributaires » : elles lui doivent soumission.

Seuls deux empereurs composent la brève dynastie Qin (221-207 av. J.-C.) ; mais c'est elle qui jette les premières bases d'un État centralisé et donne son nom à la Chine. Pendant plus de deux mille ans, de nombreuses autres dynasties se sont succédé.
Citons quelques-unes des plus célèbres :

Les **Han** (206 av. J.-C.-220 ap. J.-C.)
Les **Tang** (618-907)
Les **Song** (960-1279)
Les **Ming** (1368-1644)

Parmi toutes les dynasties, deux seulement sont étrangères (c'est-à-dire qu'elles n'appartiennent pas à l'ethnie historique chinoise : les Han). De 1271 à 1368 règnent les Yuan, issus des Mongols qui ont conquis le pays. Le premier de ceux-ci, Kubilaï Khan, petit-fils du conquérant mongol Gengis Khan, est célèbre en Occident car c'est à sa cour que résida Marco Polo.
À partir de 1644 règnent les Qing, qui sont mandchous. Ils sont l'ultime famille impériale. En 1912, une révolution chasse le dernier empereur. La Chine devient la « République de Chine ». En 1949, la victoire des communistes repousse ses partisans, les nationa-

listes, sur l'île de Taïwan, où ils sont toujours. Le reste du pays a été proclamé République populaire de Chine par Mao, à Pékin. Jusqu'au XVIIIe siècle, la Chine était la première puissance économique du monde. Au XIXe siècle, les Occidentaux ont réussi à la briser. Dans les années 1830, les Anglais veulent obliger le vaste empire à accepter l'importation de l'opium qu'ils produisent en Inde. L'empereur refuse. L'Angleterre, bientôt suivie par les autres Européens (et également les États-Unis), use de la force. Par ces guerres de l'opium, ils imposent au vieil empire chinois de s'ouvrir sans contrepartie au commerce européen. Les « traités inégaux » que les Chinois signent alors sous la contrainte restent pour eux le symbole de l'humiliation de leur antique nation par l'Occident.

Durant sa longue histoire, la Chine a été à la base d'innovations technologiques majeures. On parle des « quatre grandes inventions » qui ont changé la face du monde.
• La boussole (l'idée de trouver sa direction grâce au magnétisme terrestre apparaît dès le Ier siècle avant notre ère).
• L'imprimerie, découverte au IXe siècle (l'Occident, au XVe, avec Gutenberg, ne fait que la « redécouvrir »).
• Le papier (dont le coût de fabrication, peu important, permet une grande diffusion des livres).
• La poudre à canon (apparue sous la dynastie Tang).

On peut ajouter à cette liste le papier-monnaie, présent en Chine dès le VIIIe siècle. Les premiers billets circulent dans le pays à partir du XIIIe. Le papier-monnaie n'apparaîtra en Europe qu'à partir du XVIIe siècle.

2. *L'Inde*

L'histoire indienne prend ses racines loin dans le temps. On date de 2500 à 1500 av. J.-C. la brillante « civilisation de l'Indu », dont les villes riches et puissantes se concentrent autour du bassin de ce fleuve.

Les origines de l'hindouisme remonteraient à cette époque, ce qui en fait une des plus anciennes religions du monde. Elle est fondée sur la croyance en la réincarnation, le système des castes (officiellement interdit dans la constitution actuelle), et le culte d'innombrables dieux, dont les plus importants sont Brahma, Vishnu et Shiva. L'hindouisme est toujours pratiqué par 80 % des Indiens.

Au VIe siècle av. J.-C., Siddhartha Gautama, un prince devenu ascète, montre par l'exemple de sa vie que l'homme peut se débarrasser des désirs et des souffrances qui l'encombrent et accéder à la paix. Son surnom est Bouddha, l'Éveillé. Il donne naissance à une autre des anciennes grandes religions du monde : le bouddhisme.

Sur un plan politique, l'Inde verra se succéder au cours de son histoire des dynasties réussissant à unir sous leur sceptre une partie plus ou moins grande du sous-continent, et des périodes d'éparpillement en petits royaumes.

Âgrâ, Taj Mahal

Citons les principales d'entre elles qui sont autant de jalons :

• Vers 320 av. J.-C., juste après la brève conquête du nord par Alexandre le Grand et son retrait, le prince hindou Chandragupta Maurya crée un premier empire unifié et laisse son nom à la dynastie des Maurya (~ 322 à ~ 184 av. J.-C.). Le plus célèbre de ses souverains est Ashoka (règne 269-232 av. J.-C.) : converti au bouddhisme, adepte de la non-violence, il organise l'administration de l'empire, fait planter des arbres le long des routes et graver ses édits incitant à la tolérance religieuse sur les colonnes et les rochers. Son souvenir est associé à celui d'un âge d'or.

• Au début du XIIIe siècle de l'ère commune, des musulmans d'Asie centrale s'installent en Inde septentrionale : ils fondent le sultanat de Delhi qui réussira à rayonner sur le sous-continent entier avant de se démembrer.

• Au tout début du XVIe siècle, Bâbur, un guerrier venu d'Afghanistan, vainc le dernier sultan de Delhi et fonde à son tour un empire au nord de l'Inde. Il descend de Tamerlan, le grand conquérant turco-mongol. Le nom de sa dynastie est dérivé de celui de ce peuple : on parle de l'empire Moghol, ou encore d'Inde des Grands Moghols. Le plus illustre d'entre eux est Akbar (1542-1605), qui augmente considérablement l'étendue de l'empire et y instaure un gouvernement centralisé. Musulman comme tous les Moghols, il est tolérant, aime à organiser des débats théologiques entre les représentants des différentes religions. Lui-même cherchera à instaurer un nouveau culte, mariant l'islam, le christianisme et le jaïnisme (un des courants de pensée indiens). On doit à un autre Moghol, Shah Jahan, le plus célèbre des monuments indiens : le Taj-mahal, mausolée édifié entre 1631 et 1654 en souvenir de sa femme bien-aimée, morte en couches.

• Aux XVIIe et XVIIIe siècles, Français et Anglais, à travers leurs compagnies de commerce (comme la fameuse Compagnie anglaise des Indes orientales britannique) prennent pied en Inde et, avec l'aide de militaires, grignotent peu à peu ce qui reste de la puissance moghole. Bientôt, les Français sont évincés et doivent se contenter de quelques ports de commerce – appelés comptoirs – tandis que les Anglais accroissent leur pouvoir.

• En 1877, la colonie est érigée en Empire des Indes, dont la reine Victoria est la souveraine. L'économie et l'agriculture traditionnelles sont ruinées méthodiquement pour satisfaire les intérêts de la métropole. La misère qui s'ensuit engendre de forts sentiments nationalistes : en 1885, se réunit le premier « congrès national indien », d'où sortira le Parti du Congrès qui bientôt mènera la lutte pour l'indépendance. Un avocat, Gandhi (1869-1948), surnommé le Mahatma (la grande âme) en devient la figure tutélaire. Il met au point les méthodes de lutte qui permettront d'y arriver : le boycott des produits anglais, le refus de payer des impôts, comme celui sur le sel (contre lequel il organise la gigantesque « marche du sel », en 1930). Toutes sont fondées sur le principe de la satyagraha, la résistance passive non violente. L'indépendance acquise en 1947 est assombrie par la guerre entre musulmans et hindous. Gandhi, qui a tout fait pour l'éviter, ne peut empêcher la « partition de l'Inde ». Elle fera un million de victimes et laisse des plaies ouvertes. Au nord, avec leur leader Jinnah, les musulmans fondent le Pakistan, séparé en deux territoires distincts – la partie orientale deviendra en 1971 le Bangladesh. Au sud, gouvernée par le Premier ministre Nehru, naît l'Union indienne. En se dotant de la première constitution démocratique hors du monde occidental, elle devient en 1950 la République de l'Inde.

3. *Le monde arabo-musulman*

Au début du VIIe siècle, le vent de l'Histoire va se lever dans un endroit que l'on croyait jusque-là à l'écart du monde : les déserts de la péninsule Arabique. Vers 610, un commerçant de La Mecque, Mohammed (ou Mahomet, comme on l'écrit en français), sent son destin changer. L'archange Gabriel lui apparaît dans la grotte où il se retire parfois pour lui annoncer que Dieu l'a choisi pour être son prophète et transmettre son message. Celui-ci, fondé sur la croyance de la stricte unicité divine, heurte les Mecquois, polythéistes.

En 622, Mohammed doit donc trouver refuge à Yathrib, une oasis, que l'on appelle en son honneur Médine (*madinat al-nabi* – la ville du Prophète). En quittant La Mecque, il sort des logiques anciennes de rapport entre tribus qui existaient jusqu'alors, pour s'adresser à toute la communauté de ceux qui croient en son message. C'est pourquoi cet exil – que l'on nomme en arabe « hégire » – date, pour les musulmans, le début d'une nouvelle ère : celle de l'Islam (littéralement la soumission, c'est-à-dire la soumission à Dieu).

Dès le lendemain de sa mort, en 632, les cavaliers arabes, galvanisés par la religion qui vient de naître, partent à la conquête du monde. Leur réussite est une des plus éclatantes de l'Histoire. En une décennie, ils vainquent les deux plus puissants empires du temps, l'empire byzantin (battu en Égypte et en Syrie, et refoulé en Anatolie) et l'empire perse (anéanti). En 711, ils conquièrent l'Espagne. Dans le même temps, ils s'installent, à l'est, dans le Sind, là où est aujourd'hui le Pakistan.

Chiites contre sunnites

À la mort du prophète, une querelle a commencé : qui doit être son successeur, c'est-à-dire, en arabe, le calife ? Faut-il le choisir parmi ses compagnons, par le consensus de la communauté ? Faut-il le choisir parmi ses descendants, comme le pensent les partisans d'Ali, qui est le mari de sa fille Fatima et le père de ses petits-enfants, Hassan et Hussein ?

Rapidement, les choses s'enveniment et scindent la nouvelle religion en deux camps ennemis. Ils s'opposent toujours. D'un côté les descendants des partisans d'Ali et de son fils Hussein. On les appellera plus tard les chiites. Ils pensent que seul un homme du sang du Prophète peut être l'imam, celui qui doit guider les croyants car il est le seul à comprendre le sens caché du Coran.

Au cours des siècles, le dernier imam descendant d'Ali a apparemment disparu : on parle de son occultation[1]. Il est caché et, sous le nom de Mahdi, va réapparaître pour annoncer la fin des temps.

De l'autre, ceux qui pensent que la religion ne doit être fondée que sur deux choses : les paroles de Dieu transmises au Prophète, retranscrites dans le Coran et l'exemple de sa vie. Ainsi est formée la loi, ou la tradition, en arabe *sunna* : on appelle donc ces musulmans les sunnites.

En 661, Mouawiya, un noble mecquois, gagne la guerre fratricide contre les partisans d'Ali. Il fonde une dynastie portant le nom de son aïeul Umayya : les Omeyades. Il s'installe à Damas.

En 750, une autre famille mène contre les Omeyades une révolution et prend le pouvoir. Elle descend d'Abbas, un oncle du prophète : elle porte donc le nom d'Abbassides. Ils font bientôt construire une nouvelle capitale en Mésopotamie : Bagdad. Vers l'an 800, riche de près d'un million d'habitants, elle est déjà la deuxième ville la plus peuplée au monde (juste après la capitale chinoise). Depuis leur palais fastueux, les califes règnent sur un empire qui court de l'Atlantique aux frontières de l'Inde. L'agriculture, l'artisanat, le commerce y prospèrent. Les hommes parcourent cet immense espace, apportant depuis l'Inde ou la Chine des savoirs et des produits qui étaient inconnus jusqu'alors. Les chiffres (que l'on appelle arabes, mais qui viennent d'Inde) ou la canne à sucre en sont des exemples. La période représente un véritable âge d'or du monde arabo-musulman.

1. Pour la majorité des chiites, les imans qui se sont succédé après le Prophète jusqu'à l'occultation sont au nombre de douze. On parle de chiisme duodécimain.

Le plus connu des califes abbassides est Haroun al-Rachid, car la légende en fit le héros des célèbres contes des *Mille et Une Nuits*. Le plus prestigieux fut sans doute son fils al-Mamun. Amoureux de la connaissance, il fait ouvrir une « maison de la sagesse » où chrétiens, juifs, musulmans, viennent traduire et étudier les textes de l'Antiquité grecque, de la Chine, de l'Inde. Les mathématiques, l'astronomie, la médecine, l'optique font des progrès décisifs.

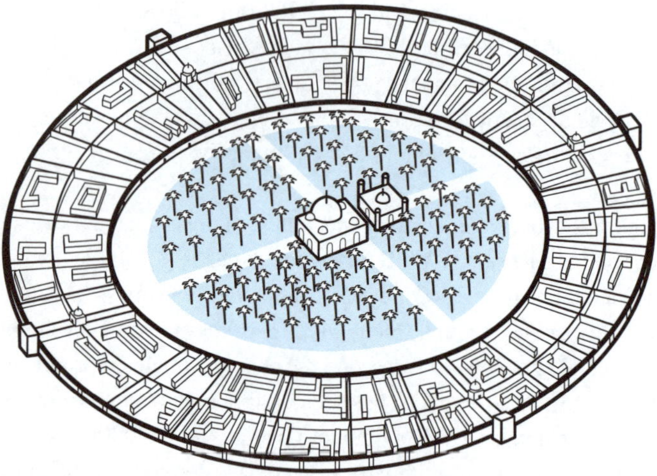

Bagdad, en 800

Trop vaste, l'empire se divise vite en d'autres califats qui concurrencent celui des Abbassides, comme celui de Cordoue, en Espagne, ou du Caire, en Égypte.

En 1258, les Mongols, intrépides guerriers surgis des steppes de l'Asie centrale, conduits par Hulagu Khan, le petit-fils de Gengis Khan, prennent Bagdad, la détruisent, massacrent la majorité de ses habitants et font, dit-on, piétiner à mort le calife par les sabots de leurs chevaux.

L'islam continuera de se répandre, en Afrique, en Inde ou en Indonésie où il est apporté par des marchands. Cette religion a déjà prouvé alors qu'elle avait pu produire une des civilisations les plus brillantes du monde. Retenons les noms de quatre illustres personnalités :

Abu Nuwas (Perse, vers 762 - Bagdad, 813) est un des plus grands poètes arabes classiques. Favori d'Haroun al-Rachid et de son fils al-Amin, il est célèbre pour son immoralité : la plupart de ses poèmes parlent de l'amour du vin, des femmes et des éphèbes. La beauté de ses vers les fait aimer de tous.

Ibn Sina, que l'Occident nomme **Avicenne** (Boukhara, Asie centrale, 980 - 1037), est un génie universel. Philosophe (il commente le Grec Aristote), mathématicien, mystique, il est aussi médecin. Réunis sous le nom de « canon d'Avicenne », ses traités serviront de base à la connaissance médicale en Orient et en Europe durant des siècles.

Ibn Rushd, appelé en Occident **Averroès** (Cordoue, 1126 - mort exilé à Marrakech, 1198). Juriste, médecin, conseiller du calife de Cordoue, Averroès est un des plus grands philosophes arabes. Il défend l'idée que l'on peut distinguer la foi de la raison. Ces thèses hardies sont bientôt condamnées et ses livres brûlés en Andalousie, mais des traductions en arrivent en Europe chrétienne. C'est à travers ses commentaires d'Aristote que l'Occident du Moyen Âge redécouvre le philosophe grec.

Ibn Khaldoun (Tunis, 1332 - Le Caire, 1406), philosophe, conseiller de princes divers, investi dans la vie politique de son temps, il est aussi historien et pense qu'on ne peut comprendre cette science qu'en étudiant toutes les forces à l'œuvre dans une société à une époque donnée. C'est pourquoi il est considéré comme le père de la sociologie.

Leçon 8

Géographie

La géographie est la description de la Terre. Nous allons donc en faire le tour : observer l'effet de serre, découvrir un septième continent, comprendre la mondialisation et nous familiariser avec les grandes puissances de demain.

I - *Menaces sur la planète*

La prise de conscience que notre petit monde est fragile, que ses ressources sont limitées, qu'il faut arrêter de le salir par nos pollutions et nos déchets n'est pas très ancienne. Elle est apparue en Occident dans les années 1960-1970 grâce aux cris d'alarme poussés par quelques précurseurs, relayés par les grands mouvements écologistes. Elle s'est rapidement étendue aux plus hautes organisations internationales.

1972 est une date importante : cette année-là a lieu à Stockholm la première de ces réunions de l'ONU à propos d'environnement que l'on appelle les Sommets de la terre. Ils ont le mérite d'alerter l'humanité tout entière sur les dangers qui pèsent sur elle, mais ils ont plus de mal à accoucher des moyens de les éviter. Il faudrait, pour ce, arriver à ce que tous les pays du monde se mettent d'accord. À 193, ce n'est pas simple. On peut résumer les grandes lignes de fracture qui les séparent ainsi.

1. *Comment en est-on arrivé là ?*

Le premier débat consiste à savoir qui doit porter la responsabilité de la situation actuelle. Il oppose les grands pays développés au reste du monde qui leur renvoie la balle :
- Le désastre écologique, disent-ils, a commencé à cause du mode de développement économique que vous avez choisi au XIXe siècle. Il est entretenu aujourd'hui par les modes de vie de vos populations qui consomment, gaspillent, polluent bien plus que le reste du monde. C'est donc à vous de réparer les dégâts.
Le procès peut s'entendre. Les États-Unis l'ont longtemps refusé. En 1992, le président Bush (père) rétorquait : « Le mode de vie des Américains n'est pas négociable ». Les Européens en règle générale acceptent le reproche, estimant normal de s'investir plus que d'autres pour réparer les dommages causés à l'environnement

et le défendre. Mais à quoi bon leurs efforts si les nouvelles puissances montantes refusent à leur tour de changer leur mode de développement et s'obstinent à reproduire les erreurs qui nous conduisent à la catastrophe ?

Un pays comme la Chine continue de sommet en sommet à camper sur sa position initiale : c'est à l'Occident de faire tous les efforts. Du coup, elle refuse de se remettre en cause. Avec ses usines qui tournent à plein régime (pour produire des biens que les Occidentaux ne produisent plus) et sa croissance économique fulgurante, cet immense pays devient aujourd'hui le premier pollueur du monde. Et le milliard de Chinois qui rêvent à leur tour d'accéder au bien-être matériel dont ils ont été privés risquent très vite de poser un problème à l'échelle mondiale. Suivons le calcul du grand géographe américain Jared Diamond pour en comprendre les enjeux :

« La consommation en Chine est aujourd'hui onze fois moins élevée qu'en Occident. Si la Chine atteint notre niveau de vie, la consommation mondiale doublera de volume. Si l'Inde fait de même, elle triplera. Et si le reste du monde suit le mouvement, la consommation sera onze fois supérieure à aujourd'hui. Soit l'équivalent d'une population actuelle de 72 milliards de personnes[1]. »

Jared Diamond

1. Cité dans l'Atlas des civilisations, *Le Monde/La Vie*, 2009.

2. *Comment sortir de cet engrenage ?*

Pour s'en sortir, disent les écologistes, la seule solution est de forcer le monde entier à changer radicalement de modèle de croissance économique et en inventer un qui soit respectueux de la nature et de ses ressources. Il faut opérer une transition écologique vers un nouveau mode de développement.
Leurs opposants, « écolo-sceptiques », contestent cette perspective qui n'est que le produit selon eux d'un catastrophisme sans fondement. Ils estiment qu'il est plus sage de faire confiance au vieil ami de l'homme, son génie. Quoi qu'il se passe sur notre planète, l'homme, aidé de sa science et de sa technologie, trouvera les moyens de se tirer d'affaire.

Contentons-nous donc, pour aider chacun à se faire son opinion, de produire la synthèse des menaces en cours. Il est clair que le sujet n'est pas gai puisqu'il nous annonce peut-être qu'on mourra tous plus tôt que prévu. Essayons donc au moins de ne pas mourir idiots.

Rejets et déchets

Dans l'esprit commun, le premier synonyme d'atteinte à l'environnement, c'est la pollution (étymologiquement, la souillure), c'est-à-dire la façon qu'a l'homme de prendre la planète pour une poubelle, de la salir par le rejet des fumées, l'empoisonnement des sols, la dégradation des paysages. C'est aussi son incapacité à empêcher les accidents destructeurs liés à sa propre activité. L'accident industriel de Seveso (1976), la marée noire de l'*Amoco Cadiz* (1978) et la catastrophe nucléaire de Tchernobyl (1986) ont tristement marqué les consciences. Au XXIe siècle, les problèmes s'accroissent car la pollution devient permanente et universelle. Les rejets de l'activité humaine dans les airs, dans les sols, dans les nappes phréatiques et dans les mers ont souillé le monde, du pôle Nord au pôle Sud. Tous les cours d'eaux sont concernés, ou presque. Seuls deux des principaux fleuves mondiaux peuvent être qualifiés de sains : l'Amazone et le Congo[1].

Le septième continent

Une des dernières découvertes en matière de calamité environnementale s'appelle, en anglais, le *great pacific garbage patch* (la grande plaque de déchets du Pacifique). En français, on parle du septième continent de plastique. Dans cette zone grande comme le tiers des États-Unis, s'accumulent, sous l'effet des courants, des minuscules particules plus ou moins agglutinées de matières plastiques. On a mis du temps à la repérer car elle n'apparaît pas immédiatement à l'œil : les matières sont en suspension sous l'eau. Elle n'en est pas moins désastreuse pour la mer, qu'elle étouffe, et ses poissons, qui les avalent en les confondant avec le plancton. Pour l'heure, le monde scientifique n'a toujours pas trouvé le moyen d'en venir à bout : comment nettoyer une poubelle d'une telle taille ? Un malheur n'arrive jamais seul : à peine la *garbage patch* du Pacifique était-elle découverte qu'une autre était repérée dans l'Atlantique.

L'épuisement des ressources

Nous verrons plus en détail dans le chapitre « Nouveaux arts ménagers » (p.336) l'importance du développement durable, ce modèle économique qui n'utilise que des ressources qui peuvent se renouveler. Pour indiquer la rareté et la préciosité des biens que l'on croyait jadis inépuisables, transformons-les en or, c'est un excellent moyen mnémotechnique pour évaluer notre patrimoine commun :

1. Selon les experts du Conseil mondial de l'eau cités par le Centre national de recherche scientifique, www.cnrs.fr.

L'or noir, c'est-à-dire le pétrole.
On peut y associer le gaz, ou encore le charbon. Tous trois sont des énergies fossiles car elles sont issues de la lente décomposition, il y a des millions d'années, de feuilles, de plantes enfouies sous la terre. On dit qu'elles sont des « énergies non renouvelables » car il faudrait attendre à nouveau des millions d'années pour voir se reproduire le mécanisme qui les a créées. L'énergie nucléaire, issue d'un procédé enclenché par l'homme, n'est pas fossile, les écologistes la considèrent comme « non renouvelable » car elle produit des déchets qui ne perdent leur nuisance radioactive qu'au bout de millénaires et que l'uranium est une ressource dont les stocks sont limités.

Tous les scientifiques s'accordent pour dire que les réserves d'or noir seront bientôt à sec. Nul ne s'entend pour savoir à quelle date la panne se produira. Il semble raisonnable de ne pas attendre le pic pétrolier[1] pour se tourner vers les énergies renouvelables qui, par définition, sont inépuisables : l'énergie solaire ; l'énergie géothermique, qui utilise la chaleur des profondeurs de la terre ; l'énergie éolienne, tirée de la puissance du vent.
Beaucoup d'espoirs sont placés dans la biomasse (voir p.335) ou encore l'énergie hydrolienne, fournie par des turbines placées dans la mer pour utiliser la force des courants. Contrairement au vent, les courants ont l'avantage d'être constants, mais la corrosion de la mer, les problèmes d'algues, de mollusques, rendent l'entretien de ses machines coûteux.

1. L'exploitation de pétrole connaît toujours le même cycle : on puise de plus en plus, la production arrive à un plateau, puis diminue avant de redescendre inexorablement jusqu'à l'épuisement des stocks. Le point de bascule s'appelle le « pic ». Il indique le début de la fin. Aucun expert n'est d'accord pour savoir s'il a ou non déjà été franchi.

L'or bleu, c'est-à-dire l'eau.

À cause de la pollution des rivières et des nappes, et du réchauffement climatique (qui fait progresser les zones désertiques), l'eau utilisable va se raréfier : le Sommet de la terre de Johannesburg (2002) a estimé que 40 % de la population mondiale pourrait manquer d'eau (ce que l'on appelle en termes savants le « stress hydrique ») en 2050. L'agriculture absorbe les 2/3 de la consommation.

Parmi les solutions, la mise en place d'économies drastiques en matière d'irrigation (par exemple en pratiquant le goutte-à-goutte sur la plante elle-même pour éviter tout gaspillage) ; la désalinisation de l'eau de mer (déjà pratiquée mais très onéreuse pour l'instant) ; le retraitement des eaux usées.

L'or vert, c'est-à-dire la forêt.

Elle est menacée par l'extension des cultures, de l'urbanisation, les exploitations minières ou les incendies. Les deux pays les plus touchés par la déforestation sont le Brésil et l'Indonésie : la forêt de l'île de Bornéo, mangée par l'expansion du palmier à huile, se réduit comme peau de chagrin, et avec elle des milliers d'espèces qu'on ne connaît pas encore qui pourraient être utiles à notre santé.

La forêt sert :

• à stocker l'humidité et concourt à la formation des pluies ;
• à capter le carbone pour le transformer en oxygène grâce à la lumière (c'est le processus chimique de la photosynthèse) – elle participe ainsi à la lutte contre les gaz qui créent l'effet de serre ;
• à protéger la biodiversité, l'ensemble des plantes et d'animaux qui y vivent.

Le réchauffement climatique

À la fin du XXe siècle, c'était encore une hypothèse, défendue par de nombreux savants, discutée par d'autres. Au XXIe siècle, les experts du GIEC – le Groupe intergouvernemental pour l'évolution climatique, mis en place par l'ONU en 1988 pour étudier objectivement ces phénomènes – sont arrivés à une quasi-certitude. Elle tient sur deux jambes :

1. La température moyenne observée sur la planète ne cesse de monter. La seule chose que l'on ignore avec précision est jusqu'où : selon les calculs, on estime que l'augmentation pourrait se situer entre 1,1° et 6,4° d'ici 2100.

2. Il est probable « à 90 % » que les causes de ce réchauffement soient d'origine humaine. Il est dû à l'excès des « gaz à effet de serre » que nous rejetons dans l'atmosphère.

Les scientifiques ne peuvent encore déterminer de manière exacte les conséquences d'un processus qui est en cours mais ils s'accordent pour dire qu'elles seront dramatiques : sécheresses, perturbations climatiques très graves plus fréquentes, disparition rapide d'écosystèmes, migration d'espèces et de maladies exotiques, hausse du niveau de la mer – à cause de la fonte des glaciers et de la banquise – qui menacera nombre de zones côtières. Même les conséquences apparemment positives sont porteuses de danger. Il sera peut-être possible de tracer de nouvelles routes maritimes au nord du Canada et de la Russie, là où la glace les rend irréalisables, mais le dégel de ces zones arctiques pourrait aussi libérer des gaz aujourd'hui prisonniers qui, s'ils s'échappent dans l'atmosphère, amplifieront encore l'effet de serre jusqu'à le pousser à des extrémités qu'on ne sait mesurer : c'est ce qu'on appelle en science un « effet boule de neige », expression qui, dans un contexte de dégel, ne manque pas de sel.

Que sont les gaz à effet de serre ?

Le soleil chauffe la Terre de ses rayons et une partie de cette chaleur et en remontant, est retenue par les gaz qui sont naturellement présents dans l'atmosphère. Ils jouent, en quelque sorte, le rôle du toit d'une serre : d'où le nom donné à ce phénomène. Il a toujours existé, et il est utile puisqu'il a permis sur notre planète des températures propices à la vie. Le fait que nous rejetons toujours plus de gaz pose problème car ils viennent s'ajouter à ceux déjà présents dans l'atmosphère et aggravent le phénomène. Les principaux gaz à effet de serre sont le méthane, l'ozone, et surtout le CO_2, le dyoxyde de carbone, le plus abondant, celui qu'il faut donc limiter au maximum – c'est pourquoi on cherche à dresser notre « bilan carbone » ou à déterminer notre « empreinte carbone ».

Pour tenter d'enrayer ce processus, l'ONU organise de grandes conventions. Elles cherchent à limiter la production mondiale de gaz à effet de serre. La première qui ait abouti a débouché sur le « protocole de Kyoto » (c'est-à-dire le traité de Kyoto). Les États signataires promettaient de limiter leurs rejets entre 2008 et 2012. Parmi les grands pays, seuls les États-Unis ne l'ont pas ratifié.

Cette politique sera-t-elle suffisante ? De nombreux scientifiques ne le pensent pas et cherchent des moyens plus radicaux de combattre le phénomène. Les techniques envisagées relèvent d'une nouvelle spécialité : la « géo-ingénierie ». On a du mal à savoir si elle appartient à la science pure ou à la science-fiction. Voici quelques pistes étudiées :

- Envoyer du soufre en immense quantité dans l'atmosphère, qui aurait la propriété de le refroidir, comme on l'a vu lors de grandes éruptions volcaniques.

• Donner du fer aux phytoplanctons présents dans les océans pour les faire grossir et leur permettre d'absorber encore plus de carbone qu'ils ne le font déjà.
• Placer des miroirs en orbite autour de la terre pour réfléchir les rayons du soleil et les détourner.

L'hypothèse Gaïa

Et si la terre n'était pas une masse minérale inerte, mais un être vivant ? C'est ce que l'on nomme « l'hypothèse Gaïa » (du nom de la déesse terre, chez les Grecs). Elle ne sort pas, contrairement à ce que l'on pourrait penser a priori, du cerveau embrumé par le chanvre d'un gourou new age. Elle a été formulée, dans les années 1970, par l'éminent chimiste britannique James Lovelock. Il la fondait sur cette constatation : pour arriver à créer des conditions d'atmosphère et de climat propices à la vie, la planète, ou plus exactement la « biosphère », a dû se défendre, évoluer, favoriser telle ou telle espèce (par exemple le plancton, qui absorbe le carbone) exactement comme le corps humain cherche un équilibre contre les agressions en se battant avec ses anticorps ou en faisant monter ou descendre la fièvre. La théorie fait fureur chez certains écologistes radicaux. Elle est aussi très contestée. On lui reproche son possible anti-humanisme : dans ce modèle, l'espèce humaine n'est qu'un paramètre parmi d'autres dont Gaïa se débarrassera comme d'un vulgaire parasite si elle continue à la mettre en danger. Pour autant, cette hypothèse a le mérite, quand on la pose simplement, d'ouvrir des espaces poétiques nouveaux à notre imagination. Qui, avant cela, avait jamais pensé que notre petite planète puisse être un bel enfant fiévreux ?

II - Le monde au temps de la mondialisation

Y a-il eu un jour, depuis quinze ans, où on ne l'a pas entendu prononcé ? Mondialisation est le mot du siècle. Il est d'autant plus pratique à utiliser qu'il sert à dire à peu près tout et n'importe quoi. Tâchons donc de savoir enfin ce qu'il signifie exactement.

1. Le marché global

Depuis les années 1980-1990, la mondialisation (traduction de l'anglais *globalization*) sert d'abord à décrire l'imbrication de plus en plus étroite des diverses économies du monde entre elles.
Penser à n'importe quel objet courant permet de le comprendre, une paire de chaussures de sport, un téléphone, un jouet : on sait tous qu'il a pu être dessiné dans un endroit, fabriqué dans un autre au profit d'entreprises dont les capitaux sont disséminés aux quatre coins du monde.

La puissance des multinationales

En terme de chiffre d'affaires, en 2010, la première entreprise du monde était l'Américaine Wal Mart (spécialisée dans la grande distribution) : 421 milliards de dollars. Derrière elle, la néerlandaise Shell (compagnie pétrolière) : 378 milliards. Si on compare ces sommes avec les PIB des pays du monde (c'est-à-dire l'ensemble des richesses produites dans ces pays en un an), on peut les placer respectivement aux 25e et 26e rangs du classement mondial. En clair, plus de 150 pays au monde sont moins riches que ces deux firmes.

La plupart des historiens estiment qu'il y eut une « première mondialisation » correspondant à la période des Grandes Découvertes, quand les Européens partis sur les mers réussirent à contrôler le commerce mondial.
Le phénomène actuel est d'une ampleur aussi considérable. Il est lié à la fin de l'URSS. Après l'effondrement du seul modèle qui s'affrontait à lui, le capitalisme triomphe et s'étend partout : le monde soudain peut apparaître comme un vaste et unique marché, dominé par d'immenses firmes multinationales, assez puissantes pour faire la loi où elles l'entendent sans s'embarrasser des petites frontières des États. Ainsi, la plupart de ces grandes entreprises, en installant leurs sièges sociaux ici et en faisant travailler des sous-traitants là-bas, réussissent très souvent à échapper à l'impôt qu'une firme doit normalement payer au pays qui est le sien. Mais aussi, elles arrivent à produire des biens à des prix de plus en plus bas.

Pour ses défenseurs, seule la mondialisation économique pourra créer dans le monde une sorte de cercle vertueux de développement et permettre à tous de s'enrichir. En favorisant le commerce entre les nations, elle doit servir aussi à installer la paix éternelle.
Pour ses détracteurs, elle ne servira qu'à rendre plus riches ceux qui le sont déjà et à rendre plus pauvres et plus fragiles tous les autres : en poussant à la délocalisation des entreprises, pour déplacer les emplois là où les salaires sont plus faibles et les ouvriers moins bien traités, elle contribue à jeter à bas les systèmes de protection sociale là où ils existent et étend à tous la précarité et la misère.

2. *Le village planétaire*

L'expression « village planétaire » a été inventée par le sociologue canadien Marshall Mac Luhan (1911-1980). Elle est toujours employée pour décrire notre planète devenue si petite, à l'heure où les télécommunications – la télé, le téléphone, l'Internet – ou

les mouvements de populations – les voyages, le tourisme, l'immigration – semblent abolir les distances. Bien sûr, tout le monde n'habite pas dans le même quartier ni dans les mêmes conditions. En 2010, un quart de la population mondiale vivait toujours sous le seuil de « l'extrême pauvreté » (fixé à 1,25 $ par jour). Mais cette part régresse et le niveau d'équipement monte. Selon l'ONU, on était arrivé (début 2011) aux chiffres vertigineux de 5 milliards d'utilisateurs de téléphones mobiles et 2 milliards d'internautes ! Ça ne fait pas tout le monde, mais ça en fait une bonne partie.
La mondialisation, c'est donc aussi l'idée que ce rapprochement entre les humains va finir par créer une vaste culture commune à tous.
Les défenseurs des identités régionales ou nationales la craignent : ils la voient comme un vaste rouleau compresseur qui ne servira qu'à détruire les différences culturelles au profit d'une standardisation abêtissante.
Les grandes organisations de défense des droits de l'homme ou de l'environnement (Amnesty International, Greenpeace) l'utilisent : le monde peut être une vaste caisse de résonance de leurs préoccupations.
Les altermondialistes contestent la forme qu'elle a prise mais pas son principe : ils pensent qu'il faut se servir du caractère planétaire des problèmes induits par l'actuelle mondialisation, guidée selon eux par l'unique recherche du profit, pour tenter de la remplacer par une autre, fondée sur l'échange et le partage.
Les visionnaires pensent que tout cela débouchera forcément un jour sur un gouvernement mondial.
On n'y est pas. Les États n'ont pas dit leur dernier mot : on en voit sans cesse de nouveaux croître en puissance. Pour autant, il existe déjà diverses instances qui ont vocation à superviser les grands problèmes de notre petit monde. Allons leur rendre visite.

3. *La tournée des clubs*

G6, G7, G8, G20

Tous les ans, à grands coups de trompettes médiatiques et dans une débauche de mesures de sécurité, a lieu le G8 – abréviation de Groupe de 8, c'est-à-dire la réunion des dirigeants des huit pays considérés comme les plus puissants du globe.
Le président Giscard d'Estaing avait lancé le premier à Rambouillet en 1975, dans le contexte de la première grande crise pétrolière : l'idée était simplement que les grands puissent papoter entre eux de l'état de notre petit monde (et donc du leur). Ils ont d'abord été 5 (États-Unis, Japon, Allemagne, France, Royaume-Uni), puis 6 (Italie), puis 7 (Canada) et enfin 8 (admission de la Russie en 1997 seulement) mais la formule n'a pas bougé : la rencontre se fait dans le lieu choisi par le président qui tourne chaque année et se veut absolument « informelle ». Transcrit en langue de grands de ce monde, cela signifie qu'elle se déroule dans des endroits toujours sublimes, gardés par la moitié de l'armée du pays, mais qu'on y dîne sans cravate et qu'on peut y parler de tout ce qu'on veut.

En marge du G8 de 1999, se sont retrouvés de nombreux ministres des Finances (ceux des 8 et une douzaine d'autres) : il s'agissait de tenter de trouver une solution aux crises monétaires qui secouaient l'Asie. En 2008, à l'initiative du Français Nicolas Sarkozy et du Britannique Gordon Brown, et dans le contexte d'une nouvelle crise économique, ce sommet interministériel est passé au niveau des chefs d'État et de gouvernement : le G20 était né. Il ne s'est pas substitué au G8 mais fonctionne à ses côtés.
Contrairement au premier où l'on parle de tout, on y traite essentiellement d'économie. Ses membres sont répartis sur tous les continents (voir carte ci-contre). L'Union européenne est représentée par le président de la Commission européenne et par le président de la Banque centrale européenne. Les 20 sont donc 21.

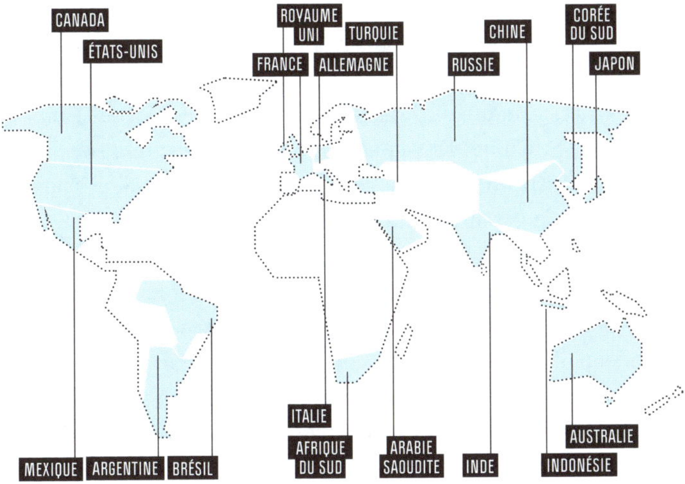

Le G20

Aux yeux de leurs détracteurs, les G8 et les G20 sont les symboles de l'arrogance des puissants du monde et de l'ordre économique libéral. Ils suscitent toujours de grandes protestations de la part des altermondialistes, parfois durement réprimées. Carlo Giuliani, mort lors des manifestations organisées contre le G8 de Gênes, en 2001, est considéré depuis, dans ce camp, comme un martyr. Pour ceux qui les organisent, ces grands sommets sont indispensables à la stabilité du monde. Chacun d'entre eux débouche parfois sur des constats de désaccord, souvent sur de grandes déclarations d'intention : lutte contre les paradis fiscaux (1999), action commune contre le terrorisme (2002), lutte contre le réchauffement et contre la pauvreté en Afrique (2005). Les observateurs les plus neutres notent que ces promesses sont rarement suivies d'effet.

Les filles de l'après-guerre

En 1945, les vainqueurs de la Seconde Guerre mondiale – États-Unis, URSS, Chine, Royaume-Uni, France – mettent sur pied une grande institution qui réunira tous les pays du monde et a pour but premier de garantir à jamais la paix : l'ONU.

Un an auparavant, en juillet 1944, les alliés s'étaient réunis pour tenter de régler les questions économiques et monétaires. Traumatisés par la crise de 1929, qui avait été une des causes du cataclysme, ils avaient mis sur pied un nouveau système monétaire et financier international censé garantir la stabilité des échanges. Chaque monnaie était arrimée par un change fixé à la plus forte d'entre elles : le dollar, lui-même garanti par le fait qu'il était convertible en or. La ville abritant la réunion s'appelle Bretton Woods (New Hampshire, EU). Les accords fixant ce système portent son nom. Le « système Bretton Woods » a explosé au début des années 1970, quand le dollar a abandonné sa convertibilité en or et perdu sa place pivot (voir leçon d'économie, p.136). Mais les trois institutions dont nous allons parler, FMI, Banque mondiale, OMC, en sont issues, et elles restent marquées par leur mission originelle.

FMI

Le Fonds monétaire international, financé par les quotes-parts de tous ses membres, était là pour contrôler le nouveau système et y assurer la stabilité de toutes les monnaies qui en faisaient partie : il fallait donc qu'il puisse aider les pays qui avaient un problème pour soutenir la valeur de leur monnaie par rapport aux autres, les pays qui, selon le jargon économique, peinaient pour équilibrer leur balance des paiements. Il sert toujours à ça aujourd'hui. Sorte de pompier du grand marché monétaire, il peut prêter de l'argent à un État trop endetté pour lui éviter de

s'effondrer financièrement, ce qui est une catastrophe potentielle pour tout le monde.
À l'instar de tous les financiers du monde, le FMI ne prête évidemment pas sans contrepartie. C'est le problème, et la raison pour laquelle il est si contesté. Quand il avance ses dollars, le Fonds exige que l'emprunteur fasse des réformes, appelées des ajustements structurels. Ils vont toujours dans le même sens : réduction des dépenses de l'État, privatisation des services publics, ouverture à la concurrence de tous les secteurs éventuellement protégés du marché, ce qui peut signifier la fin des prix imposés par l'État sur certains produits. Pour les experts de Washington, ce remède est le seul possible pour remettre une économie à flot. Pour les habitants du pays, l'intervention du FMI signifie donc souvent une baisse des aides de l'État, le licenciement de fonctionnaires, l'arrivée des grands groupes financiers ou tout simplement la hausse vertigineuse du prix des denrées de première nécessité, car elles ne sont plus subventionnées. C'est pourquoi elle est crainte. Les opposants au FMI, souvent marqués à gauche, estiment que ce faux pompier n'est qu'un soudard profitant de la faiblesse des États pour leur imposer l'ordre libéral du monde qui ne sert qu'à appauvrir les plus pauvres.

Banque mondiale

La Banque mondiale est née de l'autre nécessité de l'après-guerre : reconstruire les pays en ruines, en particulier l'Europe et le Japon. D'où l'idée d'un établissement (à l'époque appelé « banque internationale pour la reconstruction et le développement ») capable d'avancer de l'argent pour financer ce grand projet. Aujourd'hui, la fonction de la Banque mondiale est similaire : prêter de l'argent aux pays pauvres pour leur permettre de construire les infrastructures, les routes, les ponts, les hôpitaux, qui les mettent sur la voie du développement.

OMC

Il était prévu enfin de relancer le commerce mondial en faisant tomber le plus possible de barrières douanières entre le plus d'États en même temps, et non plus deux à deux, comme cela se pratiquait auparavant. Les premières séries d'accord sont signées dans un cadre nommé le Gatt (accord général sur les tarifs douaniers et le commerce). En 1995, il est remplacé par une institution fixe : l'OMC, Organisation mondiale du commerce qui a pour mission de favoriser le libre-échange entre tous les États du monde et a le pouvoir de sanctionner ceux qui ne respectent pas les accords signés. Périodiquement, l'organisation ouvre entre tous ses membres de nouvelles et interminables négociations qui portent sur tel ou tel secteur : les rounds ou cycles. Le dernier, le « cycle de Doha » ouvert en 2001, porte en particulier sur les produits agricoles. Les défenseurs de l'OMC pensent qu'elle permet de mettre tous les États à égalité dans le grand jeu du commerce, et ainsi, favorisera à terme l'enrichissement des plus pauvres. Ses détracteurs pensent le contraire : comme le FMI, comme la Banque mondiale, l'OMC n'est pour eux qu'un club gouverné par les pays riches pour écraser un peu plus les plus faibles.

Le conteneur

On le voit à Shanghai, on le retrouve à Rotterdam, on le croit à Rio, il cingle déjà vers Singapour. Infatigable bourlingueur des mers et des routes, le conteneur (en anglais *container*) n'est peut-être pas le plus élégant des objets, mais il est l'indiscutable symbole de la mondialisation. Cette grosse boîte métallique que l'on voit sur les quais de tous les ports du monde a été inventée dans les années 1950 par Malcolm MacLean, un transporteur routier américain qui n'en pouvait plus de devoir débarquer la marchandise de ses camions pour la charger sur d'autres camions, trains ou bateaux.

D'où cette idée de génie de mettre tout le chargement dans une boîte qu'on puisse déplacer tout entière. De l'époque, son gros bébé a gardé les normes qui permettent de l'utiliser partout : 8 pieds de largeur (2,44 m) et deux longueurs, 20 pieds (6,06 m) ou 40 (12,19 m). Il transporte absolument tout sauf ce qui est liquide (pétrole) ou en vrac (charbon). Au début de notre siècle, il en circulait plus de 11 millions sur la planète. Du coup, on lui a même trouvé d'autres fonctions : à Amsterdam, puis au Havre, on en a fait des logements pour étudiants. À Londres, il existe un microquartier écolo et bon marché rebaptisé Container-city.

Les petits nouveaux

Au moment de sa création, en 1945, l'ONU comptait 51 membres. En 2012, elle en était à 193. Souhaitons la bienvenue aux petits nouveaux du XXIe siècle :

Le Tuvalu (admis en 2000, capitale Funafuti), petit archipel polynésien de 26 km². Ce micro-État a besoin d'une grande instance pour se faire entendre. Il est un des pays les plus menacés par la montée des eaux consécutive au réchauffement climatique. Il vient d'entrer dans le concert des nations en espérant donc ne pas être l'un des premiers à en disparaître.

La Serbie (admise en 2000. Capitale Belgrade) et le Montenegro (admis en 2006. Capitale Podgorica) sont les derniers pays issus de l'ex-Yougoslavie à faire leur entrée à l'ONU. La Slovénie, la Croatie, la Macédoine, la Bosnie-Herzégovine avaient été admises dans les années 1990.

Le Kossovo, ex-province serbe, s'est déclaré indépendant en 2008, mais de nombreux pays ne le reconnaissent pas.

Le Timor oriental (admis en 2002. Capitale Dili). Cette moitié de l'île de Timor (Asie du Sud-Est), ancienne colonie portugaise, a été annexée ensuite par la puissante Indonésie. Elle n'a réussi à s'en libérer qu'à la fin du siècle passé.

La Suisse (admise en 2002. Capitale Berne). On croirait à un gag dans cette liste. Ce n'en est pas un. Genève est le deuxième centre officiel de l'ONU (après New York) depuis la fondation de l'organisation, mais la confédération était jusque-là trop chatouilleuse sur les questions de neutralité pour y faire son entrée.

Le Soudan du Sud (appelé aussi Sud Soudan ; admis en 2011, capitale Djouba), issu de la sécession d'avec le Soudan.

Comment classer les pays du monde ?

Pour mesurer la richesse d'un pays, l'opération la plus courante consiste à additionner tout ce qui a été produit, en biens, en services pendant une période donnée : cette somme constitue le produit intérieur brut (PIB). Son évolution en pourcentage d'une année sur l'autre donne la mesure de la croissance économique (ou en cas de baisse, de la récession).
Le PIB sert aussi à classer les pays entre eux : quand on dit que les États-Unis sont la « première économie du monde », la Chine la deuxième, le Japon la troisième, l'Allemagne la quatrième ou la France la cinquième (chiffres 2013), on parle de leurs PIB respectifs.
Cet indice est bien imprécis. Il est critiqué par certains économistes à cause de sa seule logique comptable. Elle peut être surréaliste en effet : un accident de voiture crée beaucoup de valeur (les

frais de réparation, d'hospitalisation, peut-être d'enterrement), il va donc contribuer à ce qu'on estime être la richesse du pays. Par ailleurs, ce chiffre sacro-saint dérange les géographes car il ne dit rien des disparités au sein du pays et de la façon dont les gens y vivent. L'ONU a donc décidé de mettre en avant un autre indice, inventé par Amartya Sen, un économiste indien : l'indicateur de développement humain (IDH). Il prend en compte le niveau de vie, l'espérance de vie, et le degré d'alphabétisation et d'éducation de la population. Il est compris entre 0 et 1. Les pays considérés comme développés ont un indice supérieur à 0,8.

Les champions de l'IDH étaient, en 2012 :

1	**Norvège**	0,965
2	**Australie**	0,938
3	**États-Unis**	0,937

Voici les rangs des 4 pays cités en page précédente :

5	**Allemagne**	0,920
10	**Japon**	0,912
20	**France**	0,893
101	**Chine**	0,699

LES GRANDES ROUTES MARITIMES

DANS UN MONDE VU DE LA CHINE

Vancouver
AMÉRIQUE
DU NORD
Los Angeles
New York
Nouvelle-Orléans
Houston
Lázaro Cárdenas
CANAL
DE PANAMA
Itaqui
AMÉRIQUE
DU SUD
Tubarão

III - *Visite chez les futurs grands*

Cas rare dans son histoire, durant la seconde moitié du XXe siècle, le monde eut le bon goût d'être très simple, tout au moins dans la représentation que l'on pouvait s'en faire. Un seul jeu occupait les esprits : le match entre les « deux grands », États-Unis contre URSS, ces deux rivaux surarmés cherchant à se partager le monde et capables tous deux de le faire sauter en une seconde.
Le combat est plié par KO en 1991. L'effondrement du communisme soviétique fait croire à une période encore plus simple à concevoir. Une planète dominée stratégiquement par un seul, les États-Unis. Et assise économiquement sur les trois pôles traditionnels de richesse et de développement du globe, la « triade » comme l'appellent les géographes : Amérique du Nord (Canada, États-Unis), Europe et Japon.

Vingt ans plus tard, comme on l'a déjà expliqué, le grand géant paraît fragile, empêtré dans ses déficits, sa crise financière, enlisé dans ses interventions ratées à l'étranger (Irak ou Afghanistan). Ses vieux alliés européen et japonais ne sont pas en meilleure forme. Et d'autres sont aux aguets pour prendre leur part dans le contrôle de la planète.
Avouons-le, jusqu'à la fin du siècle dernier, peu d'entre nous les voyaient venir. Une autre grande division entre nations nous rendait myopes. D'une part il y avait les pays riches, les pays développés. D'autre part tous les autres : le « tiers-monde », les « sous-développés ». À partir des années 1970-1980, nous avons modulé notre jugement : certains des sous-développés montaient d'un cran en devenant des « pays en voie de développement » (PVD). Parmi ceux-ci, dans les années 1980-1990, certains franchirent même la porte d'entrée du club des pays riches, comme les quatre tigres asiatiques, Singapour, la Corée du Sud,

Taïwan, Hong Kong (voir p.243). D'autres n'en étaient plus loin. Économie en plein boum, taux de croissance en grande forme, hausse du niveau de vie, ouverture au commerce, on les a appelés les pays émergents.

Les plus grands de ces « émergents » sont en passe de diriger le monde de demain.

Ce renversement complet du grand jeu géopolitique mondial est appelé le basculement du monde. Il est le fait majeur du jeune XXIe siècle.

Rien n'est encore ni gagné ni perdu. L'Occident est-il un « soleil couchant », comme l'écrit le géographe Jean-Christophe Victor[1], un astre qui n'en finira plus de décliner pour être dominé par d'autres, comme il a lui-232même durant quatre siècles (du XVIe au XXe) dominé le monde ? Ou a-t-il encore de la force en réserve pour tenir son rang ?

Les États-Unis sont toujours la première puissance militaire de la planète. Grâce à leurs troupes nombreuses, leur matériel sophistiqué, leurs porte-avions, ils ont surtout la capacité de projeter cette puissance où ils le désirent, un avantage que personne d'autre ne partage à ce niveau. Par la qualité de leurs universités, le travail de leurs savants, leur culture de la liberté, ils sont toujours les rois de la recherche scientifique et de l'innovation technologique. Rien ne dit toutefois qu'ils le resteront éternellement.

L'Europe aurait tout. Il lui manque l'union. Si elle ne formait qu'un pays, avec une seule politique économique, une seule diplomatie, une seule armée, elle serait la première puissance du monde. Divisée, elle ne l'est pas.

En face d'eux, bien des géants en devenir. Pour les regrouper, on use souvent d'un acronyme inventé en 2001 par un analyste finan-

1. *Le Dessous des cartes*, éditions Tallandier/Arte éditions, 2011.

cier : Bric pour Brésil Russie Inde Chine. Il a très vite pris un S en plus – Brics –, la première lettre de South Africa. L'Afrique du Sud est en effet le nouveau grand pôle de stabilité du continent noir. Depuis 2009, à l'instar du G8, les dirigeants de ce club des Cinq se réunissent une fois par an.

D'autres spécialistes estiment que cette Bric est mal formée car la Russie n'y a pas sa place. L'ex super-grand dispose toujours d'un atout énorme : sa richesse en matières premières de toutes sortes (pétrole, gaz, métaux, ou encore bois). Mais il ploie sous deux immenses problèmes : une mauvaise démographie (les Russes font peu de bébés et, à cause des problèmes d'alcool et de santé en général, leur espérance de vie diminue) et un État gangrené par la corruption.

Rendons visite aux trois pays restants :

1. La Chine

Nom officiel : République populaire de Chine
Capitale : Pékin
Nombre d'habitants en 2011 : 1,34 milliard

Trois chiffres :

PIB chinois		
1981	*2001*	*2011*
194 milliards de $	**300 milliards de $**	**6 988 milliards de $!**

Même sans être un as de la statistique, on l'aura compris : la Chine, c'est d'abord une croissance économique qui donne le vertige. En 2010, elle est devenue la deuxième économie du monde, et le premier exportateur planétaire. Elle compte bien ne pas s'arrêter là. La question n'est pas de savoir si elle va un jour monter sur la première marche du podium et écraser les États-Unis, mais quand. Le magazine américain *The Economist*, en décembre 2011, en a même fait un jeu auprès de ses lecteurs : chacun peut parier pour trouver la date à laquelle ce grand dépassement va se produire[1].

Saigné par les choix délirants du dictateur Mao, le pays a commencé à se relever à la fin des années 1970 lorsque son dirigeant, Deng Xiaoping, a décidé d'ouvrir son économie, sans toutefois rompre officiellement avec le communisme, créant ainsi ce système qui peut paraître surréaliste, mais qui fonctionne donc depuis plus de trente ans : le mariage du capitalisme le plus débridé et d'un système de parti unique des plus étouffants.

Le pays est devenu l'atelier du monde, c'est-à-dire une vaste usine capable de tout fabriquer en grande quantité – des jouets et des chaussures, des ordinateurs et des décorations de Noël – et de tout vendre à bas prix. Il est vrai qu'il est aidé par un système social qui ne coûte pas cher : une bonne partie de la main-d'œuvre est sous-payée et travaille dans des conditions dignes du XIXe siècle.

Aujourd'hui, la Chine vise plus large et plus haut. Elle affirme n'avoir aucun goût pour la conquête : la ligne officielle défendue

1. *The dating game*, www.economist.com.

par Pékin est celle du développement pacifique. L'idée est de redevenir la première puissance mondiale qu'elle était jusqu'au XVIIIe siècle, et dans tous les domaines, technologie, culture, médecine. Elle progresse dans ce sens un peu à la fois et dans toutes les directions : le premier « taïkonaute » (le nom chinois que l'on donne aux cosmonautes) a été envoyé dans l'espace en 2003. Lors de toutes les grandes crises mondiales, la diplomatie chinoise tient désormais à faire entendre sa voix. Le pays dispose d'un argument de poids face à son grand rival américain : en 2010, il détenait le quart de sa dette extérieure (c'est-à-dire qu'avec les bénéfices colossaux tirés de son commerce, la Chine achète en grande quantité les « bons » ou obligations que le trésor américain émet quand il emprunte pour financer les trous dans son budget). Le reste de son gigantesque matelas de devises sert à Pékin à investir tous azimuts à l'étranger pour se payer tout ce qui lui manque : de la nourriture et des matières premières. Partout, en Afrique, en Amérique du Sud, les Chinois achètent de gigantesques étendues de terres agricoles, prennent des parts dans des sociétés d'extraction minières ou pétrolières ou rachètent des infrastructures, futures bases pour asseoir leur commerce : ainsi une partie du port du Pirée, en Grèce, ou l'ancienne base de l'Otan de Châteauroux, en France.

Le géant a aussi ses faiblesses. En voici une liste non exhaustive :
• Le manque de matières premières, en particulier énergétiques. On vient de la mentionner. Il y a du pétrole, mais pas assez pour faire tourner son énorme économie. D'où la nécessité de nouer des alliances avec des pays producteurs, et de sécuriser ses routes pour le faire venir (en installant par exemple des bases militaires pour protéger les bateaux).
• La dépendance de son économie à l'extérieur : être un grand exportateur est un atout, à condition que le reste du monde ait assez d'argent pour acheter ce qu'on exporte.

• La fragilité du système social : jusqu'à quand les ouvriers chinois accepteront-ils de se faire traiter ainsi ?
• La corruption et la bureaucratie qui rendent les affaires complexes et les investissements incertains.
• La question des minorités ethniques, les Tibétains, les Ouïgours (musulmans de l'est du pays), dont les aspirations à plus de liberté sont écrasées par une répression sans issue, très coûteuse en hommes et en matériel.

Le hard et le soft

Pour peser, un grand pays peut asseoir son influence sur les instruments les plus traditionnels : l'armée, l'économie, la diplomatie. C'est ce que le politologue américain Joseph Nye a appelé le *hard power* – la puissance dure. Et s'il l'a nommée ainsi, c'est pour l'opposer à une autre, non moins essentielle : le *soft power*, la puissance douce, celle obtenue par la culture, le cinéma, l'attractivité du mode de vie. Les États-Unis en sont toujours les maîtres. Qui peut douter que Hollywood, l'iPhone, le jeans, ou l'American way of life ont fait plus pour assurer la puissance américaine sur le monde que le débarquement des marines ? La Chine, à son tour, rêve donc de *soft power*. L'organisation des JO de Pékin (2008) allait dans ce sens, comme la multiplication dans le monde (et surtout en Asie) des instituts Confucius (des centres culturels destinés entre autres à l'apprentissage du mandarin), ou le développement des versions internationales de sa télé CCTV. De ce côté pourtant, Pékin a des progrès à faire. Sa culture s'exporte peu. Le mode de vie d'un pays qui est encore une étouffante dictature ne fait pas rêver grand monde.

2. *L'Inde*

Nom officiel : République d'Inde
Capitale : New Delhi
Nombre d'habitants en 2011 : 1,24 milliard

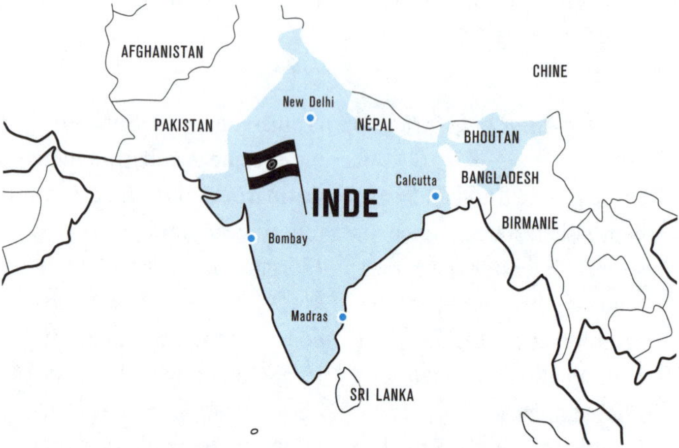

Pendant longtemps, dans l'esprit occidental, l'Inde n'a eu le droit qu'à être résumée par un contraste sempiternel : civilisation millénaire et atroce pauvreté, palais de Maharadjahs et mendiants à tous les coins de rue. Celui qui veut mettre son logiciel à jour fera bien d'ajouter quelques détails au tableau : par exemple les immeubles ultramodernes de Bangalore, la capitale de la « Silicon Valley indienne », là où sont bon nombre des immenses centres d'appel et des sièges des entreprises d'informatique qui valent au pays son nouveau surnom de bureau du monde.
Au classement des économies mondiales (2011) la République indienne n'est encore qu'à la 10e place, mais elle arrive de loin. Jusque dans les années 1960, elle faisait face périodiquement au

plus vieux fléau de l'histoire humaine : la famine. Elle l'a vaincue grâce à sa révolution verte, le passage à une agriculture intensive, industrielle, capable de rendre réel ce qui n'est encore qu'un rêve pour bien des pays : l'autosuffisance alimentaire – c'est-à-dire le fait de produire assez pour nourrir sa population. Puis, à la fin du XXe siècle, elle a fait sa révolution économique : investissements massifs sur l'éducation de haut niveau, qui donnent aujourd'hui ces millions d'informaticiens et d'ingénieurs bien formés et « compétitifs », comme on le dit en économie, c'est-à-dire pas chers par rapport à leurs concurrents occidentaux. Elle a permis aussi au pays de mettre en avant de nouvelles spécialités de pointe : nucléaire civil, médicaments génériques, et informatique.

Reste ses faiblesses :
• Les graves disparités sociales non résolues. La classe moyenne croît, mais un quart de la population vit encore sous le seuil de pauvreté.
• L'éternel problème avec le Pakistan (voir leçon d'Histoire, p.205), à cause de la province du Cachemire, revendiquée par les deux États et déjà à l'origine de deux guerres entre eux (1947 et 1965). Le fait que les vieux ennemis disposent désormais tous deux de l'arme nucléaire est un bon argument pour leur éviter, pour l'instant, d'en refaire une, mais la perspective n'est rassurante pour personne sur la planète.
La Chine est l'autre grande rivale de l'Inde. Les deux pays se sont même fait une courte guerre, pour des questions de frontières dans l'Himalaya dans les années 1960. Paradoxalement, cette inimitié représente aussi un atout pour New Delhi. Selon le vieux principe diplomatique, les ennemis de mes ennemis sont mes amis : plus les États-Unis craindront la montée en puissance de la Chine, plus ils se rapprocheront de l'Inde, comme ils ont commencé à le faire depuis le début du siècle.

3. *Le Brésil*

Nom officiel : République fédérative du Brésil
Capitale : Brasilia
Nombre d'habitants en 2011 : 196 millions

En règle générale, depuis près d'un siècle, quand on lit quelque chose à propos du Brésil, tout au moins en France, on échappe rarement, pour introduire le propos, à la célèbre vacherie prêtée à l'homme politique français Clemenceau : « Le Brésil est un pays d'avenir et il le restera longtemps. » Bonne nouvelle pour tout le monde, la blague est proche du délai de péremption. Le Brésil a un avenir qui est en train de se conjuguer au présent.
Hier encore résumé aux joueurs de foot et aux *favelas*, ces immenses bidonvilles qui défigurent le pays, il a droit lui aussi désormais à des images plus diverses et plus valorisantes : croissance, puissance, sommets internationaux, Jeux olympiques (Rio, 2016) et une icône mondiale, Lula, l'ancien syndicaliste devenu président (mandat 2003-2010) qui a réussi, grâce à un programme social, à réduire

la pauvreté. L'ancien révolutionnaire devenu fervent démocrate a permis d'asseoir la stabilité politique d'un pays écrasé sous une dictature militaire jusqu'en 1985.
Après l'« atelier », le « bureau », le Brésil a droit lui aussi à sa petite case dans la grande division internationale des tâches : il doit à l'abondance de ses exportations de produits agricoles le surnom de ferme du monde. Son sous-sol est riche de minerais divers. Son grand bien patrimonial est l'immense forêt amazonienne, dont tous les défenseurs de la nature espèrent stopper le défrichement.

Il a, comme les autres, ses faiblesses :
• Les écarts sociaux régressent, mais ils sont encore gigantesques. Les 10 % les plus riches de la population possèdent 48 % des terres ; les 10 % les plus pauvres 0,7 %.
• L'insécurité, la violence sont toujours trop répandues.
• Les infrastructures sont mauvaises.
• Le système d'éducation aussi, même si l'analphabétisme a régressé grâce à la Bolsa familia, un programme social mis en place par Lula, qui proposait des aides aux plus démunis, en échange de la scolarisation des enfants.

Tigres et lions

Dans les années 1970-80, les quatre pays d'Asie se développant à grande vitesse : la Corée du Sud, Taïwan, Singapour, Hong Kong ont été surnommés les quatre dragons, ou plus souvent, en anglais, les quatre tigres. Ils font des petits dans les années 1990 : voici donc les quatre bébés tigres (en anglais *cub*, qui désigne le petit d'un fauve) : Indonésie, Malaisie, Philippines, Thaïlande.
Au XXIe siècle, l'Afrique suit le mouvement. De grands pays s'y développent, comme le Nigeria, riche de son pétrole, ou l'Afrique du Sud. Deux de ces puissances en devenir ont droit à leur surnom animal : le Ghana et l'Éthiopie sont les lions africains.

Les milliards du Qatar

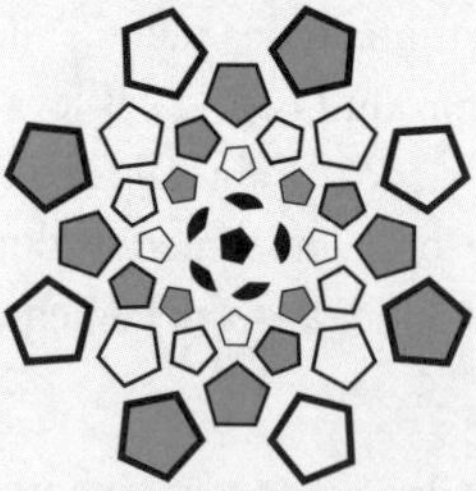

Vous cherchez des financements, vous rêvez de monter une petite entreprise de n'importe quoi mais vous n'avez pas un sou vaillant ? Tentez le Qatar. Pourquoi pas ? Cet émirat du Golfe est devenu à la fin de la première décennie de ce siècle le premier investisseur au monde et, de toute évidence, rien ne le rebute. Pourvu en pétrole, assis surtout sur la première réserve mondiale de gaz naturel, ce petit pays aurait pu continuer à imiter la plupart de ses alter ego : sommeiller sur son matelas de dollars et jouir paisiblement de la rente qui remonte de son sous-sol. Arrivé sur le trône en 1995, l'ambitieux cheikh Hamad al Thani a décidé qu'il y avait mieux à faire de tout son argent : réussir à transformer un pays minuscule par la taille et la population (1,8 million d'habitants mais seulement 200 000 Qataris) en géant économique et diplomatique. Depuis, avec ses fonds, il fait construire des tours (comme à Londres, où il bâtit le plus haut gratte-ciel d'Europe), il finance les associations les plus diverses (et surtout des mouvements islamistes), il rachète tout et partout : des mines d'or, des banques grecques, des entreprises, des collections d'art mirifiques et des clubs sportifs. Pour porter la voix de son pays, il dispose d'un relais de choix : la chaîne d'information continue, Al Jazira, surnommée la CNN arabe. Pour asseoir durablement son influence, il mise sur mieux encore : l'organisation de la Coupe du monde de foot en 2022.

L'avenir de l'Europe est-il méditerranéen ?

Votre pays est-il capable de jouer dans la cour des grands-de-chez-grands ? Les leaders, les dominants, ceux qui en imposent au monde ? Dans le jargon des relations internationales, on appelle ça être un global player – un acteur planétaire, si l'on veut, mais l'expression est plus plan-plan. Pour s'asseoir à cette table, il est entendu qu'il faut trois atouts dans son jeu : une bonne démographie – c'est-à-dire assez de jeunesse pour préparer l'avenir et beaucoup de consommateurs pour faire tourner son économie –, une bonne connaissance de la technologie et un accès facile aux matières premières, surtout énergétiques. Les États-Unis ont les trois. La Chine fait tout pour les avoir (rattrapage technologique et sécurisation de ses approvisionnements en pétrole). L'Union européenne a la technologie, mais les deux autres cartes sont faibles. Sa population vieillit, ses ressources énergétiques sont insuffisantes. D'où l'idée, avancée dans certains milieux diplomatiques depuis longtemps, et relancée par les « printemps arabes », de miser sur un partenariat très étroit avec le Maghreb et le Proche-Orient. Ils ont ce qui manque à l'Europe : la jeunesse, le gaz et le pétrole. L'Union a la technologie. Les deux ensembles ont tout ce qu'il faut pour en imposer au monde entier.

Leçon 9

Instruction civique

Nous essayons d'abord de comprendre comment fonctionne l'Europe pour ensuite faire un petit tour au pays des nouvelles idées politiques.

1. Comment fonctionne l'Union européenne ?

Ne mentez pas. Vous venez de lire ce titre, et vous avez déjà envie de fuir. Quoi de plus ennuyeux que ces institutions européennes et toute cette salade de Bruxelles, avec ses « marathons budgétaires », ses sommets, ses commissions et ses directives que l'on voit passer dans l'actualité depuis des décennies, sans jamais rien y comprendre.

Voulez-vous un bon argument pour changer d'attitude ? Prenez conscience de l'avantage que votre paresse procure à trop de gens. Les antieuropéens en profitent : ça leur permet de raconter n'importe quoi en toute quiétude. Venant d'eux, admettra-t-on, c'est de bonne guerre.

Elle est tout bénéfice aussi pour la plupart de ceux qui nous dirigent, et c'est autrement plus grave. Cette ignorance entretenue leur donne la possibilité de continuer à faire jouer à l'Europe le rôle qu'ils adorent lui donner : celui de faire-valoir idéal ou, c'est selon, de parfait bouc émissaire. Que de l'Union, c'est-à-dire des 28, découle une mesure qui favorise leur électorat, dès le retour au pays, vous les verrez pavoiser : oublié le travail collectif, oubliée la puissance due à l'alliance entre tous, cette magnifique victoire n'est due qu'à leur seul héroïsme. Qu'apparaisse une mesure impopulaire découlant d'une politique tout aussi commune, et vous aurez droit à un virage de bord pour d'autres rodomontades : tout le mal a une seule origine, « Bruxelles » ! Mais qui est ce « Bruxelles » sinon une partie d'eux, c'est-à-dire, de nous ? C'est ce que nous allons essayer de comprendre.

L'Europe des 28

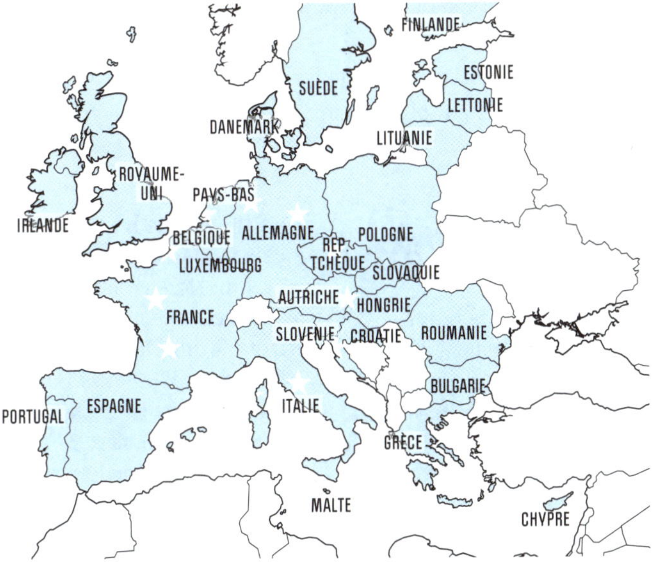

Un drôle d'hybride

Il faut le reconnaître, le système institutionnel européen n'est pas d'une lumineuse simplicité. Cela tient à son histoire compliquée. Ça fait soixante ans que ce projet est monté par des gens qui n'ont pas la même idée de ce qu'ils veulent bâtir. Les uns rêvent d'aller vers un véritable État fédéral, les États-Unis d'Europe, avec un vrai pouvoir central, assis sur une capitale, une police, une armée, et un président capable de parler d'une seule voix à la face du monde. Les autres font tout pour ne jamais en arriver là : toute idée de déléguer un peu du pouvoir de chaque nation à une instance supérieure (ce que l'on appelle la supranationalité) leur donne des boutons. D'où ce drôle d'objet hybride que les spécialistes ont tant de mal à décrire qu'ils en recourent à une vieille formule latine pour y parvenir. L'Union européenne, lit-on dans les manuels, n'est ni une fédération, ni une simple alliance d'États souverains, mais une « entité *sui generis* » – en français, « de son propre genre ». En clair, notre Union est un drôle de truc qui ne se voit nulle part ailleurs dans le monde. On s'en était douté. Curieusement, malgré les crises à répétition, et malgré les sarcasmes dont on l'accable depuis soixante ans, elle arrive pourtant à fonctionner, et plutôt pas si mal. Cela mérite que l'on étudie de près comment.

Constitution européenne, RIP

Pour tenter de rendre lisible le fonctionnement de l'Union auprès des citoyens, au début des années 2000, les États membres ont décidé de le clarifier en proposant à tous un traité définitif, simple, lisible et clair qui allait synthétiser tous les autres. Il allait donner une sorte de « constitution » à l'Europe. Les quelques intrépides qui ont essayé à l'époque de le lire jusqu'au bout se souviennent sans doute qu'en termes de clarté, ce pensum avait des progrès à faire. Il avait néanmoins l'avantage d'en finir avec l'empilement de textes qui servait jusqu'alors de règle du jeu commune. Ce « Traité établissant une Constitution pour l'Europe » (TCE) a été signé à Rome en grande pompe par les 25 États membres de l'époque, en 2004. Il ne lui manquait qu'une étape : l'autorisation de sa ratification par les peuples concernés, ou leurs parlements. 18 ont dit oui. Deux seulement – la France et les Pays-Bas –, consultés par référendum, ont dit non. Que faire ? Faire revoter tout le monde à cause de la bronca de deux peuples ? Ou passer en force et mépriser ces deux votes ? Ce casse-tête a bloqué tout le processus et a conduit à enterrer le beau Traité constitutionnel. On en est donc revenu aux pratiques anciennes : aux textes arrangés sous l'égide des chefs d'État et de gouvernements. Celui qui fut élaboré pour sortir de l'impasse a été accepté au sommet de Lisbonne (2007). On l'appelle par commodité le « traité de Lisbonne ». C'est lui qui, en nos années 2010, pose les règles de fonctionnement de l'Union.

Le Triangle

Nous parlions d'objet hybride. On pourrait parler aussi de canard à trois pattes. L'Union repose en effet sur trois piliers qui forment le « triangle institutionnel » : la Commission, le Conseil, le Parlement.

1. *La Commission*

En général, quand les gens disent « Bruxelles », c'est elle qu'ils ont en tête. La Commission est le pivot de l'Union, en tout cas l'organe qui a pour mission de se placer au-dessus des préoccupations nationales pour représenter « l'intérêt communautaire ». Si l'on voulait comparer avec nos systèmes nationaux, on dirait qu'elle est une sorte de « gouvernement » de l'Union.

Jusqu'en 2014, elle est constituée de 28 commissaires, un par État membres (le nombre baissera ensuite). Ceux-ci ne représentent pas, on l'a compris, les intérêts de leur pays, mais ceux des 500 millions d'Européens, en fonction du secteur qu'on leur a attribué : commissaire à l'énergie, à l'agriculture, au commerce etc.

La Commission a un président, en place pour cinq ans. Les derniers ont été Romano Prodi (1999-2004), José Manuel Barroso (2004-2009) puis le même, reconduit (2009-2014).

La Commission veille au bon fonctionnement de l'Union (on dit qu'elle est « gardienne des traités »). Elle la représente dans certaines négociations internationales (par exemple lors des négociations commerciales). Elle gère le budget commun. C'est aussi elle qui est à l'initiative des « lois » européennes (appelées « directives » ou « règlements »). Mais elle n'a pas le pouvoir de les adopter. Elle peut juste les proposer à ceux qui vont décider de les adopter ou non : le Conseil et le Parlement.

2. *Le Conseil*

Délice des institutions bruxelloises, quand on parle du « Conseil », sans précision, on peut désigner deux institutions. La méprise est relative : ces deux « Conseils » sont différents sur le plan juridique. Dans la réalité, ils se recoupent.

Le premier est le Conseil européen, formé par la réunion des chefs d'État et de gouvernement de tous les membres, qui a lieu deux fois par semestre, le plus souvent à Bruxelles. On voit qu'en termes de puissance, on est tout en haut de la pyramide. Du coup, la réunion du Conseil européen est un peu la grand-messe de l'Union, la conférence au sommet, le raout de tous les puissants, celui qui attire les médias et donne lieu à la traditionnelle photo de famille de tous nos dirigeants, sagement rangés côte à côte, en trois ou quatre lignes, comme à l'école.

Depuis le traité de Lisbonne, il a été décidé d'adjoindre au cénacle un membre supplémentaire : un « président du Conseil européen », un personnage indépendant, nommé par tous les autres, qui a pour mission de donner un visage à l'Europe. Les railleurs noteront que ce visage a surtout su se faire discret : depuis 2009 et jusqu'en 2014, il s'agit du Belge Herman Von Rompuy, un inconnu célèbre dont le nom ne dira presque rien à presque tout le monde.
Ce « Conseil européen », cette réunion des supergrands, est là pour statuer dans les domaines les plus délicats (la sécurité, par exemple) et surtout pour donner à la machine communautaire ses grandes orientations. Mais il ne décide pas des textes législatifs.

Ce pouvoir est du ressort de notre deuxième conseil : le Conseil de l'Union, qu'on appelle encore de son ancien nom le « conseil des ministres ». Il réunit en effet à intervalles très réguliers les différents ministres de tous les pays d'Europe, en fonction du sujet traité : on convoque les ministres de l'agriculture pour parler des questions agricoles ; ceux de l'industrie pour la politique industrielle, etc. Le Conseil est l'instance la plus puissante de l'Union. Et cette puissance peut rassurer les gens qui n'aiment pas le fédéralisme ou désespérer ceux qui y aspirent : elle prouve que le processus de décision au sein de l'Europe est encore largement dans les mains des gouvernements nationaux, représentés à chaque réunion par leurs ministres.

Ce Conseil de l'Union approuve le budget, signe les accords avec les autres pays, coordonne les grandes orientations de la politique économique entre les pays, définit la politique étrangère commune. Surtout, c'est lui qui (en partageant cette tâche avec le Parlement sur un certain nombre de sujets) décide de toute la législation qui s'impose ensuite aux 500 millions d'Européens.
La grande question est donc de savoir comment on y prend ces décisions. Dans les faits, le Conseil s'en remet le plus souvent à une bonne vieille tradition européenne consistant à prendre les décisions par consensus : tout le monde est d'accord ? passons au point suivant.
Il peut aussi avoir à voter. Comment ?

Faut-il voter à l'unanimité ?

Cela se pratique pour les questions très importantes, l'adhésion de nouveaux membres, par exemple. À 28 ce n'est pas facile.

Faut-il voter en donnant un vote par membre ?

Comment penser que Malte, plus petit État membre avec ses 400 000 habitants, ait autant de poids que le plus peuplé, l'Allemagne et ses 80 millions ? Ce serait peu respectueux des citoyens allemands. Dans la plupart des cas, il est prévu que le vote se fasse à la majorité qualifiée : chaque État a droit à un nombre de voix pondéré par la taille de sa population. Ainsi la France, l'Italie, l'Allemagne, le Royaume-Uni – les « gros » – ont droit à 29 voix, tandis que la Pologne et l'Espagne en ont 27, et ainsi de suite. Comme rien n'est jamais simple au pays délicieux du droit européen, le traité de Lisbonne a même prévu quelques mécanismes de pondération supplémentaire, tenant compte de la population totale de l'Union et du nombre d'États qu'elle rassemble, mais on vous en épargne le détail. Vous êtes arrivés jusqu'ici, on s'en voudrait de vous perdre à quelques paragraphes de la fin de cette leçon.

Il y a conseil, conseil et conseil

Comment le nier ? Parfois la complexité des institutions européennes tourne au gag. On vient de le voir, il faut déjà être très calé pour ne pas confondre le Conseil européen (sommet des chefs d'état et de gouvernement de l'Union) et le Conseil de l'Union (qui réunit les ministres). Pourquoi ne pas embrouiller un peu plus les esprits en ajoutant à la liste un troisième conseil : le Conseil de l'Europe. Heureusement, celui-ci sort de notre chapitre : il n'a aucun rapport avec l'Union européenne. Il s'agit d'une organisation internationale fondée en 1949, avant même les balbutiements de la communauté. Elle regroupe 47 États et s'occupe principalement de défense de droits de l'homme. Elle siège à Strasbourg. Oui à Strasbourg, comme le Parlement européen, mais on aura bien compris qu'elle n'a aucun rapport avec lui.

3. *Le Parlement*

Tous les cinq ans, lors des « élections européennes », les 500 millions d'Européens sont appelés à élire les quelque 754 députés qui forment le Parlement européen[1]. Détail important,

1. Le traité de Lisbonne a prévu que ce chiffre sera plafonné à 750 dès la prochaine législature.

ils y sont regroupés par famille politique et non par nationalité. Seule de nos trois institutions à être directement élue, cette assemblée est une clé majeure pour renforcer le caractère démocratique du système. Les Européens convaincus ont donc toujours milité pour accroître son pouvoir. Celui-ci n'a d'ailleurs cessé d'augmenter, en particulier depuis le traité de Maastricht.

Le rôle du Parlement européen est triple :
Il exerce un contrôle démocratique sur les institutions en ayant la possibilité d'approuver ou de désapprouver la nomination d'une nouvelle commission, ou même en l'obligeant à la démission en cours de mandat. Cette prérogative lui donne un poids politique considérable. On peut rappeler la fameuse affaire Buttiglione. En 2004, ce démocrate chrétien italien, nommé commissaire à la justice, avait scandalisé nombre de parlementaires par des propos jugés homophobes et sexistes (il avait estimé que l'homosexualité était un péché, et que le rôle de la famille était de « permettre à la femme de faire des enfants et d'être protégé par un homme »). La menace d'une censure de toute la commission agitée par le Parlement a suffi à le contraindre à se retirer.
Le Parlement peut aussi, au titre du même devoir de vigilance, lancer des commissions d'enquête, alerter l'opinion sur tel ou tel sujet, etc.

Avec le Conseil, il constitue l'autorité budgétaire. Cela signifie que le budget n'est pas adopté tant qu'un accord n'est pas trouvé entre les deux organes. Ensuite, le Parlement a la charge de contrôler ce budget.

Enfin, dans des domaines de plus en plus étendus (consommation, agriculture, énergie, etc.), il collabore désormais avec le Conseil de l'Union pour élaborer les textes qui s'imposeront à tous. On parle de son pouvoir de « codécision ». Comme pour le budget, il faut que le Parlement et le Conseil arrivent à un accord pour adopter

une loi. Toutefois, certains sujets comme la santé, l'éducation, la culture, échappent toujours à son pouvoir.
Comment notre triangle tiendrait-il debout s'il n'était adossé à une puissante cale juridique ? La Cour de justice européenne, formée de juges indépendants, garantit le respect du droit de l'Union, en particulier par les États membres. Elle siège à Luxembourg.

Quelques exemples de réalisations du Parlement

On l'imagine perdu dans des débats byzantins sur l'avenir du continent. Le plus souvent, il a le nez dans les préoccupations les plus quotidiennes de ses électeurs. L'aide gratuite aux handicapés pour monter dans les trains et les avions, le plafonnement des tarifs des portables à l'étranger ou encore les compensations à verser aux passagers en cas de retard ou d'annulation font partie des réalisations du Parlement. Son œuvre la plus impressionnante a été la mise au point de REAch (acronyme anglais pour : enregistrement, évaluation, autorisation des produits chimiques). Ce règlement monumental de plus de 800 pages, pensé pour protéger la santé et l'environnement, a pour but d'établir un contrôle strict sur l'ensemble des substances chimiques importées, produites, ou utilisées dans l'Union. Il a été adopté en 2006 et est entré en vigueur en 2007. Le chantier est tellement vaste qu'il faudra attendre 2018 pour qu'il aboutisse.

La grande transhumance

Un des charmes de l'Europe tient aussi au croisement souvent surréaliste de la bureaucratie et des susceptibilités nationales. Pour des raisons évidentes de proximité avec la Commission, la plupart des séances du Parlement se déroulent à Bruxelles. Pour des raisons qui ont beaucoup à voir avec l'Histoire, d'autres séances se passent à son siège officiel de Strasbourg, ville symbole des rapports compliqués entre la France et l'Allemagne. Nos 750 députés, suivis de nombreux fonctionnaires, assistants, etc. sont donc contraints, depuis des années, à une permanente transhumance entre les deux, qui en fait râler beaucoup et coûte une petite fortune en transports, hôtels et logistique au budget commun. Nombre d'élus rêvent donc qu'on se décide pour un siège unique. Lequel ? Bruxelles s'estime idéale ; de fait, n'est-elle pas la capitale européenne ? Seulement la France défend mordicus sa ville de Strasbourg. Le dilemme est d'autant plus complexe que notre institution, décidément nomade, dépend d'un troisième camp de base : la plupart de ses services administratifs sont à Luxembourg.

Résumé général

Pour en finir avec les mauvais procès.
Depuis qu'elle existe, l'intégration européenne est l'objet de débat entre ceux qui la défendent et ceux qui pensent qu'elle aboutit à une catastrophe. Sans l'Union, disent les pro-européens, nous serons mangés par les grandes puissances montantes du XXIe siècle, par la Chine, par l'Inde. Seuls, divisés, nous formons chacun des pays trop petits pour affronter ce choc, et nous perdrons tout ce à quoi nous tenons : notre mode de vie, notre modèle social.

Faux, répondent les eurosceptiques de tendance nationaliste, avec votre monstre bureaucratique, vous ne cherchez qu'à annihiler ce que l'Histoire a produit : l'identité de nos nations, la cohésion de nos peuples. Tandis que les « alter européens », comme on pourrait les appeler, les opposants de gauche à l'Europe telle qu'elle se fait usent d'un autre angle pour l'attaquer : votre Union est une machine au service du libéralisme économique et de la loi du marché. Elle n'a pour fonction que de briser tout ce qui s'y oppose. Certains d'entre eux proposent donc de construire une autre Europe, plus démocratique, plus respectueuse des préoccupations sociales et qui pourrait être bâtie, par exemple, sur de grands services publics communs.

Posé ainsi, ce débat est nécessaire et passionnant. Il ne faut jamais hésiter à le reprendre : la cause est trop importante puisqu'elle engage notre avenir et celui de notre continent.

Un seul préalable est indispensable : en finir avec les mauvais procès et les faux arguments qu'on oppose sans cesse à l'Europe. Cela fait près de cinquante ans qu'on en entend ressasser quelques-uns. Il serait temps de s'en débarrasser. Voici les trois principaux.

1. « Ces gens de Bruxelles ne sont pas élus, ils n'ont donc aucune légitimité à nous dicter leur loi. »

On vient de le voir, aucune législation n'est adoptée, comme on voudrait le faire croire, par les membres de la Commission, qui sont en effet des fonctionnaires, mais par le Conseil de l'Union, c'est-à-dire par les ministres de chacun des États membres. Certes, ces ministres ne sont pas élus, mais ils sont issus du processus démocratique en marche dans chacun de nos pays. Remettre en cause leur légitimité revient donc à remettre en cause la légitimité de nos démocraties. Par ailleurs, on l'a vu, un grand nombre de ses législations sont prises en codécision avec le Parlement européen qui, lui, est élu. Il y a donc une façon simple de mettre plus de démocratie dans l'Europe : aller voter aux élections européennes.

2. « Oui mais si ces décisions sont prises à la majorité, ça veut dire qu'un allemand, un bulgare ou un espagnol peut imposer quelque chose à un français. »

Certes. Rappelons quand même que pour les questions fondamentales, l'unanimité est toujours requise. Souvenons-nous par ailleurs que le principe du fonctionnement européen pousse toujours à chercher le compromis, plutôt que la décision prise en force. Reste qu'il arrive qu'un pays doive appliquer des décisions qu'il n'a pas votées. Et après ? Il n'a pas eu satisfaction sur un dossier, il l'aura sur un dossier prochain. Quand on appartient à un groupe et qu'on veut qu'il fonctionne, il faut accepter de voir parfois sa position être minoritaire, et se plier à la loi de la majorité. Ça aussi, ça s'appelle la démocratie.

3. « En plus, il paraît que les textes qui viennent de Bruxelles sont supérieurs aux lois de notre pays. »

Combien de fois a-t-on entendu l'argument ! Le fait est qu'il est exact. La supériorité du droit européen sur le droit national a été posée dès les années 1960 par la Cour européenne de justice. Mais pourquoi interpréter cela comme un sacrilège ? Il suffit de réfléchir une minute pour comprendre que le scandale viendrait plutôt du fait que ce principe ne soit pas appliqué. Oui, le droit européen, comme d'ailleurs tous les principes issus de traités internationaux, est supérieur au droit national. Comment cela pourrait-il être autrement ? Imaginons qu'une loi française, par exemple, puisse demander au citoyen de faire le contraire de ce qu'a recommandé une directive européenne. Qu'est-ce que cela signifierait ? Que la parole que la France a engagée devant ses partenaires internationaux serait bafouée sur son propre sol. Belle morale !

L'Union européenne c'est :

32 000 FONCTIONNAIRES ET ASSIMILÉS

dont 25 000 au service de la seule Commission

23 LANGUES OFFICIELLES

mais seulement 3 langues de travail à la Commission (ouf) : anglais, français, allemand

UN DRAPEAU

12 étoiles d'or en cercle sur fond bleu azur

UNE JOURNÉE ANNUELLE

le 9 mai, date de la déclaration Schuman (en 1950)

UN HYMNE

L'Ode à la joie, mélodie tirée de la 9e Symphonie de Beethoven

UNE DEVISE

En latin : « *In varietate concordia* »
En français : « Unie dans la diversité »
En hongrois : *« Egység a sokféleségben »*

II - Un petit tour en politique

Au pays de la politique, en apparence du moins, tout ne change pas si vite. Chaque élection crée dans nos démocraties de nouveaux rapports de force, des majorités sont renversées, d'autres leur succèdent, de nouveaux dirigeants apparaissent et leurs prédécesseurs se font peu à peu oublier.
À l'exception des Verts, nés dans les années 1960 et dont on parle ailleurs (chapitres 8 et 11), les grandes familles politiques semblent d'une grande stabilité. Songeons aux mots dont on se sert pour les désigner : libéralisme, socialisme, fédéralisme, nationalisme. Tous ces « ismes » ont été inventés au XIXe siècle. La façon dont on les classe, tout au moins en France, est encore plus ancienne. Elle remonte à la première assemblée de la Révolution de 1789. Dans ce cénacle, les députés qui étaient les moins favorables au changement prirent l'habitude de se regrouper sur les bancs de droite (si l'on prend le point de vue du président des séances qui leur faisait face), ceux dont les idées étaient les plus avancées en faveur de la Révolution s'assirent à gauche. On continue à lire la politique en suivant cette même ligne, pourtant la droite et la gauche d'aujourd'hui n'ont pas grand rapport avec celles de l'époque : rares sont les politiciens qui, de nos jours, militent pour un retour à la monarchie absolue tout autant que ceux qui rêvent de guillotine pour en finir avec les ennemis du peuple.
Cela signifie qu'au sein de chacune de ces cases, rien n'est si immobile : les idées, les façons de voir le monde ou les solutions pour l'améliorer y évoluent peu à peu. Tâchons de voir comment en allant rendre une visite rapide à quatre d'entre elles.

1. *Famille droite dure*

Si l'on en juge par des scores électoraux toujours plus spectaculaires à chaque scrutin depuis la fin du XXe siècle, le retour en force des formations que l'on classe à la droite de la droite est une des données fondamentales de la vie politique européenne.
Selon les endroits, ces mouvements peuvent être très différents. Dans quelques anciens pays communistes, comme en Hongrie, certains d'entre eux se réclament sans le moindre complexe de l'héritage des dictatures fascistes d'avant-guerre.
Dans de nombreux autres États, comme ceux d'Europe du Nord, ils refusent les références à ce passé sulfureux, prétendent n'avoir aucun rapport avec ces démons du passé et mener de nouveaux combats. Pour les décrire, on ne parle plus de partis d'extrême droite, on parle de partis populistes. Le populisme désigne le fait de prétendre se fonder sur le « peuple » en l'opposant aux « élites », ces politiciens par nature corrompus, qui berneraient les électeurs avec des leçons de morale et empêcheraient de dire la vérité qui explosera tôt ou tard.

Geert Wilders

Populiste néerlandais

Une des questions lancinantes de la politique d'aujourd'hui est de savoir si oui ou non ces extrémistes *new-look* sont comparables à ceux d'hier. Le discours a changé sur bien des points : sur le plan des mœurs, par exemple, du droit des femmes, de l'acceptation de l'homosexualité, la plupart de ces nouveaux leaders s'affichent plus ouverts que ne l'étaient leurs prédécesseurs. Les causes supposées des problèmes ont beaucoup changé aussi. Au début du XXe siècle, les grands ennemis désignés par l'extrême droite étaient les juifs, considérés comme d'éternels étrangers, et les francs-maçons, à cause de leur lutte contre l'Église. Au début du XXIe siècle, dans la plupart des discours populistes, l'immigré, ou plus encore le musulman, a remplacé le juif au grand palmarès de la haine, et les francs-maçons sont passés de mode : on n'en entend presque plus parler. Ils sont avantageusement remplacés par les partisans de la mondialisation, et plus encore par les défenseurs de la construction européenne, à qui on prête le même rôle néfaste : eux aussi, avec leurs idées désastreuses, complotent contre les valeurs de toujours du pays.
Les cibles ne sont plus les mêmes. La raison de s'en prendre à elles est identique : il s'agit de protéger l'« identité éternelle » du pays que ces éléments menacent.
On pourrait continuer l'analyse. Dans la plupart des discours repeints à neuf des populistes d'aujourd'hui, on retrouve quelques-unes des caractéristiques traditionnelles de l'extrême droite.
Citons-en trois :

1. La haine du présent, et la peur panique de l'avenir. Aujourd'hui, tout va mal, les valeurs sont bafouées, le respect est perdu, les voyous font la loi ; c'est le grand thème de la décadence. Demain, avec ce qu' « ils » nous préparent, ce sera pire. On ne sait exactement qui sont les « ils » et ce que ceux-ci mijotent, mais on sait bien que la catastrophe va finir par arriver.

2. Pourtant, hier tout était si bien. Un des fondements de la pensée d'extrême droite est la référence permanente à un âge d'or perdu. Le grand repère qui sous-tend tout ce courant de pensée tient dans un mot : avant. « Avant », quand il n'y avait pas les étrangers, « avant » quand il n'y avait pas l'Europe, « avant » quand « notre » identité était pure, quand aucun de ces poisons n'était venu la polluer. Avant, c'était quand ? pourrait-on se contenter de répondre, en ressortant les discours que les arrière-grands-pères, les grands-pères et les pères de ces mêmes leaders tenaient déjà sur la décadence de leur propre époque, et sur ces autres étrangers qui menaçaient déjà. C'est le problème de tous les discours du déclin : pour mieux décrier le présent et l'avenir, ils ne cherchent pas à étudier l'Histoire, ils congèlent le passé.

3. Une conception de la nation qui repose sur ce que l'on appelle parfois dans les médias un discours d'exclusion. Nous parlons pour le peuple, disent les populistes en se faisant de ce peuple une idée très sélective. En posant, par exemple, qu'un musulman serait un éternel étranger puisque sa religion lui interdirait de s'intégrer à « notre » civilisation, ou qu'un enfant d'immigré devenu européen n'est pas l'égal d'un fils d'Européens nés dans ce pays, ils passent leur temps à y faire le tri. Pour eux, comme cela a toujours été le cas dans la tradition d'extrême droite, il y aurait donc des bons citoyens et des mauvais, ceux qui n'ont pas la bonne couleur de peau, la bonne religion, les bons ancêtres. Un démocrate répond à cela très simplement : pour lui, la nation est constituée de l'ensemble de ses membres à un moment donné sans exception. Le pouvoir de fixer qui est citoyen et qui ne l'est pas n'appartient à aucun leader politique, il est fixé par la loi. Dans tous les pays d'Europe, celle-ci est claire : aucun citoyen ne peut être discriminé en fonction de sa naissance, de sa race ou de sa religion.

Un mot compliqué

La cible de l'extrême droite a longtemps été l'immigré en général. Depuis le début du XXIe siècle, dans le contexte d'un monde marqué par les attentats du 11 septembre 2001, le tir est désormais recentré sur un nouvel ennemi, le musulman – qu'il soit immigré ou non. Pour désigner la détestation de l'islam et dénoncer ce qui apparaît à beaucoup comme une forme de racisme, on parle souvent d'islamophobie. Il faut savoir que le mot est contesté, car il est ambigu. Être raciste, c'est reprocher à autrui ce qu'il est : personne n'a demandé à être blanc, noir ou jaune, c'est un fait de nature. Être islamophobe, au sens strict, c'est en vouloir non pas à un individu mais à une croyance. Ce n'est pas du même ordre. Dans une démocratie, on a parfaitement le droit de critiquer une religion, quelle qu'elle soit, cela ressort de la liberté de pensée. Reste qu'en affirmant constamment que les musulmans posent problème, qu'ils ne pourront jamais s'intégrer de façon paisible en Europe comme la plupart le font déjà depuis longtemps, les partis d'extrême droite dépassent largement le cadre de la dispute religieuse et s'attaquent à un autre droit tout aussi fondamental : la liberté de chacun de pratiquer sa religion.

2. *Famille droite modérée*

Sur le plan des valeurs familiales, sur la façon dont doit être conduite la vie en société, la plupart des partisans de la droite modérée sont des conservateurs, c'est-à-dire qu'ils sont favorables à la tradition, à la préservation des choses telles qu'elles sont.

Pour ce qui concerne l'économie, en revanche, les conservateurs, en partie, deviennent de farouches partisans de la plus grande liberté. Pour eux, l'État ne doit pas se mêler de tout, il doit être géré sans trop de dépense et se borner à garantir la sécurité et la propriété de chacun. Pour le reste, il faut laisser libre cours à l'initiative privée. Quand on veut développer les conceptions de la droite sur ce chapitre de l'économie, on utilise en général un autre mot : le libéralisme. Il est issu des théories inventées par de grands penseurs du XVIIIe siècle, comme l'économiste écossais Adam Smith. Son retour en force sous une forme renouvelée a été la grande affaire politique de la fin du XXe siècle. Sa remise en question, après la mise en cause de ses excès, est celle du début des années 2010. Refaisons rapidement cette histoire.

Dans les décennies qui ont suivi la Seconde Guerre mondiale, la vieille doctrine était sur le déclin. Dans la plupart des sociétés occidentales, le secteur privé avait reflué et les États, avec leurs énormes services publics, leurs entreprises nationalisées durant la crise des années 1930 ou après la guerre, avaient pris une place majeure dans l'économie. À partir des années 1960-1970, de grands penseurs lancent l'offensive pour en finir avec ce modèle. Les plus célèbres sont les économistes américain Milton Friedman (1912-2006) et autrichien Friedrich Hayek (1899-1992), tous deux prix Nobel. Chacun, dans ses œuvres, renouvelle la théorie libérale en la modernisant ; c'est pourquoi on parle parfois, pour désigner le mouvement qu'ils ont lancé, de néolibéralisme. Il se résume simplement : le problème, c'est l'État. Il faut en finir avec ce gros monstre qui étouffe la liberté d'entreprendre avec ses règlements tatillons, ses impôts trop lourds, ses services publics inefficaces et ses pesants alliés, les syndicats ouvriers qui ne servent qu'à bloquer la marche vers la prospérité. La solution c'est la « dérégulation » (c'est-à-dire le retrait de l'État des secteurs où il était présent) et « l'ouverture à la concurrence ». Le président américain Ronald Reagan (au pouvoir de 1981 à 1989) et le Premier ministre britannique Margaret Thatcher (au pouvoir de 1979 à 1990) appliquent ce programme à la lettre. De plus en plus

de pays s'y mettent. Peu à peu s'installe dans le monde l'idée que cette façon de faire est la seule valable pour doper le commerce et l'économie, et apporter la prospérité.
La grande crise de 2008 est venue mettre un terme brutal à ce long mouvement en donnant un argument de poids à tous ceux qui s'y opposent depuis trente ans. Comment ne pas voir en effet à quels excès a conduit l'idéologie du « laissez faire » ? N'est-ce pas parce qu'on lui a laissé la bride sur le cou que le capitalisme est devenu fou et qu'il a failli conduire le monde à l'abîme (voir p. 143) ? Et s'il n'y est pas tombé, c'est bien parce qu'on a vu chacun rappeler à la rescousse ce vieil acteur économique considéré si désuet trente ans plus tôt : l'État. Brusquement, celui-là n'était plus un problème, mais un pompier.

De fait, au sein même de la droite modérée, cette catastrophe a créé une onde de choc qui a conduit à bien des remises en cause. La plupart des grands dirigeants du monde occidental, même ceux qui s'étaient fait élire quelques mois auparavant en promettant les vieilles recettes de la dérégulation et du marché, sont devenus de fervents partisans du retour de l'État sur la scène économique. Tous, Américains, Allemands, Français, etc. ont multiplié les discours en affirmant qu'après les événements qui venaient de se produire, il était indispensable de « réformer le capitalisme ».

Conservative Party (UK)

Alors que ce thème appartenait traditionnellement à la gauche, on a entendu bien des membres de la grande famille de la droite modérée, en Europe, le reprendre à leur compte. Nul n'a encore dit comment il convenait de procéder pour y arriver.

Les néocons

Après le néolibéral des années 1980, un autre « néo » a fait son apparition aux États-Unis, le néocon. L'expression fera pouffer le lecteur français, il ne devrait pas. Elle n'est que l'abréviation de néoconservateur. L'idée de base des théoriciens de ce mouvement classé très à droite est d'en finir avec le pacifisme gnangnan qui, selon eux, régnait depuis les gentilles années baba cool et *flower power*, et surtout avec son corollaire, le « relativisme culturel » – cette idée que toutes les civilisations se valent et qu'il y a du bon partout. Non, répondent-ils, toutes les civilisations ne se valent pas. Certaines, comme la civilisation américaine et son modèle politique, la démocratie occidentale, sont supérieures à d'autres tout simplement parce que les principes qu'elle défend sont les meilleurs. C'est pourquoi celle-ci a une « mission civilisatrice » qu'elle ne doit pas hésiter à étendre au monde entier, y compris par les armes. Lors des deux présidences de Bush junior (2001-2009), ces théoriciens ont eu loisir de mettre leurs idées en pratique : c'est à leur influence que l'on doit l'invasion militaire de l'Irak (2003). Un des promoteurs de cette opération, Paul Wolfowitz, qui était alors le secrétaire adjoint à la Défense du président américain, est considéré comme l'un des plus radicaux des néoconservateurs.

Les ultralibéraux

Personne ne se revendique ultralibéral. On entend souvent cette expression dans les médias, mais elle n'est employée que par ceux qui veulent dénoncer ce que cette étiquette, à leurs yeux, recoupe. Un partisan du libéralisme économique ne se définit jamais comme un « ultra ». Comment pourrait-il l'être ? De son point de vue, il ne défend pas une doctrine, il défend une efficacité : la loi du marché n'est pas une théorie, c'est une loi naturelle qui a toujours représenté la meilleure solution pour faire tourner le commerce et l'argent. Voilà précisément ce que les gens qui s'opposent à ce système veulent dénoncer : pour eux, l'ordre des choses défendu par les « ultralibéraux » n'a rien de naturel. Il n'est qu'une idéologie inventée par une petite caste de privilégiés pour préserver ses intérêts financiers et accroître sa domination sur l'économie.

3. *Famille gauche modérée*

Au début du XXe siècle, la révolution russe de 1917 a créé un grand dilemme au sein des « partis ouvriers », comme on les appelait alors. Fallait-il y croire, ou s'en détourner ? Partout en Europe, la question a débouché sur de terribles ruptures dans la vieille famille ouvrière. En Allemagne, au début 1919, les sociaux-démocrates au pouvoir écrasent les révolutionnaires spartakistes, qui voulaient les renverser. En France, fin 1920, le divorce a lieu lors du fameux « congrès de Tours ». Ceux qui ont suivi Moscou ont formé les partis communistes. Les autres, restés fidèles aux principes de démocratie et de liberté, ont pris des noms divers selon les pays : socialistes, sociaux-démocrates, travaillistes ou encore réformistes. La fin qui les guidait était toujours la même : il fallait réussir à sortir du capitalisme pour créer une société plus juste. Mais le moyen mis en œuvre pour y arriver devait être la réforme progressive, jamais la violence et la dictature. Peu à peu, au cours de la deuxième moitié du XXe siècle, tous ont fini par renoncer au but suprême et par accepter l'« économie de marché », c'est-à-dire le système capitaliste, mais nul n'a abandonné l'idée de réussir à le réformer pour le rendre plus solidaire.

Cette famille n'a pas à rougir de ce qu'elle a contribué à donner à l'Europe. La plupart des droits dont jouissent les Européens – le droit du travail qui protège les travailleurs, ou encore la protection qu'offre l'État à chacun contre la maladie, le chômage, la vieillesse (ce que l'on appelle « l'État providence ») – ont été obtenus grâce à des combats qu'elle a menés.
Quels sont ceux qu'elle doit mener maintenant ? C'est le grand problème.
On vient de le voir, ses rivaux de la famille libérale ont mené dans les années 1960-1970 la grande révolution théorique qui leur a permis de dominer le champ des idées politiques à la fin du XXe siècle. On serait en peine d'en trouver une semblable à gauche. À l'époque où il était au pouvoir, le Britannique Tony Blair, un temps suivi par l'Allemand Gerhard Schröder, a prétendu rabattre toutes les cartes idéologiques du réformisme en inventant une « troisième voie » entre le libéralisme et le socialisme : ses détracteurs estiment qu'elle n'a été qu'un leurre pour masquer un pur virage à droite.
Lorsqu'elle est arrivée au pouvoir depuis les années 1990, la gauche démocratique a tenu à mener de grandes réformes de société, renforçant les droits des femmes et ouvrant ceux des homosexuels à s'unir ou à se marier. Mais les réformes visant à faire évoluer le système tout entier ? Il est vrai que le contexte n'aide pas. Pour tenter de contrer les effets dévastateurs d'une « économie de marché » trop brutale, la gauche avait un outil traditionnel : l'État. Comment l'utiliser dès lors qu'il est ruiné ? Assommés par les conséquences dramatiques de la crise économique et de la crise de la dette qui a suivi, les sociaux-démocrates qui arrivent au pouvoir se contentent

d'essayer de sauver ce qu'ils peuvent de tout ce qu'ils ont contribué à bâtir jadis. Ils ont déjà bien du mal à y parvenir.

l'Internationale socialiste

Êtes-vous plutôt social-démocrate, socialiste ou travailliste ? Cela dépend du pays où vous habitez. La plupart des formations qui descendent de ce que l'on appelait au XIXe siècle le mouvement ouvrier sont issues de la même Histoire mais, selon les traditions nationales, elles ont pris des noms différents. À côté de partis venus du monde entier, toutes se retrouvent dans une association fondée après la guerre : « l'Internationale socialiste ». Faisons le tour de quelques-uns de ses membres.

En France, en Belgique, au Portugal, on parle de parti socialiste. L'Espagne ajoute un qualificatif : parti socialiste ouvrier. L'équivalent grec est le Pasok, acronyme signifiant « mouvement socialiste panhellénique ».

L'Allemagne, l'Autriche, les pays scandinaves ont tous un parti social-démocrate (en allemand *sozialdemokratische Partei*).

Au Royaume-Uni et en Irlande on parle de parti travailliste (en anglais *Labour party*). De même, l'un des principaux partis néerlandais s'appelle le « parti du travail » (*Partij van de arbeid*).

Du côté de l'Europe orientale, enfin, les appellations varient. La seule caractéristique commune est qu'elles évitent toutes le mot « socialiste ». Il est trop connoté : les communistes l'avaient détourné à leur profit.

4. *Famille gauche radicale*

L'effondrement du communisme au début des années 1990 ainsi que la constatation du désastre économique et humain auquel il a abouti partout où il a été essayé avaient laissé de grands espoirs à son vieil ennemi : le capitalisme. Désormais sans rival, il allait pouvoir régner en maître jusqu'à la fin des temps.

C'était aller vite en besogne. Le communisme est mort – ou presque – avec le XXe siècle, mais l'idée de sortir du capitalisme est toujours bien vivante. Elle est portée par cette famille que nous regroupons ici sous le nom de « gauche radicale » mais qui en porte d'autres : gauche antimondialisation, gauche anticapitaliste ou, de plus en plus souvent, mouvement altermondialiste.

On fait remonter sa naissance aux grandes manifestations qui eurent lieu en 1999 dans la ville de Seattle (État de Washington, États-Unis) pour empêcher que ne se tienne une réunion de l'Organisation mondiale du commerce. Aux yeux des contestataires, l'OMC (voir p.228), cette organisation internationale qui a pour but d'étendre au monde le « libre-échange », c'est-à-dire la liberté du commerce, est le symbole de la mondialisation capitaliste qu'ils veulent dénoncer. La médiatisation extraordinaire qui accompagne ces protestations – et la répression mise en œuvre pour les empêcher – permet de faire connaître ce courant de pensée dans le monde entier.

Cet acte fondateur est symbolique, il n'a pas accouché d'une organisation structurée, définie. Les altermondialistes ne se retrouvent pas dans un parti à proprement parler, avec un organe central, une ligne unique, définie en un lieu précis, comme c'était le cas du temps du communisme. Ils forment une galaxie de petites associations très différentes, menant des luttes diverses dans tous les coins de la planète – aide aux « paysans sans terre » en Amérique latine, actions contre la société de consommation, combat pour taxer les opérations boursières, etc. Comme les grands patrons de la planète se retrouvent tous les ans au célèbre Forum économique de Davos, en Suisse, les altermondialistes se donnent rendez-vous une fois par an pour des « forums sociaux mondiaux », dont les premiers épisodes ont eu lieu à Porto Alegre, au Brésil. Ils s'y rassemblent sous le slogan qui dit leur espérance commune : « un autre monde est possible ». Il n'existe encore aucun programme unifié qui dise comment y arriver.

Bien des personnalités sont considérées comme des sympathisants ou des inspirateurs de l'altermondialisme. Leur hétérogénéité exprime la diversité de ce mouvement.

Citons-en quelques-unes :

José Bové (né en 1953) : paysan et syndicaliste agricole français qui s'est fait connaître en 1999 en organisant le démontage d'un McDonald's, dans la ville de Millau (Aveyron). Participant actif des manifestations de Seattle puis des « forums sociaux », il est devenu une des figures importantes du mouvement. Il a été élu député européen en 2009.

Les Yes Men sont deux militants qui usent d'une arme originale et souvent très efficace pour dénoncer ce qu'ils estiment être les méfaits du capitalisme : le canular. Ils se sont par exemple fait passer pour deux honorables conférenciers lors d'une réunion de l'OMC et ont prononcé un discours incitant à organiser des votes par vente aux enchères, plutôt qu'à s'en remettre au vieux système électoral démocratique, bien trop onéreux.

Naomi Klein (née en 1970) : cette journaliste et essayiste canadienne s'est fait connaître avec son livre *No Logo* (2000) qui dénonçait la tyrannie imposée par les marques sur les consommateurs. Dans *La Stratégie du choc* (2007), elle cherche à décrire la façon dont le capitalisme provoque et utilise les crises pour affaiblir les défenses des peuples, et imposer à chacun une loi encore plus impitoyable.

Le sous-commandant Marcos (né en 1957) : ce révolutionnaire mexicain est le porte-parole d'un groupe armé nommé « l'armée zapatiste de libération nationale », qui entend lutter pour aider les paysans du Chiapas, une région déshéritée du Mexique.

Sous-commandant
Marcos

Les mouvements des indignés

Les jeunes Espagnols n'en peuvent plus de la crise qui les prive de tout espoir de trouver un jour un emploi, ou simplement de rêver à une vie digne. En mai 2011, ils investissent une place de Madrid, la « Puerta del Sol », bien décidés à y camper jusqu'à ce que les politiciens trouvent une solution à leur drame. Le grand mouvement des révolutions arabes, parti de Tunisie à la fin du mois de décembre 2010 et qui a abouti à la chute de deux grands dictateurs (le tunisien Ben Ali, l'égyptien Moubarak) leur a montré que des actions communes pouvaient servir à faire bouger les choses. Le best-seller *Indignez-vous !*, petit livre énergique signé d'un vieux diplomate français, Stéphane Hessel, leur a donné leur nom : los indignados, les indignés. D'autres manifestations du même type naissent dans le monde entier. En septembre 2011, un demi-million d'Israéliens défile dans les rues de Tel Aviv. Durant ces mêmes semaines, de jeunes Américains vont défier le lieu symbolique du capitalisme financier en campant devant la Bourse de New York. Leur mouvement se nomme *Occupy Wall Street !* (Occupons Wall Street). Il reçoit le soutien de nombreuses personnalités et d'une large partie de l'opinion publique, écœurée par les excès de la finance. Ils seront délogés par la police en novembre.

Petit plus : qu'est-ce que le genre ?

Allons, tout le monde sait bien qu'il y a des différences entre les hommes et les femmes, non ? Soit. Mais d'où viennent-elles ? Sont-elles inscrites dans les gènes, les chromosomes, la biologie ? Ou sont-elles le fruit de l'éducation que la petite fille et le petit garçon ont reçu pour se conformer aux préjugés que telle ou telle époque se fait de ce que doit être une femme ou un homme ? Prenons l'exemple de la conduite automobile. Jusque dans les années 1950, il était entendu que le volant devait être réservé aux hommes : étourdies par nature, les femmes ne pourraient y faire que des catastrophes. Aujourd'hui toutes les femmes conduisent, et cela aboutit à un tout autre constat : les statistiques montrent qu'elles provoquent moins d'accidents que les hommes. Qu'est-ce que cela prouve ? Que les « capacités naturelles » féminines se sont modifiées ou que le rôle que la société octroie aux femmes et aux hommes de jouer a changé ?

En 1949, Simone de Beauvoir, dans son livre le plus célèbre, *Le Deuxième Sexe*, avait déjà formulé cette idée : « On ne naît pas femme, on le devient. »

Personne ne nie qu'il y ait des différences physiologiques entre les hommes et les femmes : ce sont elles qui déterminent le sexe biologique. Comment appeler ce qui, au sein de cette différence, a été construit par la société ? Pour l'interroger et le comprendre, des intellectuelles, des universitaires, souvent issues du féminisme, comme l'Américaine Judith Butler, ont inventé il y a une trentaine d'années un concept nouveau : « the gender ».

En français, on dit « le genre », en reprenant ce mot qui nous vient de la grammaire. Poser qu'un petit garçon a un pénis et qu'une petite fille a un vagin relève de la biologie. Se demander pourquoi il a été décidé un jour que l'on mettrait le premier dans une chambre bleue et la seconde dans une chambre rose relève du genre. Dans

de nombreuses universités existent donc désormais des départements consacrés aux « gender studies » (les études de genre), qui explorent la question sous toutes ses facettes : historique, sociale, économique, etc.
Et dans de nombreux pays, cette façon de faire amène aussi des polémiques, venant le plus souvent des milieux les plus conservateurs et les plus attachés aux valeurs religieuses. En posant ce genre de questions, disent-ils, vous voulez saper la base même de l'humanité telle qu'elle a été posée par Dieu, qui est cette différence fondamentale entre le masculin et le féminin.

Judith Butler

Leçon 10

Arts

L'image et le son. Ce chapitre va permettre à chacun de décrypter le vocabulaire de l'art contemporain, les principaux types d'œuvres présents dans les musées ou les galeries, et de comprendre les enjeux des foires et du marché de l'art. La suite concerne la musique telle qu'on la transporte avec nous un peu partout.

Regarder autrement

– Ça, de l'art ! Vous voulez dire du grand n'importe quoi ! s'étrangle encore votre vieil oncle atrabilaire quand vous lui parlez d'un artiste d'aujourd'hui.

– Moi, j'adore ce qui se fait maintenant ! réplique votre cousine. C'est varié, marrant, on ne sait jamais ce qu'on va découvrir, et les enfants adorent. Mais il ne faut pas me demander d'expliquer qui fait quoi, là je suis complètement perdue !

L'art d'aujourd'hui suscite, comme on dit, des réactions contrastées. Elles n'ont rien de nouveau : on pouvait entendre à peu près les mêmes au temps où les impressionnistes déclenchaient leurs premiers scandales, et Picasso ses premiers essais cubistes.

Cela étant, les enjeux de l'art ont beaucoup changé depuis un siècle. Jadis, les artistes étaient ceux qui fabriquaient les images. Dans notre société qui en produit une multitude (les écrans sont partout, les marques imposent leurs logos, les internautes postent leurs autoportraits…), ils sont plutôt ceux qui jouent avec elles pour les digérer, les transformer, les recréer et nous pousser à les regarder autrement.

Leur champ d'action s'est considérablement élargi aussi. Les artistes ne sont plus forcément peintres ou sculpteurs. On les appelle généralement des plasticiens (*visual artists* en anglais) et leur mode opératoire est d'une liberté absolue. Ils privilégient une approche critique, poétique, sociologique ou ethnologique. Ils constituent des « collectifs » plutôt que des écoles. Ils voyagent tous azimuts et pas uniquement en Italie comme au temps du « Grand Tour », quand on allait apprendre son métier chez les lointains élèves des maîtres de la Renaissance. Ils utilisent les techniques les plus diverses.

La photographie est considérée comme un art depuis longtemps. La vidéo l'est aussi. L'art de la rue (le *street art*), celui des bombes aérosols, des graphs et des pochoirs a fait l'objet d'expositions dès le début des années 1980. Son importance ne cesse de croître : six stars de la discipline ont ainsi pris d'assaut la façade de la Tate Modern à Londres pour l'exposition *Street art* en 2008. On le verra plus loin, au temps de la dématérialisation, même une pensée peut entrer dans le domaine de l'art.

Tout cela aboutit à un foisonnement toujours passionnant, parfois déconcertant, dans lequel on trouve de tout, de vrais génies et de purs imposteurs, des visionnaires et des faiseurs. Toutes les périodes en ont connu. Comme cela s'est toujours passé, le temps fera le tri. Il est par définition impossible aujourd'hui de savoir quel nom restera de notre époque. Certains artistes sont très célèbres et très cotés. Et après ? Combien de gloires encensées de leur vivant ont sombré dans les oubliettes de l'Histoire dès le lendemain de leur enterrement, quand tel autre que nous voyons désormais comme un maître est mort inconnu de ses concitoyens ? Oublions donc cette approche sous forme de course à la célébrité. Préférons-en une autre : cherchons à apprécier l'art d'aujourd'hui dans sa diversité. Il suffit pour cela d'avoir l'esprit et les yeux ouverts et de posséder quelques clés. Les voici.

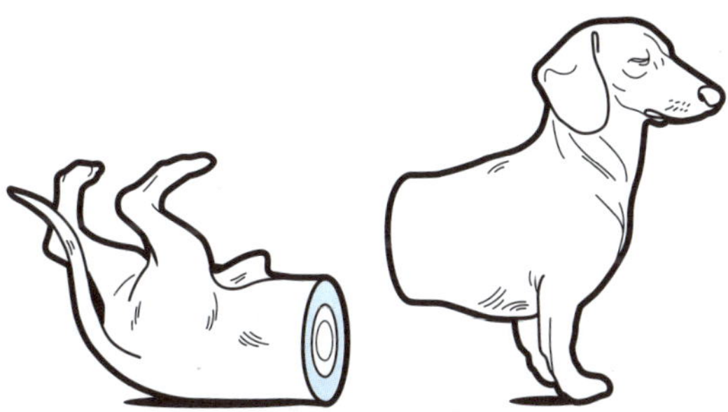

I- Suivez le guide

Le meilleur moyen d'apprendre à aimer l'art d'aujourd'hui, c'est de se rendre dans les endroits où on le présente. Peut-être avez-vous raté quelques-unes des expositions qui ont marqué le début du XXIe siècle. Aucune importance, vous avez droit aujourd'hui à une visite de rattrapage.

1. *The Weather Project*, Olafur Eliasson, 2003

Vous êtes dans le grand hall de la Tate Modern à Londres. Une immense demi-sphère composée de centaines d'ampoules lumineuses est suspendue à une enfilade de miroirs. Il y a des échafaudages, une machine à brume, une foule de spectateurs serrés les uns contre les autres : le dispositif est prêt pour la recréation d'un coucher de soleil.
Olafur Eliasson est un artiste d'origine islandaise né en 1967, il est connu pour convertir des éléments simples tels que la lumière, la température, la couleur ou l'odeur en des installations hautement poétiques. Il travaille de manière conjointe avec des chimistes, des ingénieurs et des historiens pour créer des arcs-en-ciel (*Beauty*, 1993 ; *Your rainbow panorama*, 2006) et des cascades en ville (*Waterfalls*, NYC, 2008).

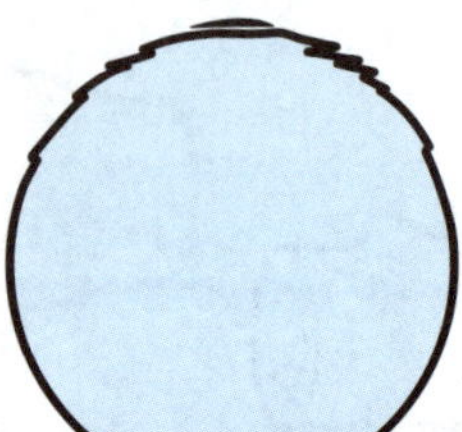

3. *Cube*,
Gregor Schneider, 2007

Vous allez maintenant devoir bouger en Europe. L'œuvre devait être montée en plein milieu de la place Saint-Marc à Venise pour la cinquantième Biennale, mais la municipalité jugea le projet trop politique. Elle fut ensuite envisagée à Berlin, mais la récente affaire des caricatures de Mahomet fit renoncer les organisateurs. C'est finalement à Hambourg qu'a été érigé le cube de 13 mètres de côté aux dimensions de la Kaaba – le sanctuaire renfermant la Pierre noire, haut lieu de La Mecque. Un monumental cube en velours noir absorbant la lumière de la ville. L'œuvre fut plébiscitée par la communauté musulmane hanséatique qui y trouva matière à un dialogue avec la population.

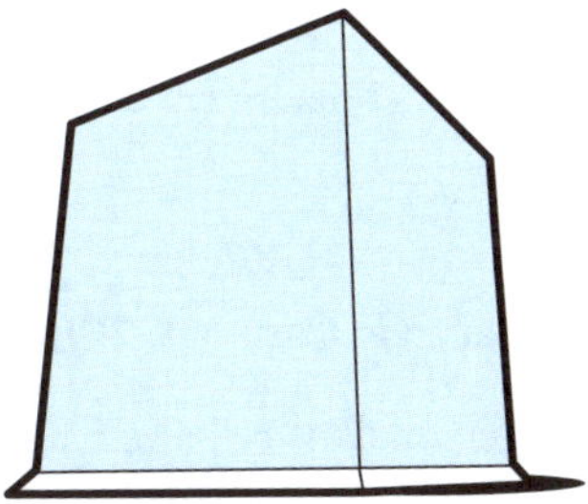

L'artiste allemand Gregor Schneider, quand il trouve un endroit où sévir, vous enferme généralement dans ses espaces claustrophobiques, ses constructions sombres, calquées sur la maison de son enfance ou sur des architectures primaires, cloisonnées, aux accès occultés et aux pièces insonorisées qu'il transporte de place en place.

3. *Prenez soin de vous*,
Sophie Calle, 2007

Alternativement dans la très belle salle de lecture de la Bibliothèque nationale Richelieu (Paris), à Venise, à São Paulo, à Montréal et à Tallinn, vous découvrez les interventions de 105 femmes – journaliste, avocate, commissaire de police, médiatrice familiale, comptable… Sophie Calle leur a demandé d'interpréter une lettre de rupture sous un angle professionnel. L'une analyse, l'autre enquête, la troisième rejoue la séparation en improvisant un solo de danse, la quatrième chante…
L'artiste française Sophie Calle est connue pour sa façon obstinée de faire glisser la sphère privée dans la sphère publique : elle captive le public en tirant de sa vie ou de celle des autres des récits savoureux. Elle prend en filature un inconnu, elle s'effeuille à Pigalle, elle invite des amis à dormir dans son lit. Elle expose ensuite les photographies et les textes relatant ces expériences.

4. *All*,
Maurizio Cattelan, 2008

Vous pénétrez maintenant dans ce bâtiment baptisé la Pointe de la Douane et situé à Venise, un ancien entrepôt transformé en centre d'art par le financier Pinault. Sous un plafond bas couvert de poutres, neuf sculptures en marbre de Carrare blanc sont alignées à même le sol. On croirait des gisants comme on en trouve dans les églises, mais certains des corps semblent convulsés. Aucun détail anecdotique, les cadavres sont anonymes, les linceuls en pierre polie créent des plis réalistes d'une beauté à couper le souffle. Ce groupe sculpté forme un mélange stupéfiant entre l'art minimal et la sculpture funéraire médiévale. L'Italien Maurizio Cattelan est connu pour provoquer des chocs face à des œuvres réalistes.

Ses sculptures monumentales sont faites d'animaux empaillés, de pendus en cire et de gisants célèbres comme ce Jean-Paul II écrasé par une météorite ou ce J. F. Kennedy les pieds nus dans son cercueil.

Qu'appelle-t-on art contemporain ?

On a coutume de diviser l'histoire de l'Art en périodes et en mouvements. Il y a eu la Renaissance (XIVe-XVIe), le classicisme (XVIIe), le romantisme (fin XVIIIe-XIXe). Puis l'impressionnisme (fin XIXe) et l'art abstrait (début XXe) qui ont déclenché la modernité. Il y a désormais l'art contemporain. Il commence après la Seconde Guerre mondiale avec l'avènement de la société de consommation, la production massive d'objets et la publicité, et se prolonge jusqu'aujourd'hui. Nous ne savons pas combien de temps cette période va durer. Peut-être y aura-t-il bientôt une rupture, une révolution esthétique qui nous fera glisser vers une autre approche créative et conduira les historiens à donner au mouvement de l'art un autre nom. Pour l'instant, nous sommes toujours les contemporains de l'art contemporain.

5. *The Kiss, The Progress,*
Tino Sehgal, 2010

Vous voilà enfin dans le grand hall du musée Guggenheim (New York) entièrement vidé pour l'occasion. Au centre de la célèbre rampe en spirale se tient une sculpture humaine : un couple s'embrasse. Aux différents niveaux du bâtiment, des personnes (hommes, femmes, enfants) vous tendent la main et vous proposent de vous promener pour évoquer avec eux le progrès.

L'artiste anglo-allemand Tino Sehgal, qui a imaginé ces performances appelées des « situations construites », est connu pour refuser toute trace visuelle ou textuelle de son œuvre : pas de photo, pas de film, pas de catalogue. Pour lui, seuls un contrat oral avec l'institution et la mémoire des spectateurs garantissent la pérennité de l'œuvre.

Photographie

Dans le domaine de l'art contemporain, la photographie a été documentaire dans les années 1960 quand elle servait à témoigner d'actions et de performances artistiques.

Elle est ensuite devenue le support de narrations intimes : Nan Goldin a raconté ses virées nocturnes à Boston, Berlin et Londres à partir de 1981.

À la même époque, en utilisant la technique du *cibachrome,* des artistes concurrencent les grands tableaux historiques : Jeff Wall réalise des mises en scène comme en faisaient les grands maîtres du XIXe siècle qu'il expose dans de grands caissons éclairés de l'intérieur.

L'essor de l'« école de Düsseldorf » dans les années 1990 remet au goût du jour l'objectivité et le refus de la fiction : Andreas Gursky est connu pour ses gigantesques photos de paysages, d'immeubles, d'entreprises ou de supermarchés d'une implacable définition.

Aujourd'hui, la photographie est prisée par des artistes de plus en plus nombreux qui voient en elle un outil sans contraintes : les petits appareils autofocus ne font plus de distinction entre l'art et les pratiques du grand public. L'impression numérique permet des agrandissements spectaculaires. Le jeune Américain Ryan McGinley représente cette génération d'artistes *cool* partant pour une promenade en forêt avec des amis et un Leica R8s, puis rapportant des clichés hédonistes que les musées s'arrachent.

Qui fait quoi ?

De nombreux artistes sont aisément reconnaissables à leur obsession pour une couleur, pour un sujet, pour une technique. Seulement, certains, parmi ceux-là, ont des registres si proches qu'ils brouillent les pistes. Faisons une rapide recension de quelques-unes de ces familles artistiques :

Arman réalisait des « accumulations » (de violons, de drapeaux, d'horloges qui décorent l'espace public) tandis que César faisait des « compressions » (qui servent de récompense lors de la remise des « Oscars » français). Tous deux étaient des Nouveaux Réalistes.

À partir de la fin des années 1960, le Japonais On Kawara inscrivit chaque jour la date en lettres capitales au centre de sa toile quand le Polonais Roman Opalka traçait une suite de chiffres au pinceau. Se sont-ils rencontrés pour parler de leur hantise du temps qui passe ?

Au musée, deux toiles entièrement noires peuvent se côtoyer. L'une est un tableau du minimaliste américain Ad Reinhardt (1913-1967), l'autre de Pierre Soulages, le plus grand peintre français vivant. Le premier s'intéresse à la surface et aux nuances d'une même couleur (*Color field paintings*) tandis que le second expérimente l' « outrenoir », c'est-à-dire la profondeur, l'espace entre le spectateur et le pigment sur la toile.

Un peu plus loin, vous voyez des visages de Marilyn Monroe aux couleurs vives, vous croyez reconnaître des sérigraphies d'Andy Warhol (1928-1987). Le cartel (la notice à côté du tableau) vous apprend que ces œuvres sont des « appropriations » de l'Américaine Elaine Sturtevant, une série de peintures *à la manière de*.

Un halot bleuâtre dans la salle d'à côté pourrait aussi bien provenir d'une œuvre du minimaliste Dan Flavin (1933-1996), de l'artiste abstrait géométrique François Morellet (né en 1926) que de l'artiste scientifique James Turrell (né en 1943) : tous utilisent le néon. Mais non, il s'agit du plasticien Claude Lévêque (né en 1953) qui retranscrit l'écriture tremblée de sa mère en tubes fluorescents et donne à cet éclairage blafard une humanité paradoxale :

II - *En quelques mots*

Pour comprendre les œuvres que nous venons de passer en revue, le vocabulaire a son importance. Au détour d'un catalogue, en écoutant l'explication d'un commissaire d'expo ou d'un « médiateur » de centre d'art, on croise souvent les mêmes termes. Décryptons-les.

1. *Ready-made*

Littéralement « prêt-à-l'emploi[1] », objet manufacturé détourné de son usage initial. Cette appellation remonte à 1914 quand Marcel Duchamp (1887-1968) décide de promouvoir des objets utilitaires (une pelle, un porte-bouteilles, une roue de bicyclette) au rang d'objet d'art. Selon lui, la notion de bon ou de mauvais goût n'a

1. Notons que là où les Français utilisent une expression anglaise, les anglophones se servent d'une locution française, ils disent « objet trouvé » pour désigner le *ready-made*.

plus aucune importance alors que le choix d'un objet par l'artiste est tout à fait déterminant. En exposant un porte-bouteilles ou un urinoir dans un musée, il crée non seulement une fonction et un statut nouveau aux objets qu'il choisit, mais aussi une révolution copernicienne dans le monde de l'art.

2. *Installation*

On fait remonter la pratique de l'installation au travail de l'artiste allemand Kurt Schwitters (1887-1948) et à son *Merzbau* – construction habitable réalisée à partir de matériaux trouvés au hasard de ses pérégrinations : bouts de bois, de corde et de carton.
Le principe d'installation a évolué et s'est diversifié depuis Schwitters, mais elle reste une œuvre conçue pour un lieu d'exposition spécifique, *in situ*, à partir de médias multiples (peinture, sculpture, dessin, vidéo, son) et de supports divers (objets, murs, écrans), c'est ainsi qu'on la définit. Le spectateur est invité à prendre possession du lieu plutôt que de tourner autour d'une sculpture ou de se planter devant un tableau. De nombreux artistes privilégient l'installation dans leur travail : ainsi la Japonaise Yayoi Kusama, l'Allemand Thomas Hirschhorn et le Français Daniel Buren.

3. *Dématérialisation*

On peut aujourd'hui faire de l'art avec trois fois rien et qualifier d'œuvre d'art une action ou même une simple pensée. La notion de dématérialisation a été théorisée en 1968 avec l'apparition de l'art conceptuel pour souligner le fait que l'idée a pris plus de valeur que la réalisation. C'est un héritage de Marcel Duchamp ou de Kurt Schwitters qui déclarait : « Le matériau est aussi insignifiant que moi-même. L'essentiel est de donner forme. »

4. *Performatif*

Le terme « performatif » est le gimmick d'aujourd'hui chez les commissaires d'expo et les critiques d'art, pas un catalogue qui n'y fasse mention. Cet adjectif est un emprunt à la linguistique. Quand le maire dit : « Je vous marie », il cèle l'union entre les époux, c'est un énoncé performatif. De même, une œuvre d'art qui agit dans le présent sur la société sera qualifiée de performative.

Ne pas confondre « performatif » et performance : cette pratique artistique qui a plus de cinquante ans. Parmi les premières performances marquantes, le saut dans le vide du Français Yves Klein a fait date (Fontenay-aux-Roses, 1960). La plus longue a été réalisée par la Serbe Marina Abramović, immobile pendant 716 heures face aux visiteurs du MoMa (NYC, 2010). Les termes de « happening » (pour une performance spontanée), d'« action » (quand cela met en jeu le corps), d'« event » (quand le public participe), de « situation construite » sont autant de variantes de la performance. Les flashmobs (mobilisations éclair) actuelles trouvent leur inspiration dans cet héritage artistique foisonnant.

Néo-burlesque

On n'est pas sérieux quand on a comme mentor Paul McCarthy (né en 1945), le performeur californien qui asperge n'importe quel espace d'exposition de ketchup et de chocolat fondu. Comme lui, la jeune création actuelle se moque volontiers du monde de l'art et d'une radicalité devenue conventionnelle. Elle utilise la performance pour la pousser vers le show burlesque, la comédie musicale décousue où se bousculent le monde de la télé, le théâtre de marionnettes et le *stand-up*. L'Anglaise Spartacus Chetwynd, les Américains Trecartin & Fitch, les Français du Zerep, les Autrichiens Gelitin et le Belge Éric Duyckaerts comptent parmi la relève foutraque du grand McCarthy.

Paul McCarthy

III - Exposer, vendre

1. Commissaire d'expo

Pour réussir une expo aujourd'hui, il faut faire appel à un commissaire. Ce métier est apparu dans les années 1960 puis, avec la multiplication des biennales et autres manifestations artistiques, il a connu un fort développement. La profession est fédérée par le réseau IKT (International Association of Curators of Contemporary Art). Le commissaire sélectionne des artistes en vue de faire découvrir leur travail au public. Il opère comme un baromètre face à la mondialisation et à l'accroissement du nombre d'artistes, d'où son importance stratégique dans le monde de l'art. Il produit des expositions thématiques et collectives tout en mettant en avant une pensée, en expérimentant et en partageant ce qui le fait réagir dans la création actuelle. On continue à distinguer les commissaires indépendants des conservateurs de musées, même si tous deux peuvent initier et encadrer le montage d'une exposition. Il revient en outre au conservateur la charge d'administrer un lieu, une institution ou une collection. Parmi les commissaires d'exposition qui ont marqué la période contemporaine, on peut citer quelques grands noms et réalisations éminentes : Harald Szeemann introduisit en Europe de nouvelles pratiques artistiques conceptuelles sous la forme d'un gigantesque atelier (« Quand les attitudes deviennent forme », Berne, 1969), Jean-Hubert Martin et Catherine David nous ont invités à reconsidérer l'art non-occidental (« Magiciens de la terre », 1989, « Documenta X », Kassel, 1997), Hans Ulrich Obrist collecte et diffuse la parole des artistes vivants (*The Interview Project*, en cours).

musée imaginaire.com

En 1947, André Malraux voyait dans la photographie la possibilité de créer un musée imaginaire. Aujourd'hui, Google développe une idée similaire avec la puissance de frappe qui le caractérise. Son site Internet *Google art project* réunit plus de 30 000 œuvres du monde entier visibles en très très haute définition, jusqu'à 7 milliards de pixels. À partir du logiciel Google Earth, en cliquant Espagne, Madrid, puis le musée du Prado, vous pourrez vous perdre dans les mille détails du *Jardin des délices* de Jérôme Bosch. C'est vertigineux.

2. *Biennales et foires*

On compte aujourd'hui plus de cent biennales à travers le monde, toutes les grandes villes se doivent d'avoir leur manifestation artistique, cela fait partie du *citybranding* (les villes veulent faire prospérer leur nom comme une marque). La biennale est ainsi devenue un passage obligé pour le développement médiatique et touristique d'une municipalité. Cela détermine également la possibilité pour de nombreux artistes d'acquérir une reconnaissance

internationale. Parmi les plus célèbres biennales, on peut citer Venise et São Paulo, des récentes comme Johannesburg, Dakar ou Istanbul et une manifestation européenne qui se déplace tous les deux ans : la Manifesta.
Les foires, quant à elles, sont des lieux de rencontre annuelle entre galeristes et collectionneurs en vue de promouvoir et de vendre la production artistique contemporaine. On retiendra Frieze à Londres et à New York, Art Basel à Bâle et Miami, la Fiac à Paris et la Shangaï Art Fair.

3. *Marché de l'art*

L'art est devenu un outil financier. Comme l'or et l'immobilier, c'est une valeur refuge face aux crises et aux menaces de perturbations qui pèsent sur les bourses et les banques. C'est aussi un objet de spéculation. Les tableaux et les sculptures sont transportables, négociables aux meilleures conditions dans le monde entier au gré des taux de change et des taxes. Aujourd'hui, un amateur d'art parle de sa dernière acquisition comme d'un investissement, il ne cherche plus forcément à convaincre son entourage de l'aspect prospectif de son choix. C'est ainsi : le marché de l'art n'est pas là pour favoriser la création mais pour permettre aux banques, aux fonds d'investissement et aux riches particuliers une diversification des risques. Observons les spécificités de ce domaine, côté acheteur.

Le marché de l'art est segmenté selon la gamme de prix des lots mis en vente : abordable (moins de 5 000 €), moyenne gamme (entre 5 000 et 500 000 €) et haut de gamme (hautement spéculatif).
On parle de premier marché pour la première vente d'une œuvre. Elle est réalisée dans la majorité des cas par les galeries, puis par les marchands d'art et les artistes eux-mêmes. Le second marché concerne la revente qui est faite aux enchères dans des salles

spécialisées. Les deux sociétés internationales les plus puissantes dans ce domaine sont Sotheby's et Christie's dont la vente de la collection Altman (impressionnisme, art moderne) en 2006 a dépassé les 490 millions de dollars.
Les investissements et les acheteurs se déplacent comme se déplace l'économie : la Chine domine aujourd'hui largement les marchés de peinture et sculpture anciennes. En valeur, elle fait l'acquisition de près de la moitié de la création contemporaine chaque année. Dans dix ans, ce sera peut-être au tour de l'Inde ou du Brésil de dominer le secteur.

Damien Hirst

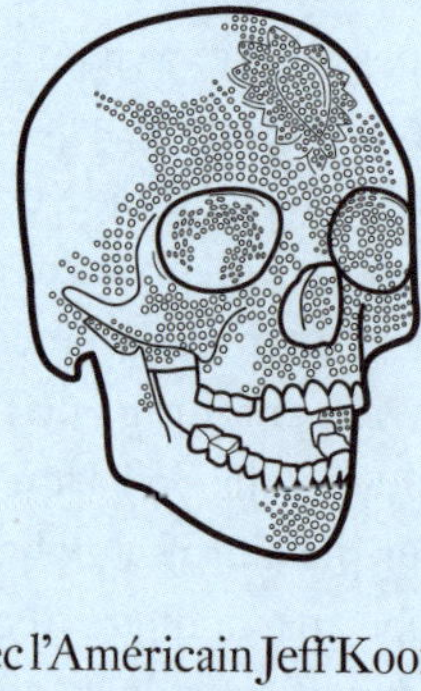

Avec l'Américain Jeff Koons et le Japonais Takashi Murakami, l'Anglais Damien Hirst compte parmi les artistes les plus médiatiques de notre époque. Il voit sa carrière exploser dans les années 1990 grâce au publicitaire et collectionneur Charles Saatchi.

Ce *Young British Artist* délègue la fabrication de ses œuvres (cadavres d'animaux conservés dans le formol, tableaux de points colorés : *Spot paintings*) à ses assistants. En 2007, il produit l'œuvre la plus coûteuse de l'histoire : un crâne en platine couvert de 8 601 diamants dont un de 52,40 carats sur le front (*For the Love of God*). L'année suivante, afin de contrarier le système des galeries et de reprendre la maîtrise de sa cote sur le marché de l'art, il décide de vendre d'un coup 200 de ses œuvres chez Sotheby's et empoche plus de 100 millions de livres.

IV - Musiques actuelles

L'invention de la musique enregistrée, à la fin du XIXe siècle, avait posé ce paradoxe : avec son gramophone, n'importe quel mélomane a pu écouter la 5e symphonie bien plus de fois que Beethoven ne l'avait jamais entendue. Que dire de l'amateur d'aujourd'hui ? Avec, dans la poche, un appareil pas plus gros qu'un briquet, il peut avoir accès à l'ensemble de la musique de tous les temps, n'importe quand et n'importe où, dans le train, dans le métro, au bureau et même à la piscine (grâce aux nouvelles versions étanches des baladeurs). La musique est partout, on sent qu'on finira par nous la greffer directement dans les oreilles.

Cette abondance se traduit évidemment par une multiplication des styles et des chapelles. Elles ont toujours existé et elles sont plus hermétiques que jamais au profane. Est-il vraiment utile d'y mettre le nez ? Faut-il imposer au lecteur une analyse poussée de l'influence de l'école spectrale sur les miniatures électroacoustiques – expressions contemporaines de la musique savante –, ou encore lui détailler les subtilités du Digigrind, l'un des sous-groupes du genre Grindcore, issu lui-même du Crust punk qui, comme nul ne l'ignore sans doute, est apparenté à la nébuleuse des Death Metal ? Pourquoi se fatiguer à cela ? La grande loi du temps, c'est aussi l'éclectisme. La technique le permet. Chacun, sur son ordinateur ou sur son téléphone, peut désormais se bricoler sa play-list idéale et passer allégrement d'un style à un autre sans le moindre sectarisme. Laissons chacun se faire son goût comme il l'entend. Intéressons-nous plutôt aux nouvelles façons d'écouter la musique ainsi qu'aux techniques et aux pratiques émergentes.

1. *L'air et la musique*

Longtemps, nous avons écouté des œuvres musicales dans leur intégralité. Le plus souvent, aujourd'hui, nous nous contentons d'airs. Il nous en arrive sans cesse de nouveaux, sous toutes les formes : sonnerie de portable, bande-son d'un spot de pub, d'un générique de série télévisée ou mix à la radio. Nous sommes bercés au quotidien par des extraits volatils dont la source importe peu. Les versions sont multiples et dématérialisées. Les fichiers s'échangent à tout va. Nous vivons à l'ère du *tune* (littéralement « air » en anglais) ; terme popularisé par la plateforme multimédia « iTunes » lancée en 2001 qui permet de lire et de gérer la musique autant que les clips vidéo et les podcasts.
Le tune est l'équivalent au XXIe siècle du tube au XXe, il se caractérise par quelques notes, une mesure, une rythmique entêtante, mais aussi par un nombre de téléchargements, de reprises ou de déclinaisons. L'offre est pléthorique. Chaque genre musical développe aujourd'hui ses tactiques pour accrocher l'auditeur. En voici quelques-unes.

Le *hook* (« crochet ») est caractéristique de la musique pop. Il s'agit d'un son, d'un rythme ou d'une mélodie facilement mémorisable. On parle aussi de *top-line* pour caractériser la séquence mélodique ainsi créée qui se répète durant le morceau et qui accroche l'auditeur. Les producteurs de variété internationale s'entourent de nombreuses petites mains pour assurer le succès des titres. Parmi elles, des *top-liners* qui confectionnent les accroches vocales. Les Américains Ester Dean et Karl Schuster ont ainsi contribué à faire de Britney Spears l'artiste femme ayant vendu le plus d'albums durant la dernière décennie.

La boucle (*loop* en anglais) est un « échantillonnage » de sons (c'est-à-dire une suite de sons choisis sur l'ordinateur) répété de manière à former une trame musicale. Ce procédé est caractéristique de la musique électronique. Il est d'une richesse inouïe car il puise dans n'importe quelle source sonore. Sa fréquence va déterminer le tempo du morceau (exprimé en bpm, battement par minute). On appelle *looper* (*loop station* en anglais) l'instrument qui permet au musicien de jouer en direct une séquence lors d'un concert électro et de la reproduire infiniment.

Le riff (mot-valise pour *rythmic figure* ou abréviation de « refrain ») est une courte phrase musicale jouée par un instrument seul. Cela donne de l'énergie et de la structure au reste du morceau. Un riff de guitare est caractéristique du son rock. On parlera plutôt de *vamp* pour le jazz et d'*ostinato* en musique classique. C'est le même principe.

Le jingle, littéralement ce qui tinte, est une ponctuation musicale qui interpelle l'auditeur. Le jingle introduit une émission de radio, de télé et vous vrille le cerveau pendant les spots radio. Une de ses applications est la signature sonore, l'équivalent du logo pour une société : quatre notes vocales annonçant les trains (SNCF), une note longue et quatre courtes (Intel). La petite musique que l'on entend en allumant Windows 95 sur son PC a été composée par le musicien britannique Brian Eno. Les perfides affirment qu'il l'a créée sur son Mac.

Le thème, lui, fait référence à la bande originale (BO) des films. C'est une phrase musicale facilement identifiable qui trouve sa source dans les œuvres orchestrales, symphonies ou opéras. Non seulement le thème illustre un film ou une série télévisée, mais il devient son signe de reconnaissance, sa marque de fabrique. Il s'apparente à la ritournelle.
En Inde, on l'appelle *filmi*. Il intervient au milieu du long-métrage comme un intermède, souvent dansé. Il est repris ensuite à la radio pour à son tour devenir un tube.

Auto-tune

Auto-tune est un correcteur de fausses notes en temps réel. Ce logiciel de traitement de la voix permet de rehausser ou de baisser la note émise par le chanteur pour qu'elle soit absolument juste. L'outil est très prisé par les chanteurs de hip-hop et de raï à qui il donne un timbre métallique caractéristique. Il a aussi envahi tous les studios d'enregistrement, les concerts et les télé-crochets car il permet d'éviter les couacs. De la même manière que leurs images sont entièrement photoshopées (retouchées), la voix de Madonna et celle de Britney Spears sont auto-tunées.

2. *Faites-le vous-même*

Vous faites votre pain et vos yaourts ? Pourquoi pas un tube ? Il est devenu possible, avec un simple instrument ou un logiciel de composition musicale, de concurrencer les majors et l'industrie du disque. C'est tout du moins la philosophie DIY (pour *Do it yourself*, faites-le vous-même). Cette forme de contre-culture que l'on retrouve dans des domaines aussi différents que l'informatique, la déco et la pharmacologie a décrété qu'avec un budget minimal, le sens du bricolage et du partage, une autre musique était possible. Le phénomène répond à la volonté d'indépendance et à la soif d'expérimentation de plus en plus d'artistes. Le groupe Radiohead a quitté sa maison de disques (Emi) en 2004 pour distiller ses créations sur Internet. Le duo bricolo Pomplamoose faisait des reprises à l'orgue Bontempi. Youtube lui a servi de rampe de lancement.

Ukulélé

Pourquoi ne pas commencer par apprendre à jouer d'un instrument ? Le ukulélé, cette sympathique mini-guitare originaire d'Hawaï, est un bon point de départ. Prisé par de nombreux chanteurs à la mode, peu cher, facilement transportable et bien plus simple d'emploi que votre dernier modèle de téléphone, il a tout pour être l'instrument culte du XXIe siècle. Les pédagogues commencent à le conseiller aux enfants pour apprendre la musique. Un mouvement se crée pour qu'il remplace à terme les flûtes à bec de nos cours de collège. Nulle oreille ne s'en plaindra. Tentons une initiation express. Voici la bête (presque en taille réelle) :

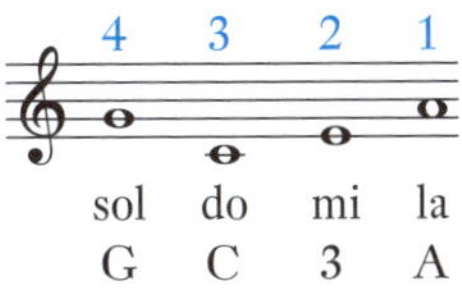

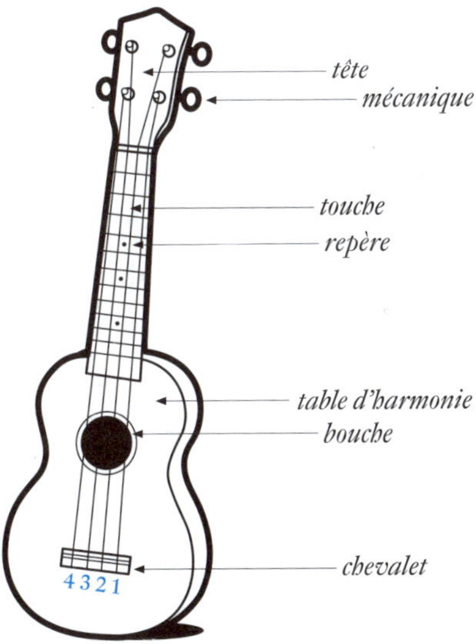

La première chose à faire consiste à l'accorder. Rien de plus simple avec un accordeur électronique, petit outil que l'on accroche à la tête et qui indique le son produit par chaque corde. Il suffit de tourner les mécaniques dans un sens ou dans un autre, jusqu'à ce que les cordes donnent les notes qu'elles sont censées jouer. Ensuite on attrape notre ami par le manche, et on vient le plaquer contre sa poitrine. On lui caresse les cordes avec l'index. Les doigts de l'autre main[1] forment les accords en se déplaçant sur le manche selon les schémas ci-dessous. Avec les sept accords suivants, on peut accompagner la plupart des chansons.

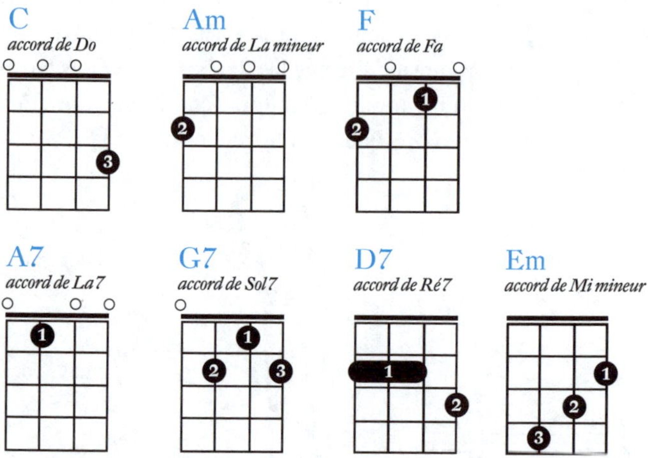

Le plus gros succès du ukulélé au XXIe siècle est la reprise de *Over the Rainbow*. La fameuse chanson du magicien d'Oz, popularisée par Judy Garland, a connu une seconde jeunesse grâce à Iz. Cet artiste hawaïen à la voix rauque et douce à la fois, mort en 1997, est devenu, grâce à ce titre, une star mondiale posthume.

Prévenez les voisins, vous êtes au bord de vous lancer :

1. 1 : index. 2 : majeur. 3 : annulaire.

C Em
Somewhere over the rainbow
F C
Way up high,
F C
There's a land that I heard of
G Am F
Once in a lullaby.
C Em
Somewhere over the rainbow
F C
Skies are blue,
F C
And the dreams that you dare to dream
G Am F
Really do come true.

Antifolk

Vous ne chantez pas forcément juste, mais vous avez envie de raconter des histoires où transparaissent le plaisir d'être ensemble, l'autodérision, le refus des étiquettes. Faites comme les antifolk, organisez des soirées *open mic* (le micro est à disposition de chacun), pourvu qu'il y ait de l'envie et de l'humour. L'antifolk n'a pas forcément vocation à devenir un genre musical, c'est plutôt une scène indépendante, c'est-à-dire un ensemble de musiciens et leur cercle d'auditeurs, une lointaine ramification du punk new-yorkais des années 1980 qui se reconstruit et s'improvise, guitare ou ukulélé à la main. Parmi les antifolkeux on pourra écouter Beck et Moldy Peaches. La scène gravite autour du Sidewalk Cafe à New York et se répand aujourd'hui par le biais des communautés musicales un peu partout aux États-Unis et en Europe.

Remix

Vous vous sentez une âme de grand D. J. ou de petit bidouilleur ? Vous voulez piocher sur le Net les *samples* (les échantillons) qui seront la matière de votre prochaine création ? Respectez les codes de bonne conduite mis en place. Depuis 2001, les compositeurs du monde entier se fédèrent pour diffuser leur production musicale avec des licences appelées les Creative commons[1]. Elles permettent à tous d'utiliser (« d'échantillonner ») leurs œuvres , mais à certaines conditions.

On les retrouve sous forme de lettres dans l'encodage du fichier audio ou par l'apposition des sigles suivants :

- ou BY (*by* : mentionner le nom de l'auteur)
- ou SA (*share alike* : *copyleft*, celui qui utilise le morceau s'engage aussi à le partager à l'identique)
- ou NC (*non commercial* : pas de profit)
- ou ND (*no derivs* : pas de modification)

3. *Brève histoire du son*

Le son est une vibration des molécules d'air dont l'homme perçoit les fréquences dans une gamme comprise entre 20 Hertz et 20 Kilo Hertz.

Il existe des moyens très simples de canaliser et de diffuser le son : prenez deux pots de yaourt, reliez-les par un fil. En parlant dans l'une des boîtes vous faites vibrer son fond, les vibrations sont transmises par le fil et reproduites de manière analogue dans le fond du pot qui sert de récepteur.

1. www.creativecommons.fr.

Les systèmes analogiques fonctionnent sur ce principe : ils capturent et reproduisent les vibrations de l'air. Ils permettent aussi de les stocker. Ainsi avec le gramophone : une aiguille creuse un sillon dans un rouleau de cire ou une galette de vinyle ; les sillons sont plus ou moins profonds suivant les variations de fréquence du son initial. Quand une autre aiguille parcourt ces sillons, elle retransmet le son en faisant vibrer la membrane d'un pavillon ou d'une enceinte.
De même, grâce à l'électricité, un électroaimant placé dans un micro va vibrer sous l'effet du son, un autre électroaimant va reproduire cette vibration et déplacer la membrane de l'enceinte de manière analogue. C'est le principe du magnétophone analogique.

Voyons maintenant le système numérique. Le micro convertit le son en une série de chiffres qui vont être stockés (par exemple sur un CD) puis convertis de nouveau par l'intermédiaire d'un lecteur. Cela représente de nombreux avantages. Les données ne se dégradent pas à la lecture, ni au fil du temps. Les morceaux peuvent être copiés sans déperdition de qualité. Ils ont l'inconvénient d'être volumineux.
Pour transférer toutes ces informations numériques (appelées *bits*) sur un baladeur ou sur le réseau Internet, il faut donc réduire la taille des fichiers en utilisant un programme capable de compresser puis de décompresser les données.

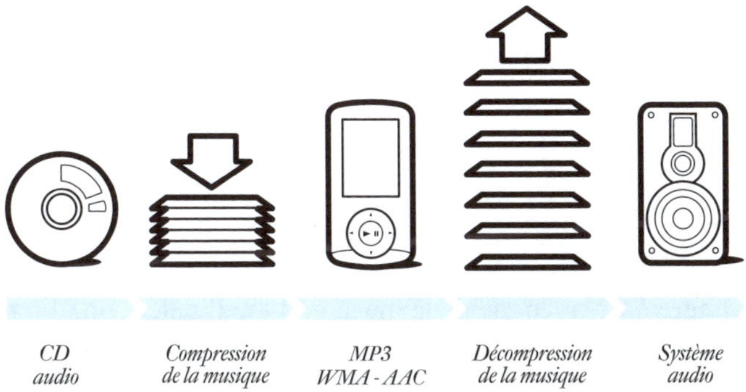

La quantité d'informations codées à la seconde détermine la qualité sonore. Lorsque cette technologie a commencé à se répandre, le son était un peu dénaturé : peu profond, trop métallique, rendant mal les graves et les aigus. Avec les standards utilisés aujourd'hui, l'oreille fait difficilement la différence avec un morceau qui n'a pas été compressé.
Voici les formats audio principaux, c'est-à-dire les types de fichiers numériques les plus largement utilisés pour stocker et diffuser le son.

MP3 est le nom généralement donné aux fichiers sonores encodés au format de compression « mpeg ». Ce procédé est d'origine allemande et date de 1995. Il réduit la taille d'un fichier de douze fois environ et permet, grâce à une balise appelée tag ID3, d'indiquer la provenance du morceau, le nom de l'artiste, de l'album et le genre de la musique.

WMA est un format audio développé par la société Microsoft pour permettre au moment de l'enregistrement numérique de protéger le morceau contre la copie illégale. C'est ce que l'on appelle un « format propriétaire », il est quasi impossible de le télécharger. En revanche, il est un des standards actuels de l'écoute en streaming.

AAC : encodage audio avancé, en français. Il remplace progressivement les fichiers compressés mpeg car il possède une meilleure qualité que son ancêtre le MP3. Les extensions .mp4 ou .m4a que vous observez sur les fichiers que vous téléchargez sont caractéristiques des formats AAC.

Lexique

Longtemps, la langue de la musique a été l'italien, un idiome faussement facile et farci de chausse-trapes : *piano*, inscrit sur une partition, ne signifie pas que le morceau se joue sur un clavier, mais qu'il se joue doucement. Aujourd'hui, l'anglais a pris toute la place. Les pièges et les faux-amis abondent également. Révision générale du lexique.

Bootleg : Piratage, enregistrement effectué sans autorisation lors d'un concert. C'est parfois la seule trace existant d'une représentation musicale. Ce terme est issu de *bootleger*, celui qui sous la prohibition dans les années 1920 cachait une flasque d'alcool dans sa botte.

Cover : Reprise, production d'un nouvel enregistrement inspiré d'une version existante. Cela peut être un pastiche, une simple réorchestration ou un hommage bien senti, c'est tout à fait licite à condition de respecter la structure du morceau et de demander l'autorisation à l'auteur avant d'en faire une utilisation commerciale. On compte 300 *covers* d'*Hallelujah* de Leonard Cohen.

Last.fm : Une Webradio qui propose sur son site des conseils musicaux (vous aimez ce titre, vous risquez d'aimer celui-là) grâce à un système de logiciel qui analyse votre discothèque et les statistiques de 20 millions d'utilisateurs.

Mashup : Medley ou pot-pourri des années 2010, genre musical hybride consistant à mélanger deux titres (on parle alors de « versus ») ou plusieurs morceaux pour former un nouveau titre. En 2011, avec *Pop culture*, le jeune Nantais Madeon a composé un succès international à partir de 39 succès internationaux.

P2P : *Peer-to-peer*. Pair-à-pair, système de partage de fichiers apparu en 1999 qui permet aux internautes d'échanger de la musique au format MP3. Ce système décentralisé évite l'encombrement lors du téléchargement, il constitue dans la majorité des cas une infraction aux droits d'auteur.

Plug : Une fiche pour connecter le son. *Unplugged* : acoustique. Plug-in : extension logicielle qui permet, entre autres applications, d'écouter une radio ou de visualiser un clip (Audioscrobbler ou Java sont des *plug-ins*).

Podcast : Mot valise pour iPod (le système de baladeur d'Apple) et *broadcast* (diffuser). Le podcast est un fichier disponible sur Internet, une émission de radio par exemple, que l'utilisateur peut télécharger sur son ordinateur et transférer sur son baladeur.

Soundcloud : Ce n'est pas une nappe sonore, mais une plateforme audio en ligne particulièrement créative, elle permet aux musiciens de distribuer leurs projets et aux utilisateurs de les commenter en détail. Soundcloud a été créé en 2008 à Berlin et compte aujourd'hui plus de trois millions d'adhérents.

Versus (vs) : Voir Mashup

Petit plus

Voici les albums qui ont marqué les différents genres musicaux dans les années 2000.
Si vous voulez faire votre initiation, essayez l'un de ceux-là.

La bande son de la 1re décennie

Dance	**David Guetta**	*One Love*	2009
Folk	**Bon Iver**	*For Emma, Forever Ago*	2008
Pop	**Mika**	*Life in Cartoon Motion*	2007
R'nB	**Beyoncé**	*Dangerously In Love*	2003
Rock	**The White Stripes**	*Elephant*	2003
Soul	**Amy Winehouse**	*Back To Black*	2006

Live

Quels sont les événements musicaux retentissants depuis le premier Festival Woodstock en 1969 et le concert caritatif au profit de la recherche contre le sida à Wembley en 1992 ?

Classique : La retransmission des opéras du Metropolitan de New York initiée en 2006 avec *La Flûte enchantée* de Mozart dans les salles de cinéma du monde entier est un tel succès qu'elle se poursuit aujourd'hui dans plus de cinquante pays.

Rock : L'immense plage de Copacabana à Rio a permis d'accueillir plus d'un million et demi de spectateurs venus assister au concert des Rolling Stones. C'était en février 2006.

Jazz : Le Festival de Montreux se porte bien, il a décidé en 2008 de créer une fondation pour encourager les artistes émergents et pour ouvrir gratuitement sa scène à l'extérieur et à tous les styles de musique.

Hip hop : En 2009 à Chicago, près de 20 000 fans du groupe Black Eyed Peas ont tenté la plus grosse flashmob de l'histoire : ils se sont rassemblés pour réaliser une chorégraphie géante en reprenant l'air de *I Gotta Feeling* sous le regard ahuri des autres spectateurs et bientôt de celui de millions d'internautes sur Youtube.

Électronique : Parmi les nombreux festivals de musique électronique – la *Czech Tek*, la *Fool moon party* ou la *Love Parade* – le *Tomorrowland* a été élu meilleur événement musical au Dance Music Award 2012. Ce grand rassemblement est organisé chaque année en Belgique, dans le petit village de Boom.

Leçon 11

Nouveaux arts ménagers

Dans ce chapitre,
nous reconsidérons nos moindres
gestes quotidiens : nous révisons
les notions de base de la diététique
et nous apprenons les grands principes
de l'écologie domestique.

Petit manuel de survie quotidienne

Jusque dans les années 1960, il existait au collège des cours spécifiques pour préparer les jeunes générations aux vrais enjeux de la vie. Les filles apprenaient à confectionner des conserves de légumes et à coudre les boutonnières, les garçons à changer le brûleur de la chaudière et à entretenir le potager, tâches plus conformes à leur dignité. Les temps sont paritaires et les problèmes se sont déplacés. Hommes et femmes se retrouvent le soir dans leur cuisine équipée, entourés d'appareils sophistiqués dont ils ne se servent jamais. Ils y mangent des plats préparés en regardant goutter le robinet de l'évier parce qu'ils sont infichus de le réparer. Ils se posent aussi des tas de questions sur les conséquences d'un tel mode de vie. Avec toutes les saloperies qu'on y a collées, ce plat est-il vraiment bon pour leur santé ? Avec toute cette eau gaspillée, cette fuite n'est-elle pas catastrophique pour la planète ? À grand renfort de produits miracles et de belles machines d'électroménager qui savent tout faire, la société de consommation de la seconde moitié du XXe siècle prétendait libérer le consommateur des tâches pénibles de la vie de tous les jours. Elle ne l'a pas délivré de la somme de problèmes qui l'accablent au quotidien. On voit par là qu'il n'est pas inutile de remettre au goût du jour cette vieille discipline classée un peu vite aux archives de la pédagogie : l'enseignement ménager. Allons-y sans complexe ni restriction. Dans notre ouvrage, les classes sont mixtes, et les programmes ont été adaptés à notre temps.

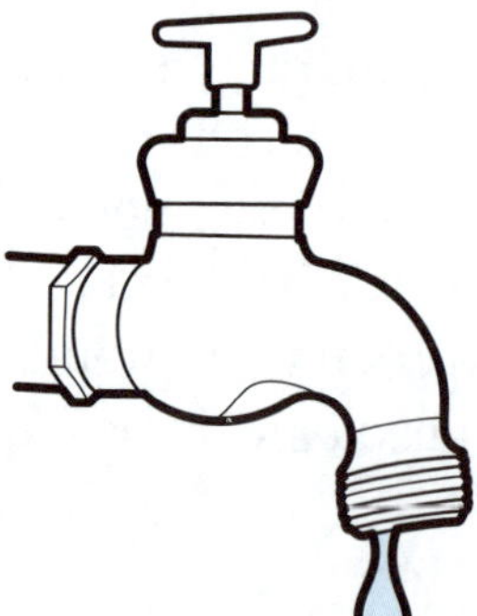

I - *L'alimentation*

– Mangez du poisson, rien n'est meilleur.
– Du poisson ! Avec tous ces métaux lourds qui traînent dans les mers !
– Essayez les framboises, il paraît que c'est bon pour tout.
– Des fruits qu'on ne peut pas peler ! Avec les pesticides qu'on trouve dessus !

Manger devrait être un plaisir. Dans nos sociétés d'angoissés, c'est souvent un exercice propre à couper l'appétit. Tous les jours, sur la foi des études les plus sérieuses du monde, on nous annonce l'invention d'un régime miracle ou d'un produit extraordinaire qui donne la santé et la jeunesse éternelles. Tous les jours, sur la foi de nouvelles études tout aussi convaincantes, on nous annonce que les panacées de la veille étaient de possibles poisons.
À qui se fier alors ? Au seul principe simple sur lequel tous les vrais spécialistes s'accordent et qui, finalement, est le même depuis toujours : il faut manger de tout, un peu. Le secret de l'équilibre alimentaire repose sur le choix d'une nourriture variée, saine, appétissante, et dont on connaît la provenance. Ceux qui disent le contraire défendent des intérêts commerciaux ou sont des charlatans.

1. *La diététique aujourd'hui*

Prenez un Caddie et observez ce qu'il y a à l'intérieur : une boîte de muesli, des berlingots de compote, un pot de tarama, des briques de soupe… leurs étiquettes affichent des informations cruciales. Tous ces aliments contiennent différents types de nutriments assimilables : des protéines, lipides et glucides (les nutriments énergétiques) ainsi que des vitamines, minéraux et oligo-éléments (les micronutriments).

Si la teneur énergétique n'est pas indiquée (ce n'est pas obligatoire), la liste des ingrédients est forcément présente sur le produit et c'est un bon indicateur puisqu'ils apparaissent par ordre décroissant de quantité. Un tarama dont l'ingrédient principal est l'huile de colza vous renseigne sur le fait qu'il est potentiellement très riche en lipides.

Les besoins nutritionnels (AJR, apports journaliers recommandés) sont parfois répertoriés sur les emballages. Ils représentent une valeur moyenne de calories à apporter chaque jour à l'organisme et diffèrent selon l'âge, le sexe, la morphologie et le climat. Suivant l'activité ? ce n'est pas prouvé : un sportif mange autant et parfois plus en période de repos que pendant les compétitions. Chez l'adulte, les besoins énergétiques sont d'environ 2 500 kilocalories (Kcal) répartis comme suit :

Protéines (de 10 à 15 %[1])
Filet de bœuf ou cube de tofu, au choix. Les protéines assurent de nombreuses fonctions dans le corps humain, elles sont nécessaires à la croissance et au renouvellement de nos cellules.
Les apports protéiques peuvent être d'origine animale (au palmarès des aliments les plus riches en protéines on trouve le thon cuit, le pigeon et le parmesan) ou d'origine végétale (farine de soja, germes de blé, graines de tournesol). Les végétariens savent bien que, pour améliorer l'apport protéique, il suffit d'associer des céréales avec des légumineuses : on mange de la semoule avec des pois chiches comme dans les pays du Maghreb, ou des haricots rouges et du riz comme en Amérique latine. C'est sain, naturel et cela permet de diversifier les repas.

Pour faire face à la demande mondiale croissante de protéines et limiter l'impact négatif de l'élevage sur l'environnement, des

1. Ces proportions servent de base de calcul aux AJR mentionnés sur les étiquettes, ce sont des moyennes, il existe en outre des écarts assez forts entre les hommes et les femmes. En France, les proportions sont établies par l'ANSES (Agence nationale de sécurité sanitaire). 100 g de protéines ou de glucides fournissent 400 Kcal ; 100 g de lipides fournissent 900 Kcal.

chercheurs hollandais planchent sérieusement sur des bandes de viande fabriquées à partir de cellules souches de vache. Le steak de laboratoire sera bientôt au point. L'autre piste d'envergure pour le XXIe siècle concerne les insectes, abondants, peu chers et riches en protéines.

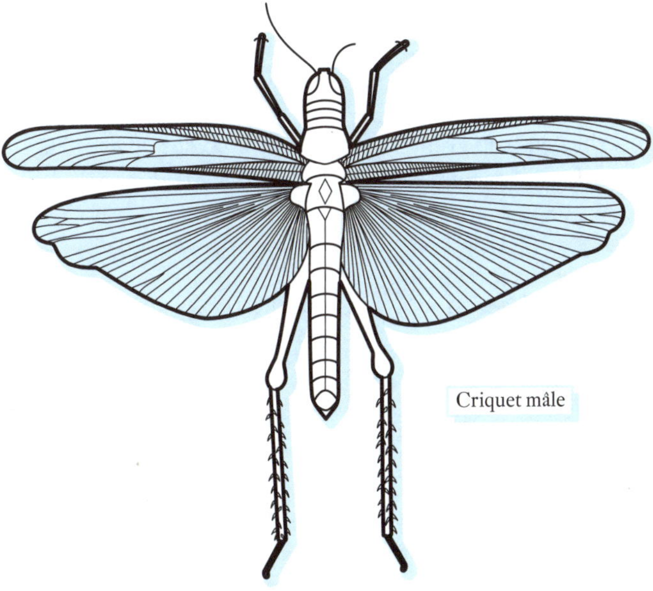

Criquet mâle

Glucides (de 50 à 55 %)

Les glucides sont des sucres simples (glucose, fructose…) ou complexes (amidon) qui servent de réserve énergétique. Longtemps, on a fait la distinction entre sucres rapides et sucres lents, mais les diététiciens préfèrent aujourd'hui se pencher sur l'indice glycémique, c'est-à-dire le taux de glucose sanguin apporté par un aliment, pour étudier plus précisément la façon dont il

est assimilé. Les lentilles, les haricots et le quinoa ont un indice glycémique bas, ils rassasient autant qu'ils donnent de l'énergie. Les sucres sont très utiles lors de l'effort musculaire, ce sont des carburants. Pour se faire un shoot de glucides rien de tel que le chocolat en poudre (plus de 80 % de glucides). Les meringues sont très efficaces aussi (95 %), mais un sportif leur préférera les dattes. Le pop-corn quant à lui est une source insoupçonnée de fibres, autant que le pruneau. On les oublie parfois mais les fibres appartiennent à la famille des glucides (complexes non digestibles). Elles améliorent le transit.
Absorbés en trop grande quantité, les glucides deviennent un poison, les sucres simples favorisent en effet le diabète et l'obésité (voir p.325).

Oméga

Les oméga 3 et 6 sont des **acides gras essentiels** (essentiels car nécessaires à l'organisme qui ne peut pas les synthétiser), ils jouent un rôle primordial dans le bon fonctionnement des cellules. Avec l'industrialisation et l'élevage intensif, nous avons pris la mauvaise habitude de consommer une proportion de plus en plus importante d'oméga 6 (huile de tournesol, de palme, graisse provenant d'animaux nourris aux farines de maïs). Cet apport massif d'oméga 6 empêche d'assimiler les oméga 3 et risque donc de créer une forme de carence.
A contrario, les oméga 3 (contenus dans certaines huiles végétales, de lin, de colza ou de noix, et dans les poissons gras, saumon, hareng, maquereau) consommés en quantité trop importante favoriseraient également le surpoids. Nos cellules n'ont pas besoin de l'un ou de l'autre, elles ont besoin des deux : c'est leur interaction qui est bénéfique.

Lipides (de 35 à 40 %)

Comme pour les sucres, il y a graisse et graisse. Les lipides recouvrent différents types de graisses. Commençons par les pires, les acides gras trans. La plupart sont produits par les industriels qui utilisent un procédé chimique pour améliorer la conservation et changer la consistance de certaines huiles végétales. Les acides gras trans (*Trans fat* en anglais) augmentent significativement les risques cardio-vasculaires. C'est un fléau mondial : le Canada, le Danemark et la Californie interdisent leur utilisation. Ces graisses, présentes dans les viennoiseries industrielles, les chips et les pâtes à tartiner, sont souvent étiquetées « huile partiellement hydrogénée », il faut les fuir.

De la même manière, on évite de consommer trop de graisses saturées (lard, beurre, huile de palme et de coco) qui ont tendance elles aussi à faire monter le taux de cholestérol. Que reste-t-il ? Les huiles vierges, de colza, d'olive, de maïs, de noix, d'avocat… il reste surtout, compte tenu des différences de composition entre les huiles, la possibilité de varier. Car n'oublions pas que les lipides sont indispensables pour l'organisme. Ils permettent notamment le stockage de l'énergie et la bonne constitution cellulaire.

Petit plus

Il n'y a pas que les calories dans la vie. Différentes approches nutritionnelles qui ne sont pas uniquement fondées sur les apports caloriques coexistent. En Chine par exemple, où la diététique est l'une des pratiques de la médecine traditionnelle, on considère les besoins énergétiques d'un individu, mais également tous les aspects qualitatifs d'un aliment : sa couleur, sa saveur, sa consistance, sa provenance… Parmi les multiples critères pris en compte pour déterminer ou rétablir un équilibre nutritionnel :

Les familles d'aliment. Pour les Chinois, les aliments sont classés selon le yin et le yang, le chaud et le froid. Si le riz fait augmenter l'activité métabolique, la banane ou la pomme au contraire la ralentissent. Un riz au lait le matin pour s'activer, c'est une bonne idée. Une pomme en fin de journée pour se détendre, aussi ;

Les goûts et les couleurs. L'harmonie des couleurs d'un plat apporte une satisfaction psychique qui stimule l'appétit puis la digestion. Un peu comme le fait de prendre son temps pour manger, de jolies couleurs dans une assiette déclenchent des signaux favorables à l'activité digestive ;

La façon de manger (les Chinois disent kou gan, « la sensation de la bouche »). La consistance conditionne la façon de mastiquer, de déglutir et d'assimiler ou non les nutriments. On assimile mieux une pomme de terre qu'une purée. Autrement dit, lorsque l'on mastique, nos glandes salivaires produisent une enzyme (amylase) qui transforme l'amidon et concourt à sa digestion. Bien mâcher donc.

Salade, tomate, oignons ?

Comme chaque midi, nous avons le choix entre un kebab, un chinois, un couscous et une pasta box. Quels sont les apports énergétiques de ces plats nationaux ? Faut-il préférer une salade en terrasse ou un double hamburger sur un parking ? Et que se passe-t-il si l'on commande un supplément frites avec sa pizza ? Voici l'estimation nutritionnelle suivant les portions moyennes fournies dans les restaurants :

126 Kcal

Soda
33 cl
–
G = 34,5 g

295 Kcal

Tomate mozzarella
200 g
–
G = 3,5 g
P = 6 g
L = 12 g

328 Kcal

Sushis
200 g
–
G = 15 g
P = 7,5 g
L = 3 g

360 Kcal

Hamburger
200 g
–
G = 18 g
P = 11,5 g
L = 11,5 g

360 Kcal

Nems
riz cantonais
270 g
–
G = 22 g
P = 2,5 g
L = 3,5 g

400 Kcal

Kebab
sans frites 200 g
–
G = 12,5 g
P = 16 g
L = 20,5 g

400 Kcal

Frites
100 g
–
G = 52 g
P = 5 g
L = 20 g

410 Kcal

Pasta box
bolognaise 300 g
–
G = 28 g
P = 9 g
L = 6 g

420 Kcal

Pizza
tomate fromage
200 g
–
G = 22 g
P = 8 g
L = 10 g

430 Kcal

Couscous
poulet merguez
300 g
–
G = 14 g
P = 7,5 g
L = 6,5 g

G = Glucides ; P = Protides ; L = Lipides pour 100 g

Bien sûr, l'apport calorique ne résume pas la diététique. Un repas équilibré est idéalement constitué de crudités, de fruits (sources de fibres, de vitamines et de sels minéraux) et d'un plat garni (source de protéines, de lipides, de glucides complexes qui permettent d'éviter d'avoir faim trop rapidement). Si, parmi les plats précédents, vous choisissez des sushis, accompagnez-les d'une salade de chou (pour les fibres). La salade verte (autre source de fibres) rendra la pizza plus digeste. Au chinois, du riz et des légumes seront préférés au seul riz blanc. Par ailleurs, ne négligez pas le couscous : cocktail de graines, de légumes et de viandes ; il est l'exemple même du plat équilibré. Pour la boisson, oubliez évidemment les sodas. Prenez éventuellement un laitage ou, mieux, de l'eau : il est conseillé d'en boire 1,5 litre par jour.

2. *Cinq fruits et légumes par jour, qui dit mieux ?*

Five a day (cinq par jour) est un programme de nutrition initié aux États-Unis dans les années 1990 et repris avec le soutien de l'OMS (Organisation mondiale de la santé) à partir de 2003 dans de nombreux pays dont le Royaume-Uni, l'Allemagne et la France. Les fruits et légumes sont des sources naturelles de fibres, de vitamines et de minéraux, ils ont des vertus antioxydantes. Une consommation régulière et soutenue d'aliments végétaux, cinq au minimum (un verre de jus de fruits, une pomme, 100 g de légumes verts, un bol de crudités, une compote. On y est vite arrivé, non ?), permettrait de réduire les risques de cancer, de glaucome, d'hypertension, de maladies cardiaques. Cette campagne de sensibilisation a fort bien fonctionné partout dans le monde, même si elle a soulevé quelques interrogations, dont voici les plus courantes :

- Cinq portions, pourquoi pas huit ?

Pourquoi pas oui, c'est encore mieux. Les apports journaliers recommandés en fruits et légumes sont estimés à 750 g, il suffit de manger des portions diversifiées en quantité suffisante pour atteindre ces AJR.

- A-t-on des preuves de la baisse du nombre de cancers avec cette méthode ?

Le problème c'est que le cancer est multifactoriel, il y a des études encourageantes, mais pas de solution miracle.

- Et si on limitait l'absorption de fumées de cigarette ou d'huiles hydrogénées (qui sont des agents oxydants) plutôt que de se gaver d'antioxydants, ne serait-ce pas plus efficace ?

L'un n'exclut pas l'autre. Les deux démarches sont différentes, l'une est positive, l'autre est restrictive.

- Manger plus de fruits, c'est absorber des résidus de pesticides…

Certes, on peut toujours mégoter. Ce programme vise surtout à sensibiliser les populations sur les liens existant entre l'équilibre alimentaire et la bonne santé. Les États-Unis ont d'ailleurs changé l'intitulé de la campagne qui affiche désormais « Fruits and Veggies : More Matters » (Plus de fruits et de légumes, c'est important).
Voilà pour les enjeux de santé publique. Voyons maintenant le cœur du message.

Les antioxydants

Les fruits et légumes ont des vertus antioxydantes. C'est formidable, mais ça veut dire quoi au juste un antioxydant ? Pour saisir le mécanisme, il faut passer par une autre notion largement répandue et pas toujours très bien comprise : les radicaux libres.
Les radicaux libres font parti de notre organisme. Ces molécules instables, incomplètes, réagissent aux substances avec lesquelles elles entrent en contact. Quand elles provoquent la dégénérescence

de nos cellules, on parle d'oxydation des cellules. Ce phénomène est normal, mais lorsqu'il augmente, nos capacités de défense sont mises à l'épreuve, on parle alors de « stress oxydant ». Il a une incidence dans les affections dégénératives, le cancer, la maladie d'Alzheimer. Une alimentation équilibrée comporte des antioxydants qui freinent le processus.

Les antioxydants les plus connus sont :

- la vitamine C (on en trouve en quantité dans l'ortie, le persil, le kiwi) ;
- la vitamine E (huile de germe de blé, d'argan, de tournesol) ;
- le sélénium (crustacés, noix, noisettes) ;
- les provitamines A (bêta-carotène dans l'oseille et les carottes) ;
- les polyphénols (dans les fraises, le vin et le thé vert).

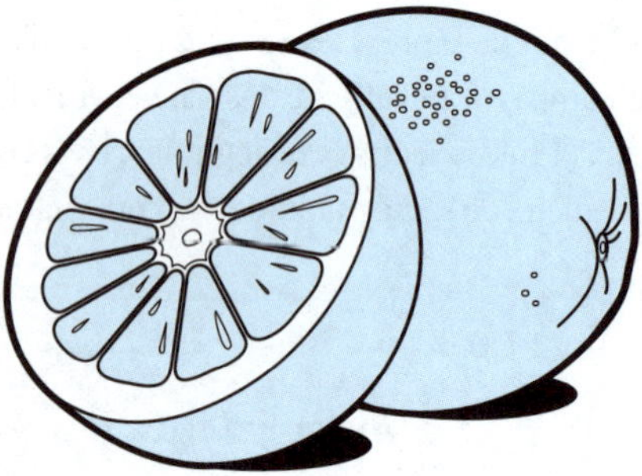

Pour un petit déjeuner antioxydant :

- 1 jus orange-carotte fraîchement pressé
- 1 grand bol de céréales complètes, noisettes, copeaux de chocolat noir et lait ribot.
- 1 thé vert

Les additifs

Il y en a pour tous les goûts et de toutes les couleurs. La lécithine (E322) est un émulsifiant ; les sulfites (E228) dans le vin et les nitrites (E250) dans les charcuteries sont des conservateurs ; les alginates (E401) sont des épaississants ; le glutamate (E621) est un exhausteur de goût ; les polyphosphates (E452) sont des stabilisants ; le BHA (E320) est un antioxydant ; le glycérol (E422) est un humectant ; l'aspartame (E951) et le sorbitol (E420) sont des édulcorants…

Attention aux doses et à l'âge. Certains colorants utilisés dans les bonbons (E102, E110, E122) augmentent les risques d'hyperactivité infantile ; le BHA qu'on trouve dans les chewing-gums est un perturbateur endocrinien ; l'aspartame est soupçonné d'être cancérigène. Pour se prémunir des additifs, il faudrait limiter dans la mesure du possible la consommation de produits industriels.

3. La sécurité alimentaire

Suite à la succession de crises sanitaires – vache folle, grippe aviaire, lait frelaté –, l'industrie agroalimentaire martèle que l'alimentation n'a jamais été aussi sûre. Dans le même temps, elle renforce l'affichage de ses produits qui sont désormais garantis « sans OGM » ou « sans BPA ». L'alimentation est donc sans danger, sauf quand elle comporte des produits dangereux. Cela n'aide pas à alléger le climat d'insécurité ambiant. Faisons un petit tour des « sans » pour mesurer l'ampleur des risques sanitaires[1].

1. Manger sain, *60 millions de consommateurs*, Institut national de la consommation, n° 157, novembre 2011.

Les « sans »	Pesticides	OGM
Ça veut dire quoi ? Ça sert à quoi ?	Nom générique pour désigner les fongicides, insecticides, herbicides…	Organismes dont on a modifié le patrimoine génétique grâce aux biotechnologies dans l'espoir d'améliorer leur productivité, leur résistance, ou pour faire apparaître de nouveaux caractères (le tabac peut produire de la soie… d'araignée par exemple).
Où se cachent-ils ?	Partout et principalement sur la peau des fruits et des légumes.	1 milliard d'hectares de cultures OGM en 2010 : les OGM ne se cachent pas, ils se développent. Les céréales (maïs, soja, colza) sont les aliments les plus OGmodifiés et brevetés. Il s'agit d'une stratégie commerciale redoutable qui asservit les paysans sans forcément apporter une amélioration dans la qualité de la production agricole.
Et si j'en mange ?	Cela dépend des quantités, mais les pesticides peuvent provoquer des troubles de la croissance, des problèmes neurologiques, des malformations.	Officiellement, les OGM ne représentent aucun danger, mais ils polluent la nature en créant des formes hybrides incontrôlables.
Pour s'en prémunir	Bien laver ou éplucher les fruits. Manger bio.	Préférer le bio. Soutenir la Via Campesina (réseau international d'organisations paysannes, anti-OGM).

Les « sans »	Phtalates	Bisphénol A
Ça veut dire quoi ? Ça sert à quoi ?	Ce sont des additifs chimiques qui servent à assouplir la matière plastique (PVC).	Le BPA est un additif chimique qui intervient dans la transparence et la résistance des résines.
Où se cachent-ils ?	Dans les emballages (films étirables, PET), tous les produits en PVC (fenêtres, tuyaux), les gommes, les détergents et les peintures.	Dans la vaisselle en plastique, les fontaines d'eau, l'intérieur des boîtes de conserve et des canettes.
Et si j'en mange ?	En mettant en contact prolongé des phtalates avec la langue, vous augmentez les risques de pathologies respiratoires, rénales, cardiaques et de cancer.	Le bisphénol A est un perturbateur endocrinien, c'est-à-dire qu'il joue comme un leurre sur le système hormonal et provoque cancers, obésité, troubles de l'attention et de la fertilité.
Pour s'en prémunir	Préférer les bocaux de verre aux boîtes en plastique. Ne pas mâchouiller les gommes à effacer.	Éviter de chauffer les plastiques et d'utiliser des détergents puissants pour les laver.

Les « sans »	Gluten	Allergènes
Ça veut dire quoi ? Ça sert à quoi ?	Mélange de protéines contenues dans les céréales, la masse élastique et visqueuse du gluten assure le moelleux des préparations.	Directive européenne : depuis 2003, les aliments qui peuvent provoquer une allergie (allergènes potentiels) doivent être étiquetés.
Où se cachent-ils ?	On trouve le gluten sous différentes formes (farine, semoule, flocons) dans les pains, les pâtes, les biscuits...	Outre le gluten, la liste s'étend aux produits à base de crustacés, d'œufs, de poissons, d'arachides, de soja, de lait (y compris le lactose), de fruits à coque (amandes, noix, pistaches), de céleri, de moutarde, de sésame et aux sulfites.
Et si j'en mange ?	Seules les personnes qui présentent une intolérance au gluten (une personne sur cent en Europe) sont concernées par la diète.	Urticaire, difficultés respiratoires, les allergies sont des réactions immunitaires disproportionnées.
Pour s'en prémunir	Privilégier les produits portant le logo représentant un épi de blé barré.	Pour réduire les risques d'allergie, limiter les produits industriels souvent trop riches en additifs (bonbons, sodas, sauces).

Source : Manger sain, *60 millions de consommateurs*, Institut national de la consommation, n° 157, novembre 2011.

4. *Les régimes*

Le XXIe siècle a un gros problème de poids. On ne parle pas des célèbres « quelques kilos en trop » que se trouve la majorité de la population, tous les printemps, à l'heure où elle s'achète des maillots de bain. On pense à l'épidémie d'obésité qui représente une des grandes et coûteuses questions de santé publique de notre temps. Les cas ont quasiment doublé ces trente dernières années partout dans le monde. La moyenne européenne était de 15,5 % en 2011. Plus d'un adulte sur cinq est touché au Royaume-Uni, en Irlande, à Malte et au Luxembourg.

Selon l'OMS (Organisation mondiale de la santé), l'obésité résulte d'une « trop grande consommation de calories relativement à la dépense d'énergie quotidienne ». En d'autres termes, l'obésité est due à la malbouffe généralisée et à un mode de vie trop sédentaire. Elle se caractérise par une accumulation anormale de graisses dans l'organisme qui peut provoquer de graves troubles (diabète, hypertension, AVC). La prévalence de l'obésité n'est plus l'apanage des pays riches, elle se répand dans les populations aux revenus moyens et bas, au nord comme au sud.

Un bras de fer se joue désormais avec les principaux responsables de cette épidémie. L'OMS reproche notamment les campagnes marketing de la restauration rapide qui conduisent à une surconsommation de sodas chez les enfants. L'institut de recherche économique de Harvard met, quant à lui, directement en cause l'industrie agroalimentaire et les pratiques de grignotage qu'elle favorise. L'apport calorique en dehors des repas est l'un des facteurs déterminants de l'obésité.

Sodas

Il y en a pour tous les goûts, des limonades, des boissons à l'essence de pomme ou de menthe, à l'extrait de thé… Certains sodas sont dits énergisants. Les derniers en date (*smart drink*) contiennent du guaraná, une baie originaire de l'Amazonie brésilienne. Ils prolongent la longue tradition des toniques (Schweppes, 1783) et des cocas (Coca-cola, 1886) qui agissent comme des breuvages psychotropes stimulants. Les sodas diététiques (« light » ou « diet ») sont moins caloriques que les autres car le glucose est supprimé, mais le goût sucré reste, ce qui est dangereux : le corps s'attend à recevoir du vrai sucre, il en redemandera immanquablement.

Les régimes minceur

Depuis 2000 en France, les adultes ont pris 3 kg en moyenne, 30 % sont en surpoids. Cela explique sans doute la ruée vers les régimes. Faut-il s'attendre à des miracles ?

Docteur Pierre Dukan

➔ Hyperprotéique, avec du son d'avoine pour garantir l'apport en fibres.
➚ Vous fondez tout en mangeant de la viande à volonté.
➘ C'est fatigant et ce régime vous donne une haleine de yack.

Docteur Jacques Fricker

➔ Une phase hyperprotéique, pas de féculents, pas de sucre, mais des légumes et des laitages.
➚ Efficace au départ, pas de frustration ni de faim.
➘ Fatigant, risques de carences et de constipation.

Michel Montignac
➔ « Dissocier » lipides et glucides, manger de bons sucres et de bonnes graisses.
↗ Formation accélérée en diététique, pas de restriction de quantités.
↘ Adieu le chocolat aux noisettes (aliment gluco-lipidique).

Weight Watchers (fondé par Jean Nidetch en 1963)
➔ Manger de tout en quantité limitée, se réunir en groupes pour se motiver.
↗ Équilibré. L'accent est mis sur la dépense physique.
↘ On maigrit peu et sans suivi personnalisé.

Ces régimes restrictifs sont rarement efficaces à long terme. Selon l'Agence nationale de sécurité de l'alimentation, dans 95 % des cas il y a reprise de poids.
Les programmes hyperprotéiques (Dukan par exemple) peuvent donner des résultats spectaculaires à première vue, mais ils engendrent des troubles du métabolisme. De même, un régime entrepris sur le Net par le biais d'un coach minceur sans indication médicale formelle comporte des risques de dérèglement (acidification, inflammations, problèmes d'ovulation) et de perturbations psychologiques. Tomber malade à cause d'un régime, c'est ballot.

5. *Micro-ondes*

Jadis réservé à la décongélation ou au simple réchauffage, le micro-ondes permet de préparer des plats délicieux. Le principe de cet ustensile de cuisson est d'agiter fortement les molécules d'eau contenues dans les aliments. On profitera donc de cet effet vapeur accéléré pour cuisiner certains plats à l'étouffé sans dénaturer leur goût.

Voici trois astuces :
- Pour cuire rapidement 500 g de pommes de terre pelées, ajoutez trois cuillères à soupe d'eau dans un récipient couvert d'un film percé de quelques trous. Puissance maximale, cinq minutes. C'est prêt. Pareil pour les artichauts.

- Si dans une recette vous devez peler des fruits, des tomates ou des pêches par exemple, incisez la peau en formant une croix puis enfournez. Puissance maximale, trente secondes. Cela facilitera l'opération.

- Plutôt que de jeter la peau d'un citron que vous venez de presser, plongez-la dans une tasse remplie d'eau. Enfournez. Puissance maximale, une minute. Puis épongez les parois. La vapeur citronnée remplacera avantageusement les nettoyants ménagers.

Vous pouvez même tenter le repas gastronomique :
- En entrée, un foie gras au porto blanc. Le foie entier dénervé a mariné une heure dans du porto. Égouttez, salez, poivrez, et placez-le dans une terrine en verre. Couvrez et enfournez à puissance basse, deux minutes. Sortez la terrine et mettez-la dans une assiette creuse. Couvrez le foie d'un film plastique et pressez-le avec un poids pour évacuer le surplus de gras. Laissez une nuit au réfrigérateur.

- Ensuite, un morceau d'églefin dont la cuisson se prête parfaitement au micro-ondes. Prenez une assiette dans laquelle vous disposez le filet de poisson arrosé d'un trait d'huile d'olive et d'aromates, une deuxième assiette pour couvrir. En moins de deux minutes c'est prêt. Le poisson a cuit dans sa propre vapeur, il est savoureux.

- En dessert, une île flottante : 10 g de sucre glace par blanc d'œuf battu en neige. Une minute à puissance moyenne. Une petite brique de sauce anglaise. Et pour la touche finale, du caramel préparé avec 100 g de sucre en poudre mélangé à deux cuillères à soupe d'eau. Cinq minutes à puissance maximale.

6. *Gastronomie*

Il y a un siècle, le prince des gastronomes, Curnonsky, se régalait d'un menu composé d'une suite d'entrées roboratives dont un pâté en croûte, puis d'un plat en sauce accompagné de légumes gratinés ou à la moelle, d'un entremets, d'un plateau de fromages et d'un dessert. La tarte Tatin était indissociable de son petit pot de crème. Aujourd'hui, dans un restaurant gastronomique, on trouvera à coup sûr une formule qui permettra de choisir entre l'entrée et le dessert, le menu se concentrera sur un bon produit local, une herbe fine, un légume oublié et quelques éclaboussures.

Pas un grand restaurant qui n'affiche désormais la provenance de ses produits. La gastronomie actuelle est une cuisine qui joue l'épure et la traçabilité des aliments. Elle continue aussi d'être secouée par des apports de cultures diverses : la cueillette de lichens et de baies des peuplades nordiques, la *street food* inspirée des échoppes implantées sur les trottoirs des mégapoles... Elle se nourrit enfin de nombreuses redécouvertes : les légumes anciens du potager, la mode du « régressif » avec les mille variations autour de la purée-jambon ou des bonbons dans les desserts, le retour du « brûlé » dans la haute cuisine avec l'utilisation du tison et de la braise.

Les courants novateurs de la gastronomie du XXIe siècle se sont fédérés autour de la cuisine moléculaire, une mode culinaire qui a mis en pratique les résultats de la science[1] en introduisant de nouveaux ingrédients et en explorant de nouvelles méthodes d'élaboration des plats. Le chef catalan Ferran Adrià, l'inventeur de la moule sphérique à l'écume de bacon, a été le fer de lance de ce mouvement.

---

1. Approches physico-chimiques de la cuisine popularisées par le physicien britannique Nicholas Kurti et le chimiste français Hervé This.

L'approche moléculaire de la gastronomie met en œuvre quelques principes simples à comprendre :

L'émulsion. Cette écume parfumée qui décore toutes les assiettes des grands restaurants. L'émulsion est obtenue à partir d'une base liquide aromatique (fumet, jus, infusion, décoction) mélangée à de la lécithine et mixée. La tête du mixeur doit rester à moitié plongée dans le liquide pour permettre d'incorporer le maximum d'air. C'est très simple à réaliser mais attention ! il faut servir le plat aussitôt sinon on va croire qu'un chat a régurgité dans l'assiette.

La basse température. Pour obtenir une darne de poisson ou une côte de veau tendre, juteuse et savoureuse, rien de tel que la basse température. Cela consiste à cuire un aliment sans que l'eau qu'il contient s'évapore. 45 °C, et la cuisson du saumon est parfaite (après une heure passé au four, emballé dans un film alimentaire, ou au lave-vaisselle dans un sac étanche). Dès 55 °C, le collagène qui assure la cohésion des cellules dans un morceau de muscle bovin commence à fondre, au-delà de 60 °C les protéines se dégradent. En contrôlant précisément la température grâce à une thermo-sonde, le cuisinier atteint la cuisson idéale (nacré/saignant/rosé/à point…) sans perte de jus ni de goût. Pour une bavette saignante on compte une heure et demi dans un four à 57 °C. On peut ensuite passer l'aliment au gril ou à la poêle quelques secondes pour obtenir une jolie coloration et les saveurs associées.

La sphérification. Cela consiste à réaliser des billes d'aliments, du « caviar » ou des « ravioles » selon la taille, en déclenchant un processus de gélification dans un bain de trempage. On utilise pour ce faire l'agar-agar qui est un épaississant naturel, mais l'effet le plus spectaculaire est obtenu grâce à l'alginate de sodium[1] dans une solution de calcium car les billes produites grâce à ce procédé éclatent en bouche. Essayons.

---

1. Vendu dans les épiceries professionnelles ou par correspondance.

Des huîtres aux perles de vinaigre

Huîtres : *6 ou 12 par personne*
Vinaigre d'échalote : *5 cl*
Eau minérale *(pauvre en calcium) : 10 cl*
Eau du robinet : *30 cl*
Sucre de canne : *2 cl*
Alginate de sodium : *1,7 g*
Lactate de calcium : *3 g*

La veille. Mélangez l'eau minérale, le sucre puis l'alginate au mixer. La préparation doit être lisse, sans grumeaux. Laissez reposer une heure au moins avant d'ajouter le vinaigre tout en fouettant.

Le jour venu. Ouvrez les huîtres et retirer la première eau. Préparez un bain de calcium en fouettant le lactate avec l'eau du robinet dans un grand bol. Remplissez une seringue ou une pipette avec la préparation vinaigrée puis versez goutte à goutte dans le bain. La sphérification est déclenchée au contact du calcium. Laissez tremper trente secondes en remuant délicatement puis récupérez les sphères avec une passette avant de les rincer à l'eau claire. Disposez quelques perles de vinaigre sur les huîtres et le reste dans une coupelle, à discrétion. Servez sans traîner.

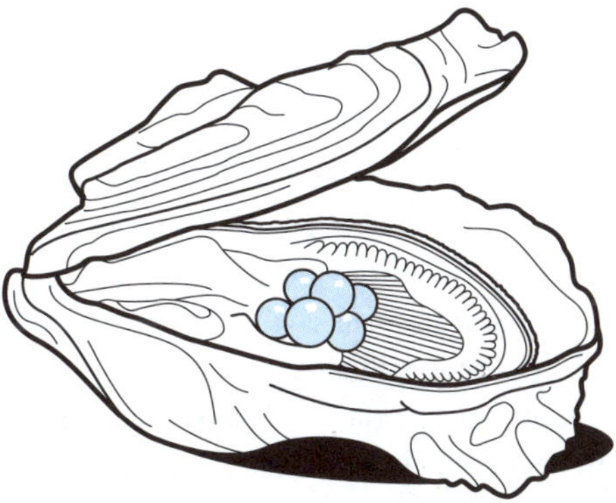

II - L'écologie

Ton robinet, tu ne feras pas couler en vain ! Entre les couleurs de tes poubelles, tu ne te tromperas point ! À ton empreinte écologique, à chaque instant tu songeras !

On en viendrait à se poser la question. Avec cette manie qui est la sienne de nous imposer dans la vie quotidienne ses rites et ses interdits, la conscience écologique est-elle la nouvelle religion du XXIe siècle ?

- Évidemment, et c'est pour ça qu'on s'y oppose, s'écrient les écolo-sceptiques ! Toutes ces niaiseries ne sont qu'un nouveau catéchisme bien-pensant qui vise à culpabiliser les gens pour les empêcher de faire ce qu'ils veulent.

- Vous voulez dire continuer le gâchis qui satisfait leurs petits égoïsmes pour aller un peu plus vite à la catastrophe ? répondent les écolos responsables. L'écologie n'est pas une religion, elle ne promet à personne le paradis dans l'au-delà. Elle cherche à éviter l'enfer ici-bas. Nuance.

1. Le bio

Une tomate telle qu'on la trouve dans les magasins est souvent un organisme génétiquement modifié qui a poussé à 4 000 kilomètres de chez soi à partir de plants brevetés par une multinationale et développés hors-sol sous une bâche plastique à grand renfort d'engrais chimiques, d'insecticides, de fongicides et d'antibiotiques.
Une tomate bio, c'est une tomate comme on aimerait que soit une tomate, sans tout cet attirail militaire.
L'agriculture biologique a cent ans. Même si elle a réellement progressé à partir de la seconde moitié du XXe siècle comme alternative

à l'agriculture intensive et à ses produits chimiques, son principe reste le même. Il s'agit de préserver les équilibres naturels des sols, des plantes et des animaux en respectant l'environnement. Veiller à ce que la terre conserve sa fertilité naturelle. Préserver la biodiversité et la qualité de la production. Travailler à maintenir une forme d'autonomie du métier de paysan et aussi, ce n'est pas contradictoire, mettre en œuvre des techniques innovantes.

Concrètement, un agriculteur qui produit bio n'utilise pas d'OGM ni de substances chimiques de synthèse. Dans la mesure du possible, il change régulièrement de plantation pour ne pas appauvrir la même surface (rotation des cultures), il recycle les matières organiques (compost, fumier) et pratique la « lutte biologique » (voir lexique page suivante).

Pour l'élevage, le principe est identique. Il existe les mêmes différences entre une poule de batterie et une poule bio qu'entre une tomate et une tomate bio. Le mode d'élevage biologique est fondé sur le respect du bien-être animal : un minimum d'espace, une nourriture décente (bio et, si possible, venant de la même ferme) et, le cas échéant, de la médecine douce (phytothérapie, homéopathie) plutôt que de la poudre antibiotique à chaque repas.

C'est le seul secteur de l'agroalimentaire à connaître une croissance durable au XXIe siècle. Le biologique s'étend aujourd'hui aux produits d'entretien, aux vêtements, au mobilier et aux cosmétiques.

AGRICULTURE BIOLOGIQUE

France | Japon | Europe | Pays-Bas

Labels bio

Petit lexique BIO

Tout est bio aujourd'hui, même le vocabulaire. Passage en revue des bio-mots.

Biodégradable : Un produit est biodégradable s'il peut être décomposé naturellement par des organismes vivants. Une bouteille en plastique va mettre plusieurs centaines d'années pour être absorbée par la nature. Jusqu'à aujourd'hui, elle n'était pas considérée comme biodégradable, mais un champignon vient d'être découvert dans la forêt amazonienne par une équipe d'étudiants américains, il contient une enzyme capable de dégrader le plastique (polyuréthane) même dans un milieu privé d'oxygène. En rendant le plastique biodégradable, le champignon *Pestalotiopsis microspora* va sans doute permettre de réduire l'impact environnemental des plastiques dans les décharges.

Biodiversité : Les scientifiques du monde entier ont réussi jusqu'à aujourd'hui à décrire et à nommer presque deux millions d'espèces végétales et animales (18 000 nouvelles espèces répertoriées en 2011). Ils estiment qu'il en existe plus de dix millions dont l'écrasante majorité est constituée de micro-organismes. La biodiversité désigne cette immense variété d'êtres vivants peuplant la terre autant que la nécessité de la préserver en veillant aux relations que les espèces entretiennent entre elles.
L'Union internationale pour la conservation de la nature (UICN) étudie la biodiversité et recense les espèces en voie d'extinction. En 2011, elle estimait qu'un quart des mammifères était menacé. Nous assistons actuellement à la sixième extinction de masse de la longue histoire de la planète, accentuée par le réchauffement climatique, l'extension des terres agricoles, la déforestation et l'introduction d'espèces invasives (le frelon asiatique par exemple). Tout cela a fragilisé la condition de nombreux êtres vivants et contribué à un effondrement massif de la biodiversité.

Biodynamique : Comment soigner le sol et les plantes pour procurer une alimentation saine aux animaux et aux hommes. Un vin biodynamique, en plus d'être biologique, est un vin produit à partir d'une vigne dont la terre aura bénéficié de préparations homéopathiques, d'infusions de plantes ou de poudres minérales (silices) appliquées à des moments précis en fonction des cycles lunaires et des mouvements des planètes : c'est le sens du mot dynamique. Les produits biodynamiques sont regroupés sous le label Demeter (du nom grec de la déesse Mère de la Terre).

Biomasse ou bioénergie : C'est l'ensemble des matières organiques – bois, boues, céréales, algues… – pouvant être utilisées comme source d'énergie renouvelable. Les industries s'intéressent particulièrement à cette filière dans la perspective d'une crise des ressources en hydrocarbures fossiles (le charbon ou le pétrole).

Labels bio : AB pour l'agriculture biologique en France, USDA Organic pour le bio américain, JAS pour l'homologation japonaise. Depuis 2010, un logo européen en forme de feuille constituée d'étoiles certifie les produits contenant au moins 95 % d'ingrédients bio. L'étiquetage est rendu obligatoire car il assure le respect du règlement sur l'agriculture biologique de l'Union européenne, il permet en outre de mentionner l'origine géographique du produit (origine UE ou non UE) et le code de l'organisme certificateur (celui qui vérifie le respect des règles et analyse les produits pour garantir leur traçabilité).

Lutte biologique : Pas une nouvelle forme de guerre, mais presque. La lutte biologique consiste à se débarrasser d'insectes ou de plantes nuisibles en les faisant dévorer par leurs ennemis naturels plutôt que d'utiliser des produits chimiques. Exemple impressionnant développé récemment : pour lutter contre la pyrale du maïs (une chenille), l'agriculteur envoie par vagues successives des trichogrammes (des mini-guêpes) pondre dans les œufs de la pyrale. Les larves de trichogrammes tuent ainsi la chenille ravageuse.

Le bio en chiffres [1]

Il y a aujourd'hui dans le monde **37,5 millions** d'hectares de terres cultivées selon le mode bio, soit 3,5 fois plus qu'en 2000.

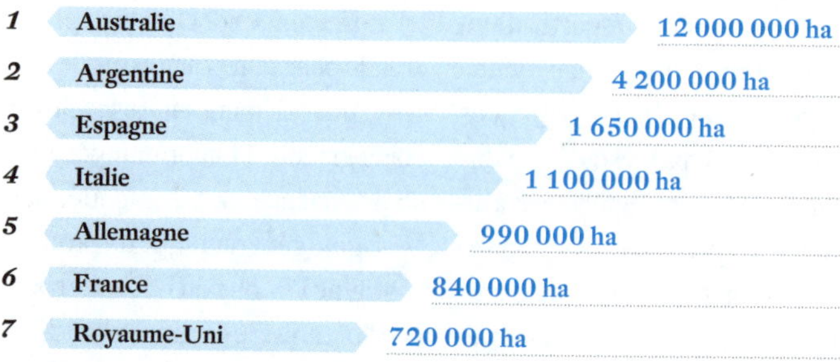

2 millions d'agriculteurs sont certifiés dans **160** pays (contre 250 000 agriculteurs dans 86 pays en 2000). L'agriculture biologique permet un chiffre d'affaires de **60 milliards** de dollars.

2. *Le durable*

Votre téléphone portable fait sourire vos amis (il a plus d'un an, il est donc démodé) et ne vous permet pas d'accéder aux nouvelles fonctionnalités « offertes » par votre fournisseur. Il est en parfait état de marche, mais vous le regardez soudain avec circonspection… Quelle attitude adopter face aux appels du pied de la nouveauté et à une offre technologique pléthorique et galopante ?

Retournez un sourire narquois à vos amis et au vendeur : c'est l'attitude éco-responsable. Et patientez, il va bien arriver un moment où la touche dièse va se coincer. Vous pourrez alors échanger votre

1. Sources : Conférence des Nations unies sur le commerce et le développement (UNCTAD), Fédération internationale des mouvements d'agriculture biologique (IFOAM), 2011.

bigophone contre un modèle plus récent mais vous ne jetterez pas votre vieil ami pour autant. Vous consulterez un site internet de revente ou de don et, selon que vous cliquerez sur telle ou telle option, votre téléphone partira dans le grand circuit du « recyclage solidaire » ou du « recyclage environnemental ».

Dans le premier cas, on lui débloquera sa touche dièse et on l'enverra dans un pays émergent pour qu'il permette l'accès à la téléphonie mobile aux populations sous-équipées. Il aura sa seconde vie.

Si la touche dièse, récalcitrante, condamne irrémédiablement l'usage de l'appareil, on appliquera la seconde solution : le démantèlement de votre central téléphonique pourra commencer. Les composants électroniques seront réemployés, les restes de plastique fondus, le cuivre, l'argent, le nickel et le lithium provenant de la batterie, tout cela sera récupéré et traité. Les métaux sont recyclables à l'infini.

Vous avez dit durable ?

La fable du téléphone portable recyclé nous montre le type d'équation dans laquelle la société est empêtrée. Pourquoi le monde de la consommation est-il devenu si compliqué ?

Le système de production lui-même en est responsable. Au XXe siècle, les ingénieurs ont appris à réduire la durée de vie des produits. Poussés par les industriels, ils ont conçu des objets fragiles, usables, jetables. On appelle cela l'obsolescence programmée, une invention qui date des années 1920. Elle avait pour but de soutenir la consommation et de rentabiliser les machines. Elle a donc pleinement participé au développement de l'économie moderne. Relayée par le marketing, elle a aussi contribué à la surconsommation généralisée dans les pays du Nord, au gaspillage des ressources énergétiques et des matières premières.

Aujourd'hui encore, les produits prêts-à-jeter sont omniprésents sur le marché et la « nouveauté » reste un argument commercial prépondérant. Cela est particulièrement sensible dans le domaine de l'électronique, de l'informatique, de l'électroménager et de l'habillement. Les consommateurs continuent d'être à la fois les victimes et les complices de ce système. Ils trouvent aussi une échappatoire raisonnable en devenant les acteurs d'une forme de développement durable.

Notion héritée des années 1990, le développement durable est un compromis entre les positions écologiques radicales appelant à la décroissance (dans le sens d'une réduction drastique de la production de biens) et l'attitude laxiste de ceux qui pensent que les progrès technologiques résoudront forcément les problèmes environnementaux. Le développement durable correspond à une volonté de

> « mieux prendre en compte nos besoins sans compromettre la capacité des générations futures de satisfaire les leurs ».

C'est la définition officielle donnée par la Norvégienne Gro Harlem Brundtland à l'ONU pour servir de base de travail au premier Sommet de la terre en 1992.
Je réfléchis avant de produire ou de consommer et si possible je limite l'impact négatif de mes actions sur l'environnement (on appelle cela réduire l'empreinte biologique), sur la santé, sur la société... On parle aussi de développement soutenable – transposition de l'anglais *sustainable development* – pour souligner le fait que ce type de développement devrait être acceptable par tous, il pourrait par exemple contribuer à soutenir les pays plus défavorisés.

Êtes-vous durable ?

Prenons un exemple de consommateur, au hasard : vous. Vous habitez un appartement chauffé au gaz. Vous prenez une douche chaque jour et un bain par semaine. Vous laissez toujours les

appareils électroménagers en mode veille parce que vous avez la flemme de les débrancher. Votre voiture est une petite cinq portes de construction récente. Vous utilisez aussi le vélo et vos jambes pour vous déplacer. Vous évitez de gaspiller le papier. Vous jetez deux sacs poubelle par semaine et pratiquez le tri sélectif. Vous mangez de la viande ou du poisson une fois par jour. Vous buvez de l'eau du robinet. Quelle est votre empreinte écologique ?
À vue de nez[1], cinq hectares globaux.
Vous êtes donc pile dans la moyenne européenne, qui représente à peu près le double de la moyenne mondiale (2,6 hag). Cela mérite une explication, la voici.

L'empreinte biologique ou biocapacité (exprimée en « hectare global », abrégé en hag) est une façon d'évaluer la surface biologique productive (hectares de forêt, de terres cultivées, de pâturages et surface de pêche) nécessaire pour répondre à la consommation de ressources d'un individu (ce qu'il a utilisé en eau, gaz, nourriture, etc.) et aux besoins d'absorption de ses déchets (le gaz d'échappement de la voiture, les poubelles...). Cet outil permet de mesurer l'impact des activités humaines sur l'environnement. Il faut sept fois plus de terre cultivable pour produire un plat de viande qu'un plat végétarien par exemple.
L'empreinte écologique moyenne dépasse aujourd'hui de plus de 20 % la capacité de la planète à se régénérer. On peut étudier la biocapacité d'un individu, d'une famille, d'une agglomération ou d'un pays pour effectuer des comparaisons et fixer des objectifs (1,8 hag par personne constitue le point de stabilité). Les partisans de la décroissance utilisent volontiers cet indicateur pour prôner une diminution de la production des biens. Ne pas confondre l'empreinte écologique avec l'étiquetage carbone (« *Carbon trust* »

1. Les logiciels en ligne des ONG Global Footprint Network http://www.footprintnetwork.org/en/index.php/GFN/page/calculators/ et WWF http://www.footprint-wwf.be ont abouti au même résultat : 4,9 hag.

au Royaume-Uni, « Bilan carbone » en Italie et en France) qui permet de quantifier l'émission de gaz à effet de serre (voir p.219).

Écoblanchiment

Les pollueurs dépensent des millions en communication pour se faire une réputation écologique, on appelle cela l'écoblanchiment, en anglais *greenwashing* (de *green* « vert » et *whitewashing* « blanchir »). De plus en plus d'entreprises utilisent l'argument écologique pour vanter des activités ou des produits dont l'impact environnemental est pourtant négatif : une industrie pétrolière durable, un 4 x 4 vert et autres fadaises.

3. *La valorisation des déchets*

Le sac en plastique est une espèce en voie de disparition. Les caissières de supermarché le scannent, le dédicacent et vous le font payer. Pourquoi ça ?

L'utilisation massive de matières plastiques a des impacts négatifs sur l'environnement (pollution des sols, des mers, nuisance visuelle) et un fort coût de retraitement (le plastique est difficile à recycler). Cela a conduit la plupart des pays industrialisés à mettre en place des lois contraignantes et des mesures de réduction ou de substitution de ces produits.

En France, les sacs fournis par la grande distribution ont vu leur volume diminuer de 75 % en vingt ans et leur nombre réduit par dix en dix ans. Une forte taxation prévue pour 2014 devrait finir de les faire disparaître.

Cette évolution sensible entre dans le cadre d'une politique générale de valorisation des déchets qui se révèle être un moyen efficace pour compenser l'épuisement des ressources naturelles.

La valorisation des déchets consiste à :
• Réduire la production d'ordures ménagères (en réduisant leur volume et leur toxicité) ;
• Favoriser le recyclage ;
• Mettre en lieu sûr les déchets ultimes (ceux qui ne peuvent pas être recyclés).

Le tri sélectif consiste à séparer les déchets en fonction de leur composition. Pour cela, il existe des poubelles différentes et des consignes données par chaque commune. Malheureusement, les erreurs de tri concernent plus de 30 % des déchets ménagers en France. On retiendra donc les points suivants :

• les bouteilles et les flacons plastique sont recyclables (même ceux contenant de l'eau de Javel ou de l'huile), on n'est pas obligé de les rincer, ni de décoller l'étiquette, on peut laisser le bouchon ;

• les aérosols contiennent de l'aluminium et de l'acier, ils sont donc récupérables au même titre que les boîtes de conserve (pas besoin de les rincer non plus) ;

• les briques pour le lait, la soupe, les sauces, grosses ou petites, se recyclent ;

• un mug ou une assiette cassée partira dans les gravats et surtout pas dans la récupération du verre ;

• les cotons ou mouchoirs souillés ne se récupèrent pas, mais ils servent au compost (manière de recycler écologiquement les déchets végétaux et ménagers pour les transformer en humus fertilisant).

Moebius

Le cycle infini du ruban de Moebius – du nom du mathématicien qui a imaginé en 1858 un ruban dont la particularité est de n'avoir qu'une seule face, un seul côté, déroulable à l'infini – indique que le produit sur lequel il est imprimé est recyclable. Parfois en son centre figure un pourcentage qui précise le taux de matériau recyclé présent dans le produit. Un papier, par exemple, est recyclable et peut être composé de 50 % de papier recyclé.

À ne pas confondre avec le point vert constitué de deux flèches imbriquées que l'on trouve sur presque tous les emballages. Il signale seulement que le producteur a versé une contribution à un programme de valorisation des emballages ménagers.

Les triangles fléchés marqués d'un numéro servent à distinguer les types de matières plastiques. Le 1 pour le PET (polyéthylène téréphtalate), le 2 pour le PE HD (polyéthylène haute densité), le 3 pour le PVC (de l'anglais polyvinyl chloride), ainsi de suite jusque 7.

Faites vous-même votre vermicompost

Version turbo du compost, le vermicompostage permet d'éliminer 40 % des déchets ménagers dans un minimum d'espace et de fournir tous les trois mois une terre riche pour les balconnières. Récupérez ou achetez une boîte laissant passer l'air sous laquelle vous fixerez quatre pieds, versez-y un sac de 250 g de lombrics

(acheté par correspondance ou dans une jardinerie). Disposez des épluchures, du marc de café, des cotons usagés, des reliefs de repas. Ne chargez pas trop la boîte au départ (quelques centaines de grammes de déchets suffisent) et évitez de soulever le couvercle toutes les dix minutes : ces pauvres bêtes ont besoin de travailler tranquillement.
Vous aurez peut-être à lutter contre les fourmis et les moucherons (collemboles, drosophiles) attirés par la nourriture, mais en maintenant la boîte bien fermée et en glissant des soucoupes remplies d'eau vinaigrée sous les pieds, tout devrait très vite rentrer dans l'ordre. Heureux et au chaud, vos nouveaux amis prospéreront vite, leur population va se réguler d'elle-même. En six mois vous obtiendrez plusieurs centaines de spécimens longs d'une dizaine de centimètres, prêts à absorber plus d'un kilo de déchets par jour pour le transformer en humus. N'hésitez pas à balancer des cheveux, des poils et des ongles, ils en raffolent.

4. *Le circuit court*

Pourquoi bâtir sa maison avec un matériau qui vient du bout du monde s'il existe toujours une briqueterie dans son département ? Pourquoi aller au Calamity Grill dans la zone commerciale alors que le restau d'à côté propose de la bavette dans son menu ? Pourquoi acheter un bouquet de roses de Colombie plutôt qu'un rosier de pépiniériste ? Pourquoi choisir un miel biélorusse de qualité douteuse alors que les meilleurs apiculteurs sont présents sur les sites de vente par correspondance ? Pourquoi faire des kilomètres en voiture pour se ravitailler à l'hypermarché plutôt que d'aller à pied jusqu'au marché ? Les réponses à toutes ces questions relèvent du budget de chacun, mais surtout du bon sens. Le citoyen responsable fait marcher ses jambes, il fait aussi fonctionner son cerveau. Les transports sont coûteux en énergie, la multiplication des intermédiaires coûte cher aussi. Pour réduire la facture écologique et, souvent, la facture tout court, on peut privilégier ce que l'on appelle les circuits courts. C'est dans le monde agricole qu'ils se développent le plus.

Lorsque vous allez à la ferme, sur le marché ou dans une association (une « Amap ») remplir votre panier de produits frais, de légumes, de laitages, de miel ou de jus de fruits, vous participez à une alternative écologique loin d'être anecdotique : en France, selon le recensement agricole de 2010, cela concerne plus de 100 000 exploitations, soit un agriculteur sur cinq. Vous contribuez aussi à une petite révolution économique : l'espoir de ce genre de commerce est de permettre un sursaut du monde paysan et une adhésion des consommateurs à des pratiques équitables. Votre voisin fermier n'est pas un planteur de café guatémaltèque, mais il a en commun avec lui de proscrire les OGM, les produits de synthèse, il revendique des conditions de travail convenables et participe à une politique plus générale de gestion des emballages, des déchets et des transports. C'est quelqu'un d'infiniment estimable.

Nouvelles coops

Les Teikei au Japon, pionniers en la matière, les Amap en France (Associations pour le maintien de l'agriculture paysanne), les CSA aux États-Unis et au Royaume-Uni (Community Supported Agriculture) sont des modèles agricoles dans lesquels les consommateurs décident de partager les risques et les bénéfices de la production avec les paysans. Ils adhèrent à une association coopérative et s'engagent à payer leur part de récolte à l'avance. Ils viennent avec leur panier le jour convenu et aussi avec leurs remarques et leurs idées pour améliorer le système : elles sont les bienvenues. De leur côté, les paysans essaient de varier le contenu des paniers pour éviter le navet à tous les repas en hiver, ils proposent des graines germées, des petites courgettes lacto-fermentées en bocaux et ils expliquent leurs méthodes de travail aux adhérents. Ils créent un lien direct, un peu plus constructif qu'une échoppe supplémentaire au bord de la nationale. Un réseau international (Urgenci) regroupe aujourd'hui ces différentes initiatives.

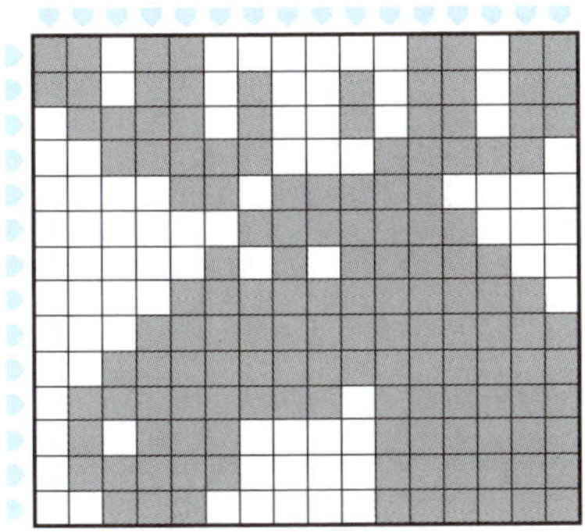

Révisions express

Avez-vous tout lu ? Alors il est temps de voir ce que vous avez retenu. Nous sommes bon prince, nous avons divisé ce quiz en trois niveaux, vous pourrez ainsi vérifier l'état de votre mémoire en procédant par étape.

Le quiz des débutants

No Logo est :
- une marque de vêtements
- un essai économique de Naomi Klein
- la devise des Indignés

solution p.274

Giga désigne :
- huit milliards de bits
- un mec sympa
- un jeu d'arcade

solution p.121

Captcha désigne :
- un des personnages du jeu *Angry Bird*
- une dynastie indienne
- une police indéchiffrable par un ordinateur

solution p.89

€ est :
- un signe mathématique
- un signe monétaire
- un signe musical

solution p.128

Cci signifie :
- copie conforme invisible
- copie en interne
- Crédit du commerce international

solution p.81

Flashmob est :
- un véhicule électrique
- une manifestation spontanée
- un code-barres nouvelle génération

solution p.290

Higgs designe :
- un quark
- un lepton
- un boson

solution p.159

1 nanomètre égale :
- un milliardième de mètre
- un milliard de mètres
- environ un mètre

solution p.171

OGM est :
- un sigle anglais signifiant « Oh mon Dieu »
- un organisme hybride
- une organisation humanitaire

solution p.322

Or vert désigne
- un reptile saurien
- l'ensemble des ressources forestières
- un parti politique européen

solution p.217

Sphérification est :
- un procédé de cuisine moléculaire
- un mode de transport futuriste
- un traitement anti-âge

solution p.330

Le Brésil est surnommé :
- le bureau du monde
- la ferme du monde
- l'atelier du monde

solution p.243

Le quiz intermédiaire

RIP signifie :
- ○ Rest in peace
- ○ Requiescat in pace
- ○ Repose en paix

solution p.98

Dili est :
- ○ la capitale du Timor oriental
- ○ la monnaie coréenne
- ○ une société de transport

solution p.230

Soft power désigne :
- ○ les frappes chirurgicales
- ○ une console de jeu
- ○ la culture

solution p.239

Le G20 réunit :
- ○ 19 membres
- ○ 20 membres
- ○ 21 membres

solution p.224

Circuit court désigne :
- ○ une web vidéo
- ○ une démarche écologique
- ○ une expression à l'envers

solution p.343

Le Qatar est :
- ○ le relais de la chaîne Al Jazira
- ○ le premier investisseur mondial
- ○ l'organisateur de la Coupe du monde de football en 2022

solution p.244

Les oméga 3 sont :
- ○ des acides gras trans
- ○ des acides gras essentiels
- ○ des huiles de poisson

solution p.314

Mashup est :
- ○ un mélange de musiques ou d'images
- ○ une série télé
- ○ un prix Nobel

solution p.305

IDH signifie :
- ○ instrument à double hélice
- ○ donation humanitaire internationale
- ○ indice de développement humain

solution p.231

Aminé signifie :
- ○ facilement mobile
- ○ dessin animé, en japonais
- ○ composé d'un dérivé d'ammoniac

solution p.161

Trans désigne :
- ○ une personne bon chic bon genre
- ○ un acide gras d'origine industrielle
- ○ un container

solution p.315

Le big bang c'était :
- ○ il y a plus de 13 milliards d'années
- ○ il y a 4 milliards d'années
- ○ une fausse bonne idée

solution p.153

Le quiz expert

(attention aux pièges)

REAch signifie :
- ○ chambre de réanimation
- ○ enregistrement, évaluation, autorisation des produits chimiques
- ○ connecter un ordinateur

solution p.256

est :
- ○ un signe musical
- ○ un signe de ponctuation
- ○ un signe typographique

solution p.88

Bardaf est :
- ○ une onomatopée d'origine belge
- ○ une exoplanète découverte en 2003
- ○ le nom d'un musicien-bidouilleur

solution p.103

Phénotype désigne :
- ○ un profil sur les réseaux sociaux
- ○ les caractères génétiques observables
- ○ un émulsifiant de synthèse

solution p.164

Le vif zéphyr jubile sur les kumquats du clown gracieux est :
- ○ un moyen mnémotechnique pour se rappeler l'ordre des planètes du système solaire
- ○ un pangramme
- ○ une épigramme

solution p.87

Futoshiki est :
- ○ un jeu de logique issu du carré latin
- ○ un champignon mangeur de plastique
- ○ un empereur de la dynastie Song

solution p.123

BHA est :
- ○ un intellectuel engagé
- ○ un perturbateur endocrinien
- ○ un antioxydant

solution p.321

LUCA est :
- ○ un héros du film *Matrix*
- ○ un ancêtre universel
- ○ un clone de brebis

solution p.165

Trichogramme est :
- ○ une mini-guêpe utilisée dans la lutte biologique
- ○ une étude mathématique du lien entre trois points (théorie des graphes)
- ○ un poème de trois vers non rimés

solution p.335

Hag est :
- ○ l'abréviation de *hashtag*
- ○ l'abréviation de hectare global
- ○ une fille facile

solution p.339

Yuan désigne :
- ○ la monnaie chinoise
- ○ la monnaie japonaise
- ○ une dynastie conquérante issue des Monghols

solutions p.136 et p.201

L'hypothèse Gaïa désigne :
- ○ un collectif de *street artists*
- ○ la Terre comme un être vivant
- ○ une série policière

solution p.220

Bibliographie simplifiée

Voici quelques ouvrages qui, sur chaque sujet traité, nous semblent être les plus clairs et les plus accessibles (certains n'existent pour l'instant qu'en anglais).

Nouvelles références

Alain Carrazé, *Les Séries télé : l'histoire, les succès, les coulisses*, Hachette pratique, 2007

Laurent Aknin, *Mythes et idéologie du cinéma américain*, Vendémiaire, 2012

Jürgen Müller, *Films des années 2000*, Taschen, 2011

Écriture

André Jouette, *Dictionnaire d'orthographe et d'expression écrite*, « Les usuels », Le Robert, 2006

Un site : atilf.atilf.fr
(Le Trésor de la langue française informatisé, dictionnaire étymologique de référence)

Calcul

Stanislas Dehaene, *La Bosse des maths : quinze ans après*, Odile Jacob, 2010

Alex Bellos, *Alex au pays des chiffres : une plongée dans l'univers des mathématiques*, Robert Laffont, 2011

Denis Guedj, *Le Théorème du perroquet*, « Points », Seuil, 2000

Tom Körner, *The Pleasures of Counting*, Cambridge University Press, 1996

Économie

Christophe Degryse, *L'Économie en cent et quelques mots d'actualité*, De Boeck, 1999

Raphael Didier, *Comprendre la dette*, Ellipses, 2011

Randy Charles Epping, *The 21st century economy – a beginner's guide*, Vintage Original, 2009

Histoire

Frédéric Delouche (dir.), *Histoire de l'Europe par douze historiens européens*, Hachette Éducation, 1992

L'Histoire du monde, « Bibliothèque historique », 5 volumes, Larousse

Adam Hart-Davis, *Voir l'histoire, comprendre le monde*, coll. « Géo histoires », 2011
Christian Grataloup, *Faut-il penser autrement l'histoire du monde ?*, Armand Colin, 2011
John Hirst, *The shortest History of Europe*, Old Street Publishing, 2010

Géographie

Nicole Démoutiez et Hervé Macquart, *Les Grandes questions de l'environnement*, *L'Étudiant*, coll. « les guides de L'Étudiant » n°20, 15/01/2009
L'Atlas des mondialisations et *L'Atlas des Civilisations*, coédités par *Le Monde* et *La Vie*
Yves Lacoste, *Géopolitique : la longue histoire d'aujourd'hui*, Larousse, 2009
Jean-Christophe Victor, *Le Dessous des cartes*, Tallandier/Arte éditions, 2011
Pascal Boniface, *La Géopolitique : les relations internationales*, Eyrolles, 2011

Instruction civique

Camille Hubac, *L'Union européenne : des clés pour comprendre*, Argos, 2012
Jean-Jacques Raynal, *Histoire des grands courants de la pensée politique*, Hachette supérieur, 2007
Alex Warleigh, *European union : The Basics*, Routledge, 2004
Andrew Heywood, *Global Politics*, Palgrave Foundation, 2011

Sciences

Trinh Xuan Thuan, *Le Destin de l'Univers : le big bang, et après*, Gallimard, coll. « Découvertes », 2008
Marshal Brain, *The Science Book : Everything You Need to Know About the World and How It Works*, National Geographic, 2011

Sciences et Avenir, magazine numérique, sciencesetavenir.nouvelobs.com

Arts

Yves Michaux, *L'Art à l'état gazeux*, Fayard, coll. « Pluriel », 2010

Marie Bonnet et Fabrice Bousteau (dir.), *Qu'est-ce que l'art aujourd'hui ?*, Beaux Arts éditions, 2009

Boris Groys, *Art Power*, The MIT Press, 2008

Un site : www.exponaute.com (Agenda des expos en France)

Nouveaux arts ménagers

Anne-Lucie Raoult-Wack, *Dis-moi ce que tu manges*, Gallimard, coll. « Découvertes », 2001

Manger sain, magazine numérique, www.60millions-mag.com

Dominique Bourg, Gilles-Laurent Rayssac, *Le Développement durable : Maintenant ou jamais*, Gallimard, coll. « Découvertes », 2006

La Revue durable, revue franco-suisse indépendante, www.larevuedurable.com

Index

Pour s'y retrouver plus vite.

A

B

C

D

E

F

Q

R

S

T

U

W

Remerciements

À nos chers éditeurs,
Laurence de Cambronne, Isabelle Laffont,
Laurent Laffont et Anne Pidoux pour leur enthousiasme et leur appui.
À notre directeur artistique Olivier Marty pour l'élégance de son trait,
avec Mélissandre Pyot et Pierre Brissonnet.

Et à tous nos autres amis :

- pour leur précieuse relecture -
Carl Aderhold, Christophe Boltanski, Mickaël Guedj,
Lionel Guérin, Marion Guilbaud, Pierre Kupferman,
Jérôme Lambert, Amandine Le Goff,
Claire Péretié et Renaud Rudloft.

- pour leurs brillantes idées -
Simon Aderhold, Julien Blanc-Gras, David Caviglioli,
Rémi Cerf, Sophie de Closets, François Delabrière,
Fanny et François Dhalluin, Gokan Günes, Boris Manenti,
Hanen Matallah, Yann Moix, Régine Remmache,
Chloé et Margaux Reynaert, Ève Roger, Jérémie Rohrer,
Béatrice Roux, Dorian Saigre, Antoine Silber,
Abdellah Taïa et Florent Vrain.

Table des matières

d' après *L'Hospice* de Gilles Barbier

PAPIER À BASE DE FIBRES CERTIFIÉES

Le Livre de Poche s'engage pour l'environnement en réduisant l'empreinte carbone de ses livres. Celle de cet exemplaire est de :
950 g éq. CO_2
Rendez-vous sur www.livredepoche-durable.fr

Composition réalisé par Datagrafix

Achevé d'imprimer en octobre 2013 sur les presses de
l'Imprimerie moderne de l'est à Baume-les-Dames (Doubs)
Dépôt légal 1re publication : novembre 2013
LIBRAIRIE GÉNÉRALE FRANÇAISE
31, rue de Fleurus – 75278 Paris Cedex 06

31/7653/4